冰心文学馆系列丛书

郭風精品選

郭风［著］
刘东方［主编］

中國華僑出版社
·北京·

序

金秋十月，丹桂飘香。经过长达一年的精选精编，《郭风精品选》终于与广大读者朋友见面了。

郭风（1918—2010），原名郭嘉桂，回族，福建莆田人。中国现当代著名散文家、散文诗作家、儿童文学作家。自1933年步入文坛始，郭风在文学园地中辛勤耕耘，成绩卓著。他结集出版了童话诗集、童话散文集、散文集、散文诗集、诗集等近60部。

在吸取古典文学、新文学以及西方文学优秀传统等基础上，郭风作品形成了其独特的风格，深受读者喜爱。他的作品淡泊、宁静、自然、明快，散发着浓郁的乡土气息，充满生活情趣。郭风用敏锐而淳朴的心灵感受大自然、感受故乡，用诗意的语言诉说自己对乡土和生活在这片土地上的人们的爱。他的笔下绽放出多姿多彩的花朵，流淌出自然景物之美和生活之哲理。他的早期作品优雅、坦诚，充满诗情画意。随着其思想、艺术日趋成熟，写作手法愈加纯熟，韵味醇厚，但不变的是其中充溢着的生气和活力。郭风一生在艺术上精益求精，保持旺盛的创作力，他晚年的作品无论是内涵还是表现技法更是进入一个全新的高度。

郭风作品曾经多次获奖，并译成俄文在苏联出版。《孙悟空在我们村里》获中国作家协会儿童文学一等奖，《郭风散文选集》获第五届少数民族文学骏马奖、首届鲁迅文学奖荣誉奖和第八届中国图书奖，《黄巷集》获1995年台湾地区图书最高奖金鼎奖，《郭风作品精选》获第五届冰心文学奖。

郭风先生"谦虚、恬淡、勤奋、热情"，笔耕70余载，成为八闽文坛在全国的优秀"形象代表"。1991年，郭风获国务院授予的首批"为我国文化艺术事业做出贡献专家"称号。2003年、2007年，福建省文联先后举办祝贺郭风文学创作70周年活动和祝贺著名作家郭风90华诞活动，郭风当之无愧地获得了福建省文学艺术界"德艺双馨"的崇高评价。

值得一提的是，郭风作品曾经得到冰心先生的关注和鼓励。1955年冬天，冰心回到故乡福建，有位朋友送她一本郭风的散文集《搭船的鸟》，冰心对此留下了难忘的印象。此后冰心一直关注郭风的创作并热情举荐与鼓励他。1960年，冰心在《文汇报》上发表《祖国海山的颂歌——读郭风的散文集〈小溪和海岛〉》给予热情的赞扬："这本散文诗集里主要的情调，是年轻的、生气勃勃的压抑不住的欢乐。""这些散文所以是诗的散文，因为作者取景很入画，用字很精练，声调铿锵，最突出的是作者喜欢用重复的句子，很像诗歌中的叠句，使人读了得到一种愉快的节奏感。"20世纪80年代冰心欣喜地看到了郭风散文创作的变化，她在写给郭风的信中给予肯定："你的一些文章，散见在报刊上的，我都看到了，好得很，还要写下去，人的岁数大了，文章往往由绚烂渐归平淡，这是炼冶的结果，是个进步是否？"郭风与冰心结下了深厚的友情。后来，冰心在信中称郭风为"小弟"。

种种文缘，2010年，冰心文学馆建立"海峡作家文库"之初，郭风家人就将大部分遗物，包括实物94件，冰心题赠郭风的字画等7幅，手稿、手迹429页，著作版本126本，信件101封，贺卡90张，藏书3149本等捐赠给"海峡作家文库"，成为该"文库"首批珍藏。

正如郭风女儿郭琼芹在捐赠仪式上所说："从今往后，父亲在冰心文学馆里有了一间特殊的书房，这间书房将复活父亲孜孜探索文学至美境界的灵魂，对话祖国一代又一代文学后人。"

今年是郭风诞辰100周年。我馆特编辑出版这本《郭风精品选》，旨在纪念与传承。我们相信，通过阅读这本书，读者会从悠扬的叶笛声中感受到乡土、生活、自由、劳动、青春的美好：

"呵，故乡的叶笛。

那只是两片绿叶。把它放在嘴唇上，于是像我们的祖先一样，

吹出了对于乡土的深沉的眷恋。吹出了对于故乡景色的激越的赞美，

吹出了对于生活的爱，吹出自由的歌，劳动的歌，火焰似的燃烧着青春的歌……"

叶笛声声千山外，文采风流映闽江。

是为序。

编者

2018年10月

目　录

散文随笔篇

散文诗篇

儿童文学篇

散文随笔篇

漫写梅花

一

今年春节前夕，我的女儿从市场上买回几枝含苞待放的梅花。这使我欢喜之至。我用清水把这几枝梅花养在瓷瓶中，放在书橱上。不知怎的，室内有了此花，心中仿佛有一种特殊的充实感，充满某种期望。

我深以为，写出作品乃是作家之本分。应把蓄积于胸中的、对于世事和自然景象的热情从笔端流露出来。我以为晚年更应抓紧时间写作。今年春节期间，我没怎么休息，凌晨即起，在晨光熹微中奋笔写作，深以为乐。但有时却是字斟句酌，苦苦为不能准确地，自然流畅地表达情意而焦虑，不安。有时，偶然抬头看到瓷瓶中的梅花的枝间，开放一些新的花朵，说不清为什么，忽地会有一种慰藉和鼓舞来到胸中，心情不觉间舒展起来。

二

我家以前有一座祖遗的一族人共有的小园林。园名芳坚馆。园中的一个花坛中，种着松、竹、梅，所谓岁寒三友。我幼小时，记得那一丛绿竹，最是生意葱茏。一棵古松和一棵古梅也都生长得很好。后来，那棵古松忽地枯萎了，结束了一棵树的生命而离去。我似乎有些寂寞。但我仍然常在清晨或晚上放学之后到花坛前来，看望古梅和绿竹。当时，我在私塾里读书，读《论语》，又读《诗经》《千家诗》等，已开始接受古典文学的熏陶。也在朦朦胧胧中，开始喜欢接近自然，在无意间养成对于某些花、树和自然景物的特殊爱好。

说来有点奇怪，有些幼年所得的情景至今想来，还是历历如在目前。例如，我一想到那丛绿竹，便会想到夏天的晴朗的早晨，竹叶上挂着很多很多闪闪发亮的露珠，令我喜爱。此外，我记得，那竹竿上常有许多蚂蚁、蜗牛在爬来爬去，引起幼年的我的兴趣。是的，我现在还记得很清楚，小时候我喜欢蹲在花坛前，观察蚂蚁、蜗牛的生活情况，而自得其乐。至于对那棵古梅的喜爱，好像随年岁的增长有所变化和发展。记得我很喜欢它的一树绿荫，喜欢站在它的树荫下，观看黄莺们在枝叶间飞来飞去，听着它们唱歌。我想，那时我一定很幼小。后来，年纪稍大，每到冬天，看到园中这棵古梅的树上，木叶纷纷飘落，就期望着它能早早地开花，开一树雪白的香花，而且雪也开始纷纷地飘落在它的树枝上……呵，我至今还想不起来，那时的我——大约已是少年时代了，为什么会把雪的降落和梅花的开放联系起来，一起想望的呢？

三

在我的家乡，是不会下雪的。从我懂事起至青年时代，我记得只在家乡看过一次下霰的情景，只下了一二分钟吧。接着，那下霰的天便变为下雨的天了。当然，我一直未看到下雪天的梅花。

20世纪40年代初，我在永安县霞岭读书。那是抗日战争时期，许多学校都内迁到山区办学，以避免日寇的狂轰滥炸。我所就读的学校校舍，是由山村里一座旧祠堂改建而成，再加上二三座木制的教学楼，显得简陋之至。但自然环境很好，燕溪从学校的小广场前曲折地流过。四周是山峦和墨绿色的杉木林。自然景色中，还有一棵梨树，至今长活在我的心中。

那年寒假，我没有回乡过春节。下雪了。这是1942年冬春之交时节，我第一次看到山村间下着大雪。山峦，杉木林，流过学校前的燕溪上的浮桥，附近的村舍，都披上白雪。景象动人。就在四面雪景中，我发现祠堂前（当时改造为教授的宿舍）一棵梨树绽放满树雪白的梨花，花瓣上又披着点点雪花，美丽极了。

人的记忆和回想，似乎也是一种很有趣的心理活动。我当时曾设想：如果这祠堂的庭前，恰巧也有二三棵梅树正开花，花上也沾着点点雪花，那情景当是多么动人的呵！呵，我怎的记得起来，几十年前在心中一闪而过的某种设想呢？

四

我想起1969年左右的一些事，那时我远离我的爱人和年幼的子女，被“遣送”到建阳的麻沙去进行“审查”。麻沙是宋代一个颇为繁荣的山镇，以出版木版的书籍即所谓“麻沙版”而著称于世。该镇四近山林蓊郁，有一片在山峦环抱间的平坦的河谷小平原。宽阔的、深绿色的山溪流过镇前。当时，在这自然景色美妙的文化古镇里，有数百名老干部和知识分子在“牛棚”里不分日夜写着“交代材料”。除此之外，“牛棚”中人，不时被叫去参加“劳动”。说也奇怪，当被从“牛棚”里喊出来，要到劳动地点而路过镇上用鹅卵石铺成的古老街道时，我心中总有种种思念。例如想到在这里也许能够寻找到一些古代书肆和印书作坊的遗址等。有一次，我们一早从麻沙出发，步行二十余里至附近一山镇书坊去挑运蔬菜，说也奇怪，我竟忘记自己力所不能胜的劳动的辛苦，心中暗自设想着：距今七八百年以前，这书坊，这古镇，定是市声喧腾，车水马龙，有很多各地来的书贾在这里贩运书籍，那古街道和古书肆在哪里呢？想着又想着，是的，不仅忘记了劳动的疲倦，而且一时还忘记了身在逆境之中。

我们去“劳动”，有时是到很深的山间，在那里抬回农民燃火“炼山”遗弃的木柴。那时我虽年逾五旬，骨瘦如柴，却把到深山老林去“劳动”视为“美事”。因为那些平日人迹罕至的山林间，时而有美景入目。有一次，在往劳动场所的途中，路经一个山坳，突然看到有一道小小的瀑布从山崖倾泻而下，崖边有二三株山中野梅，繁花缀满枝间，远望瀑布和二三棵盛开的梅花，如雾，如迷蒙的烟……我当然不敢驻足，不敢久久眺望和观赏，但我的脚步不觉间已放慢，暗中几次回首眺望那瀑布和梅花，心中感到无限的安慰……

五

对于美好事物的执着，对于生活的信念，会使一个人在十分困苦的环境中，也显得十分坚强；

——并且，使一个人以百倍的勇气坚持生活下去；对于美好事物以及对于生活的信念，在人的心中永生。

六

今年元宵节前后——那几天的日子，我在泉州、仙游度过。旧历正月十四上午八时，我们从泉州出发，到安海去看宋朝古桥五里桥和始建于隋朝的古寺龙山寺。随后，前往郑成功的故乡石井，参观他的纪念馆。午后二时至南安宝盖山看郑成功墓。

参观体现我国古代劳动人民的聪明才智的古建筑也好，参观体现我国明末民族英雄的凛然气节的文物也好，我的心一直沉浸于景仰之情感中。

快到郑成功墓时，忽地发现墓道的两旁，有些地方种植着梅树。其中有一株正在枝间疏朗地盛开着几朵梅花。我又发现这墓道旁所种的梅树，花形很小，并不惹眼。我感到，我喜欢这样的梅花。

梅和煤山垄

松坊村前的石桥边，有五棵树。我到松坊大队后，天气一天冷似一天，冬天已到来。看到四面冈峦，丛林荫翳。只有桥边这几棵树，木叶尽脱。这南方高山地带的冬色，仿佛在这几棵树上才着意表达出来。随后，在这村子里，冬雪降下了。石桥以及桥下的溪石，桥边的树都覆盖着白雪，情景宛然如画。一次偶然谈话间，大队党支部书记告诉我，松坊石桥边的这几棵树，都是梅树；传说移植到这里已四十多年了。离村子外十多公里的煤山垄，有很多梅树。这些梅树就是从煤山垄矿区附近移植过来的。

当村里第一场冬雪正在融化时，一天，我路过桥边，不经意间看到梅树枝头已结花蕊。这时，不知怎的，我心中生出一种希望，一种期待。今天上午，村里又下雪了。不如上一场下得大，是小雪，是稀疏的，时断时续地飘落的小雪。雪正下着，支部书记从大队部来，一看见我，便说："煤山垄的地质队刚才打电话说，钻机已装好，今天开始钻探。"

支部书记约我一起去看看地质队的同志，表示祝贺。我们带上竹笠，一起上路。到煤山垄去，先要从松坊溪搭一程竹筏。然后上岸，进垄。我和支部书记走到桥边，正要走下石级去乘竹筏时，一阵清香因风送来。小片小片的雪花飘飞中，我看到梅树枝头开放若干朵梅花。这是雪中初吐芬芳的早梅，仿佛是我心中的希冀之花，在那枝头逐渐开放了。但我来不及仔细欣赏。当支部书记举起竹篙撑开竹筏时，我从溪上回首眺望桥畔，只见小片小片的雪花散落在梅树上，枝头的梅花仿佛越开越密了。

松坊溪两岸连山，绵延不断。雪云飞渡中，有时隐隐望见岸上树悬岩罅，藤垂崖壁；有时隐隐望见岸上竹拂石穴，瀑挂林杉。我是第一次乘竹筏在这长溪中航行，觉得眼前展现的是无尽的雪中山水画长卷，一路风光美好。从松坊溪到进煤山垄的上岸处，水程约三公里。就溪道说，溪石错落，溪情多变。支部书记却是一位老练的划筏人，只见他手中的竹篙，左右支使，自如极了；在他的目光中，这溪中的航道，竹筏行进的途径，熟悉得很。竹筏轻快，不消半小时，便停靠在进煤山垄的岸边。支部书记把竹筏系在石级旁的木桩上，我们遂上岸。

入煤山垄的山道，比较宽阔。有一条山石纵横的小山涧，流着山泉注入松坊溪。我们即循着涧边的山道进垄，小雪还在断断续续地下着，夹着零星的小雨。这南方高山地带的冬季，雪天中，路旁有点焦黄的草地上，还开放一些蓝色小花。从路旁野草里，时或看见一些发亮的墨色小石块，好像石器时代磨平的，散落其间。那是早年从煤硐里清出的石渣。途中，支部书记告诉我，不知从什么年代开始，便有人从山洞里挖煤，挑到附近小镇的打铁作坊换回砍刀。清朝末期，这里开始有了官督商办的开矿业；这里的道路上，至少在一百年前便有矿工踏过的足迹。支部书记说，村中长辈相传，当时都用独轮车运煤经此山路，也有用骡马载着煤篓经此山路。民国初年，这里都开采过煤。但一直都是落后的手工开采。规模小得可怜，几经开办，几经停顿，最终矿区间还是一条公路都没建起来。支部书记的一番叙述，虽极简略，但也仿佛翻开历史的一页小小章节，使我看到封建社会和沦为半封建半殖民地社会里，我国产业和开矿业的惨淡景象。那样的日子，那样的景象必然是一去不复返了。但听着支部书记的叙述，我心中想，这样的历史回顾也有裨益。历史教训永远会给以人教育意义。

山路随着山势愈来愈陡。山谷也显得更加幽阒。路边山涧中，大石奇石更多；水流渐急，泻下的山泉几乎像瀑布一样，水声激响。

涧岸上，林木渐深。我们循溪行走好长一段路，涧流因山势来个大转弯，路随而西折，前方出现一座石板大桥；这是利用涧中大石作为桥墩架起一座桥。过桥，有一宽大石路伸向陡坡。正当我们过桥上坡之际，雪纷纷扬扬，开始下得大起来。而当我们上坡到了冈顶，不想雪絮漫飞间，一望前方，全是一棵接着一棵的梅树。更让我想不到的是，据支部书记说，这座冈早先名五里梅冈，亦名茂七冈。原来这座冈不仅冈顶宽平，而且一路四五里都种有梅树。明代福建沙县农民起义军首领邓茂七起义失败后，其部属曾率一部队伍来此安营设寨，徐图再起；此支队伍曾在此山和邻近一带活动达数年之久。支部书记和我穿过一派梅林，他忽地大步跨到一棵老梅前，指点着对我说，传说这棵梅便是邓茂七的部属进军此山时种下的，只见此梅古干虬枝，花发甚繁，别有韵致。我想，河山不语，花木无言，它们身上却往往寄托历代人民的美好愿望和想象；一些山川花木的传说、神话，因此经历久远年代流传下来。但我到松坊大队后，所听传说，则多与历史革命斗争关联，是一特点。

雪越下越大。像柳絮，像荻花，随风漫天飞舞不已。我跟支部书记穿过梅林，急急行进。一时只觉身在雪中，身在梅中；一时只觉满目是白的雪，白的花；一时只觉阵阵梅香扑鼻，朵朵雪花扑面。只觉情景凛冽、清丽、恍惚，不可名状。忽而梅林渐稀，雪雾迷茫间，冈前出现一片旷地。及至走到近前，看到地上横倒两具断裂石槽，并有附近屋舍以及栅栏的废址残迹。支部书记此时告诉我，这地带在清朝曾是官督商办的矿区办事衙门所在；也曾是煤矿发配运煤骡马的马房所在。那地上至今尚存的石槽，便是当年的马槽。那时，北方的义和团高举反帝爱国的革命大旗，在祖国大地上点燃革命的燎原之火，作为该革命运动在南方的一支分支队伍，福建古田县的“斋教”教徒，曾在这崇山深峡间开展革命活动。运煤的骡马夫和挖煤的矿工中都有“斋教”教徒。一日，有一洋人乘轿过石板大桥上冈来，在矿区衙门休息一会儿，忽而要求骑马进矿区。骡马夫中的“斋教”教徒，怀着对于外国异教徒的鄙视和民族的深仇大恨，拒绝派马，一面暗中发动矿工，聚集衙门前，要求与这位洋人理论，质问他坐轿进此深山，又要骑马进矿区所为何事。洋人又气又恼，更是心惊胆战，唆使衙门官吏驱散群众；群众却越聚越多，把衙门紧紧围住，僵持整个上午。洋人恼羞成怒，最后竟逼使衙门官吏开枪威胁群众。那软骨的媚外的清官员，向天开枪时，一颗子弹竟然射中站在斗争前列的运煤马夫的胸膛。当群众正在抢救自己的兄弟时，洋人由武装官员和“矿警”护卫，逃离此山，然后改道乘木船仓皇返回县上的教堂。这掩映在梅树长林中的五里梅冈，这茂七冈，原来记载着农民起义和矿工反帝的传说和史迹。

下冈，涧声乍至。才知道山涧绕过此冈，又在眼前展现了。支部书记说，这一带土名叫五穴七硐，历来是开矿采煤地带。雪继续下着，但又变成稀疏的、若断若续地下降的小雪；而路上已有积雪。这时，道路依然傍山沿涧伸延，颇宽阔。但山景越见幽深。循涧前行，看到两岸层岭叠起；一岸山崖间，时见有小瀑布下泻，注入涧内；近路的冈峦上，在苍郁的老树间，则时见有老梅参差而出。这样前行二三里，山愈深，路却愈宽，到处随地散落墨色发亮的石渣和煤屑；崖根旁，时或出现煤穴煤硐的遗迹废址；因年代已久，硐口多被老藤深茅所密封。其中有一口，支部书记说是蒋介石时期在此开挖的煤硐。只见这煤硐，硐口为无数树根所盘绕，里面黑洞洞的，发出一种潮湿的腐草的气味，一种蝙蝠的气味；发出一种潜伏的暗流似的捉摸不定的水声，一种空灵的水声，这些立时给我以荒芜的印象，暗淡的印象；立时使我想到当时矿工的劳动条件极端困苦恶劣；立时使我想到沉重压迫和剥削，矿工和矿主资本家间必然地引起严重对立和矛盾，斗争必然是不可避免的。过此硐前行不远，翻过一冈，前面出现一道半弧形的山坳，在一排苍老的大樟树掩映间，搭着一排地质队的活动锌板屋。只见那锌板屋，玻璃窗明净，屋顶已披满雪絮，那夹着零散小雨的小雪花，仍然断断续续飘洒到那屋顶上；而铁皮造的烟囱，则正在吐着炊烟。

支部书记说："这里便是原来的煤山村。"

说着，却领我循一小径，走到锌板屋后侧的山坡上。这坡上也有许多梅树，在雪中绽放。不想梅树下，有十多座坟墓。此刻，我仿佛更加清楚地看到，历史在这僻远的深山中多处记录人民的战斗业绩和战斗历程。20世纪20年代，由于江西安源的工人运动以及横峰采煤工人的年关暴动消息不断传来；加上当时矿区已有共产党的秘密组织的领导，这里也发生了矿工暴动。先是提出改善劳动条件，增加工资的合理要求，未得答复，开始罢工。这里的矿工原来就是从附近农村招来的农民，有的还回村发动群众实行分田平债运动。这就不仅使得附近镇上的地主，以至县衙门的官老爷们都震惊恐慌不已，认为"祸根"在煤山垄，那里有"私党惑众"造反，于是反动的矿主、地主勾结县上保安团队，整整准备三个月，纠集二营白匪军前来进攻。矿工和附近三十六乡农民，用大刀、梭镖和三十多支土铳进行反抗战斗。这深山崇岭间的工农团结起来，联合战斗的义举，持续两个月之久，但最终被镇压了。农民和矿工都有被杀害的，煤山村也被烧毁了。支部书记说，当时在战斗中牺牲的矿工，大多埋葬在这山坡上。他又指点其中的一堆黄土说，这座坟，是安葬清朝时反对洋人进垄被枪杀的运煤马夫的坟；他补充说，原来葬在茂七冈，后来移葬这里。

薄雪覆盖下，可见墓前有一些不知什么人献上的花朵。是牧童献上的花？是村中民办小学红领巾前来献上的花？是地质队员和过路的伐木工人献上的花？岭上的松树，坡上的梅树，长年陪伴着这坟墓。这里长眠着为维护民族尊严和国家利益而在战斗中视死如归的不屈的英灵。这里安葬着为求解放而献身的我国早年矿工的忠骸。

我不觉在此低回片晷。呵，这里的土地思念英雄的民族魂，倾听忠于工人阶级事业的先烈的呼唤。这里的松树常青，梅树林中的花朵年年在雪中吐着芬芳。

从此座山坡有石级上岭。我们翻过岭后，又攀过一座山头。此时，雪又下得大起来；这一场雪，一路来可真是似断似续，时小时大。雪中，我听见有瀑布声、流水声传来；随着在水声中，我又听见这雪天的深山老林间，传来机器的轰鸣。抬眼望处，只见雪雾迷漫间，巍然一座钻塔矗立在对面一座陡岭的半腰处；只见那钻塔的帐篷上全是白雪，塔端一面红旗则在雪中飞扬。我心中不觉一阵振奋。也在此时，我才发觉此处是两崖对峙，其中潴水成溪，溪上搭一临时木桥。支部书记引路前行，过桥时，他对我说，经过飞机和其他地表仪器探测，初步认定这一地带远近数百里的山林间，地下有煤，有铁。其中煤在极深的地层，可能为富矿；现在开始钻探验证，如得确切数据，则开采后，将对发展南方工业扭转北煤南运的局面做出贡献。支部书记谈话间，一种平素不易表露的乐观情感和信念，不经意间也感染了我。我们踏雪过桥，正要循着刚开的新路，走向钻机机场时，我忽地听见瀑喧如雷，不禁抬眼一望。心中一震！是宋人的笔意，是明人的画情？只见前方钻塔的东边，一瀑从岩顶倾泻下来，其旁冰雪凝聚处，有数棵梅树悬空挺立岩隙间，枝头点点玉白，分不清是雪花在枝还是梅花在枝。“岩下冰澌千尺瀑，日边香度几枝梅”，记不清什么时候印到我心中的诗情画意，此刻顿然展现在我目前。但我已来不及体味此中含有何种哲理，一时间内只觉此间梅树真多，一时间内只觉这梅，这瀑布，这里的自然情景，含有我们这个时代的风情和哲理意味，而正在此刻，对面忽有一青年人冒雪向我们奔来，他是地质队队长，老远就向我们伸出两手，随即一手拉着支部书记，一手拉着我，转身奔向钻机机场。我和他虽是初次相见，不知怎的，一时间内只觉他是一位热情的人，只感他的心中装满着我们这个时代的力量和希望。

当我们走进钻塔的帐篷时，外面的雪下得更大了。

粉红色的牵牛花

牵牛花就其色彩而言，有作粉红或浅红者，有作深蓝或浅蓝者，有纯白者，以其色彩之各异其趣，使我大为赞赏。此乃我在某年一位友人寓所的阳台上所见几盆牵牛花的印象。说也奇怪，次年春四、五月间，我即“不失时宜”地向这位友人取来若干牵牛花的种子。为此，我从花店里购回若干陶盆，嘱儿子到郊区取来泥土，择日在寒舍的阳台上种起牵牛花来。

在考虑作此文时，当时种花的某些心绪居然一一再现于心间。譬如，把种子放入陶盆的泥土中时，心情似乎很严肃，且有一种期望和设想，这便是，这些种子生长出来以后，能沿着书室（兼卧室）的窗口随意攀上它们的藤叶，且随即开放各色的花朵。如此，每日坐在书桌前，便能见到有一道开花的绿色窗帘从窗口垂到阳台上，这或且别有一番趣味。又譬如，当时还想到年少时读到叶圣陶先生的散文《牵牛花》以及梅兰芳先生甚爱牵牛花（这是听说的），曾亲自在家园中种了许多花朵色彩各异的牵牛花，等等。总之，当时的心情有如正在作一则小品文一样，感觉很好。

我原来一直以为牵牛花不过是一种野生的小花小草，或云一种普通的小花小草。说不出道理来，或云由于我不过是一位凡人、庸人，因此似乎从小喜欢一些小草小花；又似乎对于小花小草总有某些感受，以至在我的小品文或者童话作品中，往往出现蒲公英、野菊、狗尾草以及牵牛花的有关记录。不过，拙作中所出现的此等小草小花，大概不外是个人在野外、山间乃至少小时在故宅小园林“芳坚馆”的所见和所得的印象和感受。我实在不知道诸如牵牛花等可以养在陶盆中，而且除普通所见的蓝色者外，其花朵的色彩是多样的。现在话说回来，1956年（甚至可能是1978年）以前，我所种的几盆牵牛花，恰如莎士比亚一册剧本的书名AS YOU LOVE，那些牵牛花在夏季里，如我所愿，一一随意地从我的书斋的窗前垂下叶和藤，并于每日黎明时分开放多种色彩的花朵。就牵牛花而言，它并不发出香味；它似乎自有某种品质足以使一些昆虫乐于前来在其花朵间游乐。在我所种的牵牛花盛开各色花朵期间，每日均有一些野蜂、蛱蝶以及小瓢虫飞到我的阳台上和书斋的窗前来，记忆中持续种了三四年的牵牛花。那几年的夏天这些花朵和这些昆虫使我感到愉快。特别是其中的一年，几种不同色彩的牵牛花，每晨皆开放很多的花朵，有的蜜蜂或小昆虫甚至飞落我的书桌上。说来有趣，也许由于年迈之故，记得当时居然曾在心中暗自以为，此乃祥瑞之兆。甚至以为可能有某种福分将步入我的暮年之境。不过，不论此等意念之由何而生，殊堪一笑。

说不清楚出于何因，随后若干年竟忘记种下牵牛花的种子，每当夏季来临时，坐在窗前，心间偶尔会出现淡淡的怅惘之情。1994年10月下旬，一天近晚，我在阳台上为几盆花木浇水时，忽见兰花的陶盆里出现一株牵牛花的幼苗。至少在前三四天业已生长出来了，但高不及五厘米，有三五小叶。从此，我每日晨昏均来观察它的成长情况。前若干天，成长迟缓，我深以为虑。我暗自想道，这或是一粒延误了季节而发芽的种子？不过，我的心中又似乎总是存在着某种信念和期待，这有如暗自存在于心间的某种爱情，自年轻以至暮年，其信念和期待，未曾衰竭。原来看似稚弱的这棵牵牛花，随即开始正常地发育、成长起来，原来出现于我心间的某种疑虑不觉消失，只见它的藤先后随意向放置在它近处的几盆花木，如石榴、茉莉、角花以及印度橡胶等的枝间攀缘上去，并且生叶、结蕊。我这位老人自小喜欢小草小花；年长，又喜将它们写入自己的小品文或童话中，更有趣或不可理解者，即至暮年，如见及寓所阳台上所种的花木开花（特别是开得繁多），不仅愉快，且暗自以为这是将有某种福缘降临寒舍（或贱体）的预示。我在本文记述这些可笑的闲话，无非想说明本人对于爱上草或花的心理背景和变化。可真是的，这次见到这株延迟了季节的牵牛花生长出来，似乎尤为兴奋。当它结蕊以后，除了晨夕按时浇水外，每日读书或写作之余暇，又总是行出书室，至阳台上看望它。不久，它真的开放花朵了，开放了粉红色的、近似深存于某位老人心间的爱情一般美丽的花朵。写至此，我翻了日记十一月六日好像预告什么的，又好像要我期待什么的，它最初开了一朵花，八日则开放五朵花。以后我就没有记录了，但六日和八日好像因此成为我晚年生活中值得纪念的日子。

这粒牵牛花的种子，是什么时候被埋在泥土中（至少在五十年以前吗？），而没有生长出来？但作为花朵的生命的种子，只要他是被埋在泥土中，一如最美丽的人生的爱情种子，只要埋在情人的心间，即使日久天长，总有一天要冒出芽来，总要开放花朵。我作如是观，并且成为观察自然和人生的一种信念。

闲话无名山水

1978年8月和9月间，福建创办《榕树》文学丛刊，曾向施蛰存先生约稿。承施老惠寄《在福建游山玩水》。是文发于《榕树》创刊号（也是散文专号）上，记得并不是写福建的名山名水或其他名胜古迹。20世纪40年代初期，若干大专院校迁入内地山区办学。施蛰存先生先后在永安、长汀等地执教。大概课余之暇，他往往在附近若干无名小山、小水之间随意漫行。三十余年之后，应约撰文，始把当时留下的印象记下来。《在福建游山玩水》现收录《施蛰存散文选集》（百花文艺出版社版），至今重读，犹感是一上乘之作：盖文中所记无名山水之景色，皆于无意间得之，殊觉可喜。我想起古来记叙有关对于山水的感觉之作，往往传世，但不见得所记叙者皆名山名水。如柳宗元的《钴鉧潭西小丘记》《小石城山记》等，所记者不外是柳公谪贬于今湖南省零陵县时那些穷乡僻壤的景物。当然，这些古文，不论其写石头，写水和树、竹以及发议论和胸中不平之意，皆具有古代散文大家的风度。但我读柳公这类散文，有时尤喜文中若干笔墨，写其无意间对于某些景物的发现。如《小石城山记》中云："……无土壤而生嘉树美箭，益奇而坚，其疏数偃仰，类智者所施设也。"则山之奇和所具有的异趣，透出纸背矣。苏东坡写山水之文，恕我武断地说，如前后《赤壁赋》以及《石钟山记》等固佳，但若收录《志林》等中的《天籁》《栖贤谷》《曲江舟中》《临城道中》以及目下已颇为世人所传颂的《记承天寺夜游》等小品，则写得更是自由自在，文中所记景物，往往只寥寥二三语，然皆无意间所得，读之使人与作家共同感到一种自适的快乐。至于《徐霞客游记》，我个人始终以为作者为千古奇人，文章为千古奇文，是其书中早期的作品，若记黄山、雁荡、武夷等之游固佳，而他晚期（其实徐霞客不过活了五十余岁）有关滇、贵之作，不仅对于地理学、地质学以及少数民族的风俗习惯的研究、记录，具有极高的科学价值，对于西南那些鲜为外人所知的山川林木花卉及鸟兽的奇美奇趣，其所记者更是令人叹为观止。

上面提及施蛰存先生于20世纪40年代初期曾在福建永安执教；这所学校校址在离县城五公里左右的一座小山村，村名霞岭。1941年夏，学校改名为福建省立师范专科学校，我正于此时考入此校就读，但施先生却应聘至当时迁至长汀的厦门大学就教。霞岭四面环山，燕溪从村前流过。我在霞岭就读约一年。次年夏，校址迁往南平的一座山村，是村名后谷，亦四面环山，富屯溪从村前流过。我在后谷为时两年。在永安、南平两地小山村里就读的三年间，看来当时还说不上有所谓游山玩水的某种要求，只不外有时偶然兴至，乃至附近的山水间随意漫行；兴尽乃归。现在记得还很清楚的是，某一秋日，从学校附近一小草径漫行至山中一小溪畔，不意看见前面有一大片古木杂树形成的秋林，经霜的枫树、槭树、榆树等出现灿烂的柠檬黄、玫瑰红等色彩。我走近此林，在一块石头上闲坐，有的落叶竟掉在我的怀中，记得还在林中看到许多松鼠在树上跳来跳去，我正要归去时，竟然见到一只路过林中的刺猬，遇见我，居然停下来，毫无戒心地（甚至是善意地）向我打喷嚏，然后遁入林后的深山中去。在霞岭时，至今留下印象的是浮桥和水磨坊。所谓浮桥，现在已很难见及；它是以粗大的竹缆将一只又一只的木船在两岸间连接起来，以代一般桥梁的作用，有一种古意，有一种野趣。这年寒假，霞岭大雪，学校前面燕溪上的浮桥的每一只船上都覆盖着白雪，与溪边那些覆盖白雪的林木、草莽以及附近的山峦村舍相陪衬、相托映，此等雪景别具一格；我有时念及，感到此等景色实乃平生偶然一遇，有点难得。当时从霞岭至永安县城，除陆路外，可乘小木舟至县城的古城墙下的小码头上陆。这行驶于燕溪的小舟，舟体颇狭，只可容两位乘客，由一位船工撑着竹篙行驶。当时竟发兴坐此等小舟至县城。舟从霞岭出发，行燕溪中，时或见及巨礁，水流湍急，看来这条水路颇为艰险。但船工对航道甚是熟悉，临险境如过平地，记得当时小舟颠荡不已，我的心却很平静。那是初春时节，两岸嘉树美竹以及早发的野花，举目随处可见。至今难忘的是，五公里多水程间，一路见到多处设在岸边的水磨坊，它们在树下长满羊齿类植物的巨大古樟的掩映下，大木轮不止地旋转着又旋转着，其状颇见佳趣。至于学校迁至南平后谷后，有时也至附近山水间漫无目的地游玩。记得有一次沿着一条铺着竹片的小山径漫行，此径尽处，竟然看到几处当年以手工开采的石灰石矿的遗址，一一如露天的黄土岩穴，穴中有蝙蝠在飞来飞去（顺便记一下，那以竹片铺成的山径，可能是当年以小车运石灰石的车道的遗迹）。又记得有一次，沿着附近一条草径往山间漫行，不觉行至此径转弯处，竟出现一座林间的小土地庙；此庙建筑颇见独特，既祀土地公公，又若一座避雨亭。当时，我较喜欢西班牙作家阿左林（现译阿索林）的小品文，口袋中常放一册卞之琳先生所译的《阿左林小集》，记得当时浩然坐在庙前林中一块岩石上，读了几则他的作品，记得有我最喜欢的《叶克拉》以及《上书院去的语》等。

在若干无名山水间随意游玩所得的快乐和感受，在我此生中有两次印象可以记录，但在本文中只想简单地择其一二写下来。一是1937年间，我与亡妇秋声结婚的次年，曾和她同往她的娘家探亲，她的娘家在莆田西北隅深山间的一座小山村里。一日，我在附近山林间漫游，见到一座斜坡下，有一大片正在开放近千箭的兰花；又在另一处见到悬崖下的一口深潭，潭上开放野生的睡莲。此等事，我在20世纪50年代写入两篇儿童散文中，兹不赘。二是1971年，我举家旅居于闽北浦城杉坊村，从1973年调回福州工作至今，我陆续写了数量颇为可观的有关杉坊村以及四近山水花卉树木鸟兽的散文，甚至把自己在旅居杉坊村的某些感受并以那里的风景为背景，写了诸如《白雪公主》《孙悟空和他的外国朋友哈尔马》《孙悟空在我们村里》等童话散文。在这里想写一件在那里的小小见闻。一日，我沿着村前一条小涧边的山径向土名西源垄的山谷走去，据云这条小涧源出西源垄。沿途所见山树以及涧中岩石之美，则不多说了。大约行两公里，果然看到此小涧的源头：这所谓源头其实像一汪小潭，潭中有大如砥石的巨石，日影落在石上，当时我见到一只青虾静静地停在石上，似在享受日光。说也奇怪，此等微末的印象，居然深记心中，若干年不衰。写至此，我只想说明一个意思，若干无名山水间的某些风物，在偶然间得之，于无意中得之，个人以为往往可贵可喜。

城市的山

这里所称的城市的山，指的是福建东部沿海一些城市市区以及郊外的丘冈或小山。我想把自己对它们的印象记录在本文中。我的家乡莆田，在城关的西北隅，有一丘冈曰东岩山。山上有古刹、古塔，皆宋物；有古祠，古城墙，皆明物；有一古樟，传为西晋物。沿着石砌的山径入山时，山门上有石刻匾额，上题“渐入佳境”四字，为朱熹手笔。山上有巨石，皆丰实，无怪状，或一石独立，或数石聚集一处，而乔松错列于石间，每至山中，往往听见有松涛声，似从天末传来，此等天籁，其美几无法言传。东岩山之脉向西逶迤，离东岩山不到二公里，自山麓至山坡上，有一古刹曰梅峰寺，为宋物，寺内钟楼上传出的晨钟声，传说能远播至数十里外的江口镇。梅峰寺之西，曰西岩山，上有小祠，闻为明代所造，祠前有一石，上有足印似的石痕，传为仙人之足迹。这些地方为少小时游踪常至之处。有趣的是，现在已是垂暮之年，有时思乡，那梅峰寺的晨钟声，那东岩山的松涛声，似乎还会传至我的耳际来。我是1945年冬开始在福州定居的。福州市区内的于山、乌石山、屏山，作为风景区，早已闻名遐迩。但不知怎的，如于山、乌石山，当年与我的寓所相去不远，记得却在很长的时间内不曾去游玩过。至今，我还想不起来自己是何时最初去游览于山或乌石山的。但记得清楚，反而到了20世纪80年代初期，由于陪同省外客人乃至外宾，每年均曾多次至于山或乌石山游览。我觉得自己对此名山之美，还没有深刻的体会。但总觉得山上的巨石以及从石隙间生长出来的古榕，似乎是最使我感动的风景。于此，我想顺便记下一事。福州市区有小巷曰龙山巷，四十年代间，我有一友人住该巷的一座民宅内，我常至这位友人家中闲谈。他的住宅有一空地，一巨岩如一座高墙立于空地之后，岩石上生青苔，有看不清的泉水间歇地从青苔间滴落下来。我常和这位友人在岩前对坐在竹椅上，喝茶，谈文学。这在当时不觉得怎么样，现在想起来，反而感到颇具一种情趣。俗称福州“三山现，三山隐”，即如乌石山等是看得见的山，如龙山等则是隐藏于市区而且看不见的小山。

我格外喜欢泉州。那里的文物之富且美，举世瞩目；特别是有关古代中外文化、宗教以及贸易的有关文物古迹，更具有极高的历史价值和艺术价值。但泉州市内无山。如在郊区有清源山、九日山之胜，那里利用岩石就地造出的有关道教、佛教的巨像，我个人以为与龙门等处的石窟造像在艺术上是可以相比拟的，虽然各具自己的文化背景。至于厦门，则在市区内便有万石山之胜。在这里，我最喜欢的是万石禅寺(闻始建于唐朝)。此寺规模很小，像寺又像庵，反而显出它具有某种动人之处，我记得此寺不远处，有一小池，池畔俱为小岩石，亦可喜。此外，我也喜欢醉仙岩，是处可以观海，又似有某种梦境，但只到过一次；后来，有一次曾想独自一人登上此岩，但因忘其去路，且年迈乏力，终于上路后不久即折返了。

顶　峰

1959年间，我曾搭民航机自北京飞往上海。就在这一次班机上，我从机窗间看到泰山的顶峰。我所见及的不是玉皇顶以及玉皇殿，不是丈人峰、五大夫松以及南天门和登山盘道，也不是极顶上的云雾。那天晴朗，从机窗间却见及极顶上有一条枯涸无水溪床，客机飞经此处时，离极顶可能不及五百米。只见这条枯溪两岸皆由岩石形成，似无草木，而溪底又有许多形状不一的巨石，似在不知年代的远古便从岩上滚入溪中。这些从空中见及的情景，不过是在飞行的数秒之间的偶然一瞥，但印象深刻。有时会无端地回忆这些情景，有一种荒漠、原始以及人迹罕至的庄严之感。对于玉皇顶而言，这地带可能才是泰山真正的极顶？或云这地带方显得极顶的本色？

20世纪80年代初期有多次游览国内名山的机会。其时我已年逾六旬，可称初入老年之境。以有山中公路之便，竟登上几座名山的极顶。我曾至湖南约三次，其中一次为湘西北之旅，以游张家界为主。我至张家界期间，其地属甫为识者所发现的风景区，尚鲜为外人所知。这座据云总面积达一百一十多平方公里的大风景区，其奇木、其奇峰怪石、其溪其潭，俱为自然的大手笔；惜未至境内的最高峰天子山，实为憾事。但另有一次至湖南，则得以登衡山之极顶。这是衡山七十二峰中最高峰祝融峰的绝顶，高度为一千二百九十米。不像上面所提及的、从空中见及的泰山某一峰顶为岩石和无水的溪床，衡山的极顶则无山岩，而像是一座宽阔的、平坦的广场。现在回想起来，在衡山的众峰中之最高峰的极顶，乃是一座天然广场，单就这一点而言，便是一种奇观。立此极顶天风吹衣，云生袖间。事隔十载有余，至今犹感当时所见的情景以及个人所生的心境，难以笔述。在此极顶，有一殿，祀火神祝融，闻为明人所造；清人重修，墙以石造，瓦为铁铸。记得当时曾进殿拜谒这位神祇，觉得此殿和整个极顶一样，气象庄严。此行曾使我念及神话以及民间传说的某种力量，更念及某种信念会使人在像衡山这样的顶峰上创造神物。

在福建境内，我曾登黄冈山和仙山的顶峰。黄冈山辖属武夷山自然保护区，不仅是武夷山诸峰的最高峰，且为华东六省诸名山中之最高者。这座自然保护区是举世闻名的自然科学，特别是生物学的研究基地，鸟类、兽类、两栖动物、爬行运物、昆虫以至原始的苔藓地衣等类植物，不仅物种繁复，且多属举世珍稀者。记得那年上黄冈山，是由位于闽赣交界的桐木关附近出发，搭车从一条简易公路登山。沿途可从车窗观察处于不同海拔的山地上的植被的变化。譬如说，车行到海拔大约在一千七百米时，便可见到所谓“孑遗植物”，即避开第四纪冰川袭击的南方铁杉等植物；还能看到云锦杜鹃，当时这种高海拔地带始可见及的杜鹃，为一种乔木，正在开花。过此地带，从车窗所见的树木，已逐渐稀少，且极矮小，出现了所谓苔藓矮林植物。及至极顶，则为所谓草甸植物了。这黄冈山的极顶，一如上面提及的衡山的极顶，亦为一开阔、平坦的天然广场，但更显得广袤，乃至望不到边。那天立此极顶，东望极目处，曾看到那里有一派墨绿的矮树林，犹如一片草地。有人告诉我，那是天然下种或云天风下种的黄山松林带，季节到时，还能看到成片开花的金针菜，等等。至于仙山，则在闽东的屏南县境内，其高度是一千五百余米。闻山中有野山羊、鹿、豺狗等野兽，虽未见及，但车将抵顶峰时，从车窗间也见到云锦杜鹃以及铁杉等。仙山的顶峰亦极平坦，且有小溪和小湖，我到时，这地带已开辟为牧场。书至此，忽然想到，像黄冈山以及仙山，其绝顶不仅具备高海拔地带特有的自然景色、景物，且已渗透了当代科学技术研究的气氛以及人间的烟火味了。

福州的三坊七巷

作为一座历史文化古城，福州市内还保存着所谓“三坊七巷”和其他如朱紫坊、三牧坊等古老街巷。这些古老街坊、街巷似乎除其年代久远和尚保存若干传统民居以外，亦各以其为历代名人居处，以及流传若干有关的民间传说而著称于世。

福州的“三坊七巷”，分居于最古老的南后街之两侧。具体言之，三坊为衣锦坊、文儒坊、光禄坊；七巷为杨桥巷、郎官巷、安民巷、黄巷、塔巷、宫巷、吉庇巷。这三坊七巷，除杨桥巷因道路拼建，早已不称其为巷外，其他坊、巷可能大抵都保留原来的格局。即杨桥巷虽改名为杨桥路，但原来巷内的一处古迹，即双抛桥上的桥亭和桥边的几棵古榕均在，桥上常见有老人坐在那里闲谈，颇具一种古意。不过其他坊巷，如光禄坊的“光禄吟台”，塔巷的塔等古迹，今已不见。现在，在三坊七巷，多少可以寻访其遗迹、遗址者，算是一些名人的故居。譬如衣锦坊，宋淳熙进士王益祥曾居此，明都御史林廷玉曾居此，清嘉庆进士郑鹏程、咸丰进士郑世恭、郑守谦曾居此（而郑世恭为郑孝胥之父）；譬如文儒坊，宋国子监祭酒郑穆、明抗倭名将张经等均曾居此，近代学者陈衍亦居此。至于七巷，举其要者，郎官巷有宋诗人陈烈、宋学者刘涛尝居于巷内，近代学者严复故居亦在此。塔巷闻与唐末五代闽王王审知有关，他曾于此巷内建育王塔院。安民巷闻与黄巢有关，他的起义军进城驻扎巷内，并在巷口贴安民告示，巷因此得名。宫巷在宋代有紫极宫道观，清进士沈葆桢居此。吉庇巷，宋状元郑性之未第前曾居此等。一些地区，一些闾里与一些著名的文人学者有关，往往令一些地区、一些闾里出现一种令人敬慕的文化气氛，出现一种不可名状的历史色彩。

黄巷为七巷之一。1975年至今，我均住在此巷。赏阅《闽别记》，得知唐末，当时的著名学者黄璞曾寓此巷；黄巢起义军攻入福州城区时，曾传令士兵，以黄璞居此巷，不得惊动；而此巷亦因黄璞之故，世人呼为黄巷。另有一说，晋永嘉年间，中原士民因避兵乱南迁，黄氏家族曾避居此巷，世人因呼之为黄巷。据潘祖巉氏所作《黄巷》一文称："历代名人住此的有：明侍郎萨琦、清知府林文英、榜眼林枝春以及巡抚李馥、梁章钜、郭柏荫和进士陈寿祺、赵新等。"在我看来，这里除是文未提及的黄璞外，最值得提及的是梁章钜、陈寿祺和郭柏荫的兄弟郭柏苍。郭柏苍虽然也是科举出身，当过诸如员外郎等官，但他实际上是一位博物学家，著述颇富，他的《海错百一录》《闽产异录》等著，记自然资源、地产、海产，有如《梦溪笔谈》是一种笔记散文。梁章钜官位不小，但著书不倦，达七十余种。我颇喜欢他的《浪迹丛谈》及其续谈、三谈，还有他的《归田琐记》《退庵随笔》等作。这些著作，记述掌故、逸闻、逸事以及诗话、考证，更兼及物产、山川，也是一种笔记散文。至于陈寿祺，则以任《福建通志》的总纂而著名。

我现今所居的黄巷寓所，是工作单位的一座宿舍楼第五楼东侧的一个单元。据云，此地原为黄璞故居所在，这是否可靠不得而知。但原为梁章钜故居所在，则确定无疑。据史料载，梁氏于道光十二年（1832年）在江苏任上辞职归闽，便在黄巷旧居筑小楼，曰黄楼。这座黄楼现在大体上能保持原貌。楼为木质结构，梁上有一些雕花图案，潇洒、简洁、疏朗，或出于名艺人之手也未可知。楼前有假山、小池、小桥、小阁，规模很小，皆具体而微。至于所种花木是否原物已不可知，但我记得20世纪50年代初时，一日，来参观此黄楼，庭中尚有一株梧桐，如今已看不见了。至于我们的宿舍楼，据云是拆了梁氏的东园，而在原地上盖起来的。黄楼即在宿舍楼的东前侧，从楼上的阳台间，可以望见那里的小阁和一些花木。70年代中叶，我们迁入时，从阳台上和朝南的窗口，均可远眺福州著名的五虎山和位于城区的乌石山、于山，可以看见白塔和乌塔，望见于山树丛间的九仙观等。若干年来，视线所及的远处近处，筑起一些高层建筑，乃渐渐地把那些远山和塔、道观等的景色遮住了。如此从阳台或窗前望出去，只觉目力所及，很是局促，显得视界不开阔，心中有时感到莫名的惆怅。

我的楼屋的西侧，隔一墙乃是陈寿祺的故居所在。我不知那里住的是不是这位学者、史学家的后代？抑或物已易主？只见那里原有的空地都已盖起瓦屋。使我无端感到欣慰的是，那里三棵高大的树木仍在，虽然它们挤在瓦屋中间。这是芒果树、白玉兰树和一棵不知名的树。我写此文时，这不知名的树正满树盛开一穗穗紫红色的花朵，几乎把树上的绿叶全覆盖了。不知怎的，我以为这树是从诸如东南亚的热带地区移植来的。至于那芒果树，只要把我的书室那扇通向阳台的门打开，便可看见它。它和我是如此接近。我在自己的散文中曾提及它。它的树荫宽阔，有时会有城市中难以见到的斑鸠和黄鹂飞来；一日，我还听见画眉鸟在它的树荫间唱歌。

福州的三坊七巷相距均不远。我有时特意从塔巷，或从郎官巷间漫无目的地行过。这些古巷的道路还是石板铺就的。有些居民仍保留原来的建筑结构，门前仍有涂上丹红色的木格的门墙。有一次，有位友人和我一起走过郎官巷，他忽然指着一座旧屋对我说：“这便是严复的故居！”

我对于这位杰出的启蒙思想家、学者和翻译家，至为敬慕，但不敢贸然叩门而入。只见从墙头伸出一些古树的枝梢，不觉仰视良久，才默然离去。

黄巷·凤凰池

近日由黄巷迁居凤凰池。我在若干小品文中曾提及黄巷，并曾以《黄巷集》为个人晚年散文的书名。至于凤凰池，地居福州近郊，既然亦为晚年寓所所在，祈求今后亦有一种福分，能在若干拙作中谈论这个地方。本文还要对黄巷作某些记录，然后记录对于凤凰池的最初印象。

黄巷为福州的古巷，在传说中，说是在晋朝便有此巷。出此巷之西，为现名曰南后街的古街。以此街为一条中轴线，西侧有三条古坊，东侧有七条包括黄巷在内的古巷，这些古坊古巷，后人简称为三坊七巷。我们或可把那些古代坊巷布局的构思作古建筑艺术来欣赏，或视为古建筑的现场或资料以作学术研究，或作为古文化的遗迹而加以珍视。有时想，从晋朝衣冠南迁，即约从四世纪即有了有关黄巷的记录，那么，如果能从有关史乘间整理出黄巷以至三坊七巷一千六百多年间的嬗变，也是很有趣味的。我是1945年11月由莆田迁居福州的，居西牙巷；是巷虽不属三坊七巷，然距南后街近在咫尺。当时，工暇逛南后街为一种乐趣。这条古街有数家旧书肆，往往为操此行业的主人的住宅，以至其厅堂、天井、走廊间皆排列着放置线装古籍的木架，于此等书架间随意浏览，若觅得某种久已寻求之古籍，乐极了。当然，看看南后街的灯市，也是一种乐趣，这些纸灯，现在看来不如泉州的华丽，亦不如开封、洛阳所见纸灯的豪放，不过自有一种文化气质，那便是接近市民趣味的一种通俗艺术，又是一种为儿童所乐见的、近于玩具的艺术。单是书肆和灯铺所营造的一种古街的文化气氛，便十分可贵了。记得当时除逛南街外，偶然也去看看七巷中的黄巷、宫巷、郎官巷等，但见古屋以及石铺的古巷道等，的确有一种古意。至1973年夏间，从闽北一座小山村调回福州后，始寓居黄巷原清代著名学者梁章钜的故宅。初居此宅的若干情况，兹从略。我欲从本人所属工作单位于此宅另盖一座宿舍楼时以来所得的若干印象，在本文内略谈一下，因为这是渐入暮年之境，而又对于地方文物以及有关文献资料开始逐渐感到趣味之时。比如，原来只约略得知黄巷曾居若干文人，随后时断时续地读了陈寿祺的《福建通志》，读了郭柏苍的《闽产异录》等著；至于梁章钜，其著述之丰，更难以尽阅，但读了他的《浪迹丛谈》及其《续谈》《三谈》《退庵随笔》《归田琐记》以及《读渔洋诗随笔》《读随园诗话随笔》等，深感古人学深识博，又有个人卓见，这且不必多谈；但我要说，我觉得与此等感觉和印象随之而来的，有一种自认为很重要的想法，即像黄巷这样的古巷，它不仅与像南后街这样具有独自的古文化气息的古街联系，更因为寓居于此巷之文人的著述，和从其著述间出现的有关历史、文学、科学见解所引发出来的古文化气息有关联；而此等文化气息，目不能见，得以心智来感受。

像黄巷这样的古巷，目下尚得以保存下来的文化遗迹，主要为若干古宅和古树。以我尝寓居其间的梁章钜故宅而言，梁氏晚年所筑园林“黄楼”，为道光年间物，而其花厅、假山、池、桥等尚能见其原貌，殊可喜。暇时间或至游憩，但见花厅的斗拱、梁等的若干木雕，若云彩、花卉等的造型、线条俱见简洁、清丽，似具有明代雕刻与清代雕刻（屋宇木雕）的艺术之得到灵活的融化运用之美，值得注意。至于假山，外观平淡，然若沿其深藏于假山内部的小径、石阶行走，就会感觉这座假山内部有一种奇趣。“黄楼”似无古树留下来。但其东邻陈寿祺故宅尚保存三棵古树，我在《东邻和三棵树》一文中，曾提及这三棵树中，有一棵芒果树，一棵不知名的、树冠有如某一天文台的半圆形绿色屋顶的高树，可能是百余年前从东南亚的某一国度引进而来的，兹不赘。这里顺便谈一下衣锦坊。是坊隔南后街与黄巷相对，其实也是一条古巷。我未退休之前，往往从黄巷过文儒坊，漫步至工作单位上班。文儒坊有一棵古树，其树从高墙间伸出树冠，冬季树叶尽脱，约在仲春时节，忽地全树开出白色小花，颇似梨花；花期约一周，随即花瓣纷落入小巷，如雪铺地，随即又似在一夜之间发出嫩绿。我觉得此树虽老，而生之欲念所引发的生机，永久不衰，极可喜。另一使我觉得要注意的是，行尽衣锦坊，乃出现福州的古护城河（城墙已不可见矣），我上班时要过两道古石桥，其中之一曰驿前桥。这也算是一种风景吧？当然也是一种古文化的遗迹。我离开黄巷而迁凤凰池了，我记录以上的一些印象，并借此机会说一点“赠言和别意”：祈愿三坊七巷（包括黄巷、衣锦坊）的古文化遗迹及其所引发出来的美丽的古文化气息能尽量得以保护，作为一份精神遗物留给后人。我要说黄巷已久留在心中了。

福州出美石，即寿山石，名满天下。以寿山石作印章，作各种雕刻艺术品，出名师，出艺术大家，并且出不同艺术流派，誉驰海内外。在寿山石雕艺术流派中，其著者有“东门”派和“西门”派。而西门派的民间艺人和艺术大师林清卿等即聚居于凤凰池一带农村间，那么，我有时想，这种从乡间散发出来的一种具有艺术史上特殊性质的文化、艺术气息，也许与黄巷所具有的古文化气息，不尽相同，亦必得以自己的心灵来感受。

凤凰池闻已属市区管辖。若干大厦（包括宾馆、商品房）以及相适应的超级市场、农贸市场乃至所谓美容厅等亦已在四近出现。我总感到若干乡间以及郊野和大自然的情意，只要有心仍然随时可以感受得到，这很可喜。以我们的宿舍楼而言，“可喜的”是至宿舍楼之前，必经过一棵古榕。比起泉州开元寺中的那几棵古榕，此棵古榕更见强壮、高大。作为一种文化或宗教景象，我借此机会略记此古榕上曾经供奉神祇的印象。20世纪80年代初叶，我因事来到凤凰池，看到这棵古榕围可四人合抱的主干上有一神龛，黄帷低垂，香火鼎盛，不知供奉的是否为玄天大帝；当时心想，把神祇供奉于树上，既是对于神的敬重，也是对于树的尊崇吧。随后不久，我出访东欧某国。这是一个多数群众信奉天主教的国度，若干城市尚保留筑于14世纪的天主教堂，农村里更有不少小教堂。一日，我们路过一农村的一片大森林时，停车稍事休息。我竟然在一棵大橡树上，看见其枝间有供奉圣母的神龛。这似乎是一例证，把对于神灵的笃信和对于树的崇拜相联系的宗教思想，既朴素，也很有趣，值得研究。那么，我应该说，凤凰池尚有一棵大古榕，它在一条村间小径的路口。这条小径内又尚留二三旧年代郊区农舍的木屋，我以为它们实际上保存的是某种文化遗迹，以后可能看不到了。我迁居凤凰池以后，也许由于在郊外，有古树、有山冈，以至时或能够听见鸟声。早上天刚亮，便有多种鸟声传来，但我一时尚不知道是什么禽鸟。有时午间或傍晚也能听到鸟声。更为可喜的是，前两天早上，我竟然听到鹧鸪的呼唤声，这种鸟声，我是熟悉的，因为我和家人1970年冬旅居闽北一小山村期间，便常常听见鹧鸪的鸣声。大约我的有生之年将寓居于此了吧？他日如有感受或可喜的事，当再作文，以博高明之一笑。

试写凤凰池

树·鸟

1996年5月间我从黄巷迁居凤凰池，曾作文记述对于黄巷惜别之情和对于凤凰池的最初印象；这只能从人文和文化的感受中表达感情；而凤凰池原来是近郊的农村，这里不免留下固有的某些自然景观，所以文中提及榕树、鸟声等。作本文时，居凤凰池将近半载，从暮春经炎夏以至秋凉时分，将这一段时间内，有关树、鸟等的感受记录下来。

在我的寓所附近，其属于古树的，现在只见两棵榕树。这两棵古榕，各有自己的回忆和历史。它们各自经历了数百年的春天和冬天，不仅仅显示它们成长的生命力和抗拒祸难（如台风或干旱）的力量，它们的存在显示了其所处环境中各种不同含义之文明的消长和嬗变。由于其长寿、强壮，民间乃视为祥瑞之气象而予以尊崇，此等对于古树的尊崇，有时甚或发展为某种宗教般的虔诚，此乃人性善良的一种表现，同时也是一种美德，这样的天性及美德，当然应在当代文化意识和科学思想的引发下，取得新的含义和发展。由于城市的区域向村野拓展，所引发的某些生态环境的变化，比如，噪声侵扰，以及包括二氧化碳在内等废气的侵袭，这两棵古榕正在调整生命的某种力量，进行抗拒和排斥，它们对于这段经历也许以后会成为难忘的回忆。

几乎每日都可听见禽鸟的鸣声。居于黄巷时，那里为市区，出巷便为闹市，然而邻居有包括芒果、玉兰等三棵高大的古树，从阳台上又见远处有榕树，所以常听见有斑鸠甚至画眉鸟及其他鸣禽的歌声。现在凤凰池寓所听见的鸟鸣声，最大的遗憾是，对于这些禽鸟其名为何，一时尚不得而知。大约有两种歌声甚美的鸣禽，居于寓所屋后的树林中间。我有开窗就寝的习惯，每日拂晓，便听见此两种鸣禽之轮唱声从窗外传来。其中一种禽鸟的鸣声，在我听来，略近童音，有点稚气，另一种禽鸟的鸣声听来，似从一位少女的歌喉间唱出来，有一种纯洁的期待，一种纯洁的倾慕。有趣的是，这两种禽鸟都选择我的寓所对面一座六层办公楼屋顶平台作为它们轮唱的场所。天稍亮，附近市声四起，它们便飞开了。我曾立于寓所的阳台上，用望远镜来眺望她们：只见这两种禽鸟体小，羽毛均不华美，均呈灰白色，间以少许的褐色斑点，只是其中一种禽鸟有灰白小羽冠而已，否则可能会被视为同种鸣禽。它们飞回林中的路线也很相似，都是飞越过我的寓所的屋后数家农民的楼屋及高压电线，然后消失于山冈上的树林间。

我初来凤凰池时，曾听到鹧鸪的鸣声。自此之后，近半年时间内，又曾有三四次在晨间听到鹧鸪的鸣声。它们的鸣声从屋后山冈的林中传来；隐隐约约的，但仍然清晰可闻。寒舍后面的山冈上，新的屋宇会不断地延伸、拓展，而树林的覆盖面积，相对地缩小或向更深处和更僻远处发展。如鹧鸪之类的禽鸟，竟然每天清晨来高楼上唱歌，即能适应新的环境。今后，它们只好随着树林之新的延伸方向，向更僻远处寻求自己的领地。

城市？乡村？

说是乡村城市化，何尝不可；说是城市向乡村延伸过来，亦无不可；还有其他足以更准确地表述其品格或其中的趣味的概括性语言。现在我的工作单位和宿舍楼所在之处，原名凤里村，村中有两口大池塘，故俗称凤凰池。20世纪80年代初期，我曾来过凤凰池。其时两口池塘尚在，近处皆为福州近郊之传统的木结构农舍，北面为山冈，余皆稻田和菜地。当然，我记得还有“剃头店”和杂货店等小铺。今年我自市区名曰黄巷的古巷迁居至此，此间已具备城市的某种品质的变化。

这里出现某种繁华，而消失某种清静；出现某种现代方便、娱乐，而同时出现某种“污秽”。如二氧化碳等废气，由各色小轿车排放出来的，其量当不至太少。迁居以来，往往于“双休”日至西禅寺、金山寺礼佛，至洪山桥附近的树林中漫游。出工作单位大门，在路边稍待，即可招一的士前往欲去之处。我刚才所说的“路边”，指的是从市区西门通往远郊洪塘镇的狭窄的旧公路——西洪路；凤凰池东边较为现代化的公路有二，即近年扩建的杨桥路和不久前全线通车的二环路。此二者，使我感受得到凤凰池趋向商品经济更加成熟以及消费水平日益升高的状态。我有时还漫无目的闲逛至附近的杨桥路（西段）或二环路，不仅过路的的士如鲫，各色“豪华”的小轿车更是不间断地“奔驰”而过；这种繁荣和变化，我珍视其存在和走向完善。

有一种变化，在凤凰池。算是我个人的发现。这便是，在变化中有两种文化现象同时存在。我们工作单位的办公大楼遮掩在一棵大榕树后面。过此古榕，出大门，对面便是所谓农贸市场。此市场的楼上，为歌舞厅等娱乐场所，而与市场相对，有一比道路高半米多的石砌平台，原来我不知其为何物。以后才知此乃居民所筑的露天戏台。今年七月底至八月间，连续二十多天演出闽剧、评话。人称是为了敬神。将近黄昏，戏台前已排满观众各自从家中搬来的座椅乃至长凳。观众多为老妪、老头、中年妇女和儿童。我感到，他们更是多么赞赏闽剧和评话艺术，对于此等颇富民俗趣味的地域性艺术，也许在他们的少年时代便在心中种下了爱的种子；这和戏曲艺术有关，也许与其人生的某种难忘的际会、某种隐秘的情感或思念有关，或者，与上述种种一概没有关联，他们不过是为了寻求一种适合于老者的娱乐。

有一天，我登上凤凰池北面的丘冈，它俗称将军山。这当是由于山上奉祀协惠将军的庙宇而得名，而我则是为了谒将军庙而登山。这座庙宇四近均已筑上原来村民的楼屋，此外尚有若干幢颇具规模的商品房。庙内香火鼎盛，有村民在此烧香，亦有远道至此的朝拜者。山上的不少村屋前均有一片不小的开垦地，种植、培育每日送至市场出售的鲜花。我听一位同事说过，有一位村民不仅在原来的开垦地种花、种观赏草木，且已在他处租用不少土地经营有关花卉的种植事宜。这是一种商业活动，这位村民的“种花”业务，不仅涉及花卉业本身的一系列业务范围，更涉及商业活动的一系列业务范围。据云这位村民业已致富，家置三辆小轿车，这一点似应加以“交代”的。这则小品文，只想写点个人感受或印象，从而记录下凤凰池的某种变化、某种存在。既然寓居此地了，便生一种意念，想把对此地的印象和感情记录下来。

忆南后街旧书铺

20世纪40年代中叶，至福州定居以后，便开始与南后街有了某种缘分。那时，我还是一位阅世未深的年轻人，住在一条俗称西牙巷的小巷内。它虽与南后街相距甚近，却排不上分居于南后街两边的所谓三坊七巷的古老街坊之列。它也许只是一条陋巷，并无名宦大户之家，巷内民居简陋、破旧，不过就居室之建筑看来，属于福州一般的传统民居结构，所以平日出入于此陋巷，也往往有一种年代久远甚或古老的感觉。那时，生活的负担已经开始压在我的肩上；我除了固定职业（教书）外，还兼任两份工作，譬如报纸的副刊编辑，并忙于写些散文、小品文乃至童话。那时，我似乎并不知世情、人生为何物，却又似乎对于自己的未来天地抱着某种期望、憧憬乃至某种追求和信念，心中有时点起一团希望的火焰。那时，肩上虽有生活的负担，工作也忙，倒也时或忙里偷闲，从西牙巷寓所到附近的南后街去逛旧书铺。

当时，南后街的旧书铺比起北京琉璃厂的旧书肆来，自不可同日而语。但对于一位阅历和学殖均浅的我来说，逛这些书铺有如自由进入一座又一座的书城，心中总想此书城里处处有智慧之泉可掬，能慰藉心灵的渴求。我现在已不大记得在这些旧书铺里买下一些什么书籍。但我记得，那时不知何因，很喜欢我国古代的一些笔记小说、笔记散文。这主要可能是因为这类作品往往写得简洁、隽永、大方；所写事迹有些可能显得怪异，但仍觉有益于启迪心智。我记得从那些古旧书堆中间，曾找到诸如《世说新语》《唐语林》以至《酉阳杂俎》《梦溪笔谈》《东京梦华录》；以至苏轼的《东坡志林》、陆游的《入蜀记》、柳宗元的《龙城录》，另外还寻访到若干部记述八闽故实、风土民情、遗闻轶事的笔记，诸如《闽小记》《闽别记》和《浪迹丛谈》等，这些笔记或为宦游福建的学人如周亮工等所作，或为闽籍学者如梁章钜等所作。十分有趣的是这些笔记散文、笔记小说，至今还为我所喜读，闲时还时或翻阅，常有所得。此外，当时我还喜欢寻找诸如《笑林广记》之类的古典的通俗作品。记得有一次偶然在旧书铺的书架上访得一部冯梦龙编纂的《古今谭概》，披读之余，觉得此公在当时历史条件下，如无卓见，不可能做出此举。我至今还觉得笑话是一种具有深刻人生见解的文体，往往以民间的诙谐，揭示某些人性的疮疤，嘲弄某些世态的丑陋，它固然使你发笑，但在心中感到沉痛。寒舍有一书橱，专放经常翻阅的书籍，其中至今还摆有《古今谭概》《笑林广记》，虽非当年在南后街旧书铺所购得者（是近年新添的），但阅读它们，有时还会念及当年获得这类书籍时的喜悦心情。

在当年南后街的旧书铺里，我曾去寻访到20世纪30年代出版的一些文学期刊，譬如《北斗》《拓荒者》等。我记得就在《拓荒者》上读到列宁有关无产阶级文学的一些文章。当时，上海商务印书馆编印了一套可能是由文学研究会主持的《世界文学名著丛书》，版式十分精致：三十二开本，布面烫银（不是烫金）。我就在南后街旧书铺中购得朱湘先生选译的《番石榴集》，书中选译英国维多利亚女王时代以及湖畔诗人等的诗歌。也寻访到卞之琳先生选译的《西窗集》。此书中除收录欧洲一些象征派诗人的诗歌外，也收录包括纪德、里尔克、蒲宁等在内的具有现代主义倾向的作家的小说。这本书使我念念不忘的是，收录史密士、阿索林和马拉美等的散文诗，对于我的散文写作产生过影响。我至今还保存一册一九三四年出版的《西窗集》。

南后街的几家旧书铺的店主人和伙计，看来都是朴素的，专注于这份职业（以出售线装的古旧书为主）的独特的生意人和行家。

我常到的一家旧书铺，是把店主人居屋的厅堂以至天井等作为书库，排着一排排的木书架的古旧线装书，书架中间腾出一块方形的小小空间，店主人就坐在木桌前修补装订旧书和接待顾客。那时他约有五十出头，穿一件灰色旧长衫，戴一副老花眼镜。由于我常来，他已多少知道我欲寻访的旧书。我现在还记得，有一次他正低头在修补一部刘克庄（此公是我的故乡莆田人氏，所以记得清楚）的《刘后村大全集》。可能听见我走近的脚步声，他不觉摘下眼镜，一下子笑吟吟地对我说："我为你收集到一部《仇池笔记》……"

这部苏东坡的小品文集，从那时起即成为我的重要案头书之一。这部书对于我的散文见解，产生影响。

我到福州定居后，便与南后街结下一种良缘。

泉州日记

二月十二日

下午三时五十分抵泉州。住××路七号友人处。

向晚，访开元寺①。不知何故，还未走近寺门，便想，此寺可否说是，早在中世纪，泉州的文化业已高度发展的一个标志？

入寺门，苍苍茫茫的暮烟间，看到大殿前的古榕树、古樟树，看到排列于石庭两侧的，那些宋、元、明各朝的石经幢、石炉，小石塔，使我感到这里有一个艺术世界，表达某种肃穆的、古远的情意。

天阴。哪里有月亮？但我忽地想起苏轼的《记承天寺夜游》中所描绘的月景来。此文不能说是东坡的代表文章。但寥寥数笔，写出某种意境，某种心境。可否说它是一篇美文，一篇我国古典散文诗的优秀之作？

在寺庭中徘徊间，我还想起一种情景：有许多夏天的白鹭群集于一棵河边的榕树上；树下有渡口，河中有船……此乃童年时代留在记忆中的、有关故乡的片断印象吧？此刻怎的如一幅画般地出现于心中了？

向晚至开元寺，怎的会想到某篇美文，想到早年对于某地之辽远的、美丽的印象呢？

二月十三日

昨夜有风。

晨，五时半起。用冷水略为洗沐毕，即往开元寺。天阴，间或

① 开元寺在泉州城内，始建于唐朝，寺两旁有东、西二石塔，极壮丽。

下点稀疏小雨。

在寺庭中徘徊间，忽地想到泉州古名刺桐城，种了许多刺桐树。想象古泉州的初夏，城内外均是火焰一般的刺桐花；有大食人以及天竺国的僧侣[①]，和我国的水手在树下行走……

八时，小雨已止，访清源山。山在北郊，据称有三十六岩洞之胜。今天，只游千手岩、弥陀岩、老君岩。

千手岩有一座小寺。寺内有一尊石刻的观音菩萨坐像，刻工如何，未及认真观赏。我很喜欢寺前悬崖上的一棵古松，不觉在树下伫立许久。在我的心中，无来由地想到，此时这棵松树比黄山的迎客松还美丽。

我以为，看到一棵古树时，从心中生出某种敬慕之情，是好的。

千手岩之西，有弘一法师的墓亭。亭之东，一块石头上刻着他圆寂之前的手迹：悲欣交集。我想，当一个僧人即将挥手向尘世告别之时，心中还有一种悲哀之情，他没有掩饰自己，他如此表达心境，真切而又感人。

弥陀岩有一座石室。室中有一尊石刻的阿弥陀佛的立像，五米高。附近有一些小树和苍藤，生于石上，盘缠于石上，表达某种画意。附近还有一些大岩石，据称，下雨的季节，有瀑自石上泻下，此刻只见那些大岩石比较湿润。

老君岩有一尊巨型的石刻老君坐像。我以为，此乃一件宋代的艺术杰作。在这里，民间的、没有署名的雕刻艺术家，把李老君的形象作了很好的艺术处理。这尊巨型石雕的艺术形象，在我看来，是一位寻常老百姓家的、随时能够亲近的、心平气和的长寿老人的艺术形象。我感到，在这里，民间的、佚名的雕刻艺术家摈弃了世俗对于神的超现实的臆造以及虚构，而还给我国古代某位哲学思想

① 泉州在唐、宋、元年间，已与数十个亚、非国家有文化、贸易来往。在我国，阿拉伯古称大食；天竺国即印度。

家（例如李老君）以亲近人民的本来面目。在这里，我还感到，我国民间艺术所坚持、所发挥的现实主义精神，可以于此领悟其某种精髓。

此老君坐像由整块天然石头雕成，高五米，宽七米。

十时，访灵山。山在东郊。山上有一座石亭，有石造回廊，内立古代石碑。碑有用古叙利亚文作碑文的。其中有一中文石碑，人称是郑和第五次下西洋路过泉州时的行香碑；时在明永乐十五年（1417年）。这位我国古代杰出的航海大家，能够来此山在异域人墓前行香吗？碑上苔痕斑驳，看那字迹漫漶的碑文，我的心中有点不安。

墓地前面不甚远处，有一巨大圆石立于另一巨石上。它是风动石。轻风吹过，它确会轻轻摇动。我在心中忽地想道：大自然有一颗童心，此块巨石是大自然的玩具。想后，又自认此项设想未免想入非非。

二月十四日

晨五时起。匆匆洗盥毕，便往开元寺。天阴，下零星小雨。

入寺门，这座古代建筑便唤起我的某种美感，使我欢喜，内心活动（包括某些随意联想）开始活跃。例如，看到佛殿前的古榕树，心中曾想到，此刻最好有一群鸟，诸如白鹭或鹤从树梢飞过。我有一个看法，晨昏时分，有大树之处，最好有群鸟飞来。

但此刻内心的理性思维活动似乎较多。突然有个想法：应当认真看看殿前丹墀的台基以及小石塔的雕刻；以为这些古代石雕艺术许会给我以某种艺术启示。据称，排列于丹墀东侧的那二座小石塔，宋绍兴年间所造，为婆罗门教式的方塔。我注意到，此小石塔上，有以简练的、写意的线条勾出的佛像，表达一种庄严的美。

丹墀台基上有七十多面青石浮雕，则以我国古典的雕刻艺术的构思和技法，塑造古埃及的怪兽，即著名的人首狮身的兽像（Sphinx）。此七十余面青石浮雕，据称乃宋、元年间泉州婆罗门教寺的遗物；明代重修开元寺时移至这里。

我记得，黑格尔为了阐明他的美学思想，曾说，在埃及，用坚硬的石头雕刻的人首狮身兽像多至无数可计；他认为可以把人首狮身兽像视为埃及精神所特具的意义之象征。“人的精神仿佛在努力从动物体的沉闷的气力中冲出，但是没有能完全表达出精神自己的自由和活动的形象，因为精神还和他不同质的东西牵连在一起。”黑格尔有关埃及的人首狮身兽像的这种见解，其通俗的解释，据说是：人首象征精神，狮身象征物质力量；人首与兽体一起，一方面象征精神力图摆脱物质力量，另一方面又象征精神未克全然摆脱物质力量，所以还没法达到自由。黑格尔在这里对古埃及人未能服膺彻底的唯心论哲学，是否有些微词，有点惋惜？但是，以石头雕成的人首兽体的怪物，果真是所谓埃及精神（或古埃及人所信奉的某种哲学思想）所具有的意义之象征吗？

今晨，从开元寺丹墀台基的青石浮雕上看到的人首狮身兽像，作为艺术品，我只感到它们具有浓重的东方情调，具有我国古代民间艺术之端庄的美感。

二月十六日

晨，五时起。沐毕，即往开元寺。晴朗的、曙明前的天空间，有宝石般的星。

决计认真看看西塔的石雕[①]。西塔有许多石刻僧像、石刻佛像，就像读书一般，决计把这些书页翻过去，暂时不读。主要看此座雄伟石塔的座基上的浮雕。这又是一组宋代雕刻艺术的杰作。沿着石

---

① 开元寺有东、西两个石塔。

塔自东向西绕一周，把座基上每面花岗石浮雕，都看了一遍。最令我感动的是那一尊又一尊浮雕的石狮。我看，这些石狮的内心有不同的情感活动。有的在心中微笑。有的在沉思。有的在参悟一个哲理。有的像一个天真的儿童，在玩弄一个石球。有一只石狮，恰似刚从莽林或沙漠间来到一个平野的荷池之畔，心中对那开在水中的花有一种陌生之感。浮雕上还有鹤、龙，还有牵牛花、桂花、山茶花，等等。这些鸟、兽、花、草亦各自表达某种情意，各具某种美感。使我惊叹的是，那些用坚硬的石头雕出的狮以及花和鸟，能传情达意，能表达尘世的普通人的情意。

二月十七日

晨五时起。沐毕往开元寺。天阴，下细雨。到寺时，雨稍停，有雾。听到有燕子的呢喃声，自佛殿的檐前传来。我沿着大殿两侧的长廊漫步，观赏雨和雾中的东塔和西塔。

我有一个感觉：这两座石塔，外观壮伟，而它们的内心恬静和长远地在思索……

八时，天上的阴云松动了，有一点日影，便往访“泉州湾古船陈列馆”。这里，陈列着一只古船。那些甲板没有了。那些桅杆和风帆没有了。那些锚和缆没有了。它是一只古船的残体。

1974年夏，此船在泉州湾后渚港出土。据称，它是南宋晚季福建所造的一艘多桅的、中型的远航船。它何以沉没了？原因未详。与此船一起出土的，有檀香等各种香木，有乳香等各种香料，有古钱、宋瓷器、宋陶器以及椰子壳等古代商船上的货物和文物。

出陈列馆，心中忽地生出若干诗句：啊，你在一个下雨和有雾的早晨，来到古勿斯里国的海口吗？你看到建在沙漠上的金字塔，看到雨中在一条古河里游泳的河马吗？啊，你在一个下雨的早晨，来到古弼索罗国的海滨吗？你看到古代的非洲女子，戴着大耳环在井边提水吗？或则，你在一个日出的早晨，来到古暗婆国[1]的海滨吗？你看到金色的海滩上，有一大片野生的、原始的椰子林在风中摇摆吗？

这些“诗句”，仿佛是我的心唱给古船听的歌。其时，在我心中，这只古船仿佛未曾沉没过；它正从古代的泉州港向大海远航。

二月十八日

夜间有风。

晨六时起。沐后，看见天上的雨云，如一只一只烟般的野马在奔跑。我稍为踟蹰，仍往开元寺。抵寺，看见东塔附近有一棵木棉树开花了：树上仿佛点上一朵一朵火焰。

——它提早开花了，它应该在四月开花……

我正想着，听见有人喊我；一看，是B君（前几天晚上，在我主持的一个文学青年座谈会上见过他）。他要我到佛殿东侧的檀樾祠看看古画和书法的拓片。此祠，明代建筑。小厅内，在挂满四壁的拓片中，使我注目的是马远、郑燮的画。马远画的是在看一部兵书的关云长。郑燮画的是晴光中的竹、雨中的石头和草兰。他们的画，画风迥异，而都在传达一种我国古典美术作品的传统现实主义精神，都在表达一种艺术家所追求的高尚情操及其作品的道德力量。这使我欢喜。

檀樾祠的小庭中有两棵明代的树：两棵古桧树，如文徵明的作品。

二月二十一日

晨五时十分，车发。

---

① 在我国古史书中，埃及称勿斯里，索马里称弼索罗，爪哇称暗婆。

车过东郊，从车窗里，望见灵山在影影绰绰的树影中，闪闪烁烁地掠过去了……

我在心中想：什么时候再来泉州？车行中，我突然有一个想法：在我国，泉州有如一座美丽的、丰富的艺术博物馆。我想，还应该去看看草庵摩尼教遗址，看看那尊摩尼石佛，应该去看看九日山的摩崖题刻，读读记在石头上的历史；我想，下次应该到永宁镇住十多天，那里有海，那里是明代泉州人民反抗倭寇骚扰的名镇……

大约九时半，车过故乡莆田。午，整十二时返抵福州。

蚶江笔记

六胜塔

石狮市的蚶江镇辖区有蚶江港和石湖港，均为古港，居于泉州湾的前沿，宋代的时候就相当繁荣，元代的时候尤盛。这里至今仍可见到宋代所筑的码头、渡口的遗址。据熟悉当地和整个泉州地域的历史文献的一位友人告知，为了适应当年兴旺的中外商贸之所需，而建造的古道古桥亦有遗址遗物可寻。蚶江有关宋、元时的海外贸易以及中外文化、宗教诸领域的交流所遗存的古迹和文物，当然远不及泉州市的繁富，但作为古港，其所具有的古代贸易港的文化气息，好像只能从历史中去感受，又好像从当前生活环境间也能够直接有所感触，在这一点上，与泉州是一样的。

我曾于2001年元宵节访问位于石湖港金钗山的一座古塔。这座塔史称由宋代高僧祖慧等募缘所造，为石塔，俗称六胜塔。此塔历经兵毁雷击，元代重建，20世纪80年代又加修葺。塔高三十多米，五层仿木楼阁形式，每层有塔门和佛龛，龛内置佛像，此外还有天神、力士等石雕。据称，仍保持宋元时的建筑艺术原状。那天，海风大且烈，不便登塔眺望海景。我乃执意观赏此塔之整体结构和诸佛像诸天神、力士的造型，以感受数百年前不留姓名的建筑师和雕刻家的艺术心智。造此石塔，当然是佛门的一项盛举，但又产生由此延伸出来的多种意义和存在价值。譬如，它是作为一种古代珍贵文物和杰出艺术品而存在；它可视为宋元时的海外交流和当地商业经济发达的实物见证；它是自古便为泉州湾中外海船的航标而存在，等等。此塔的价值显然超越了礼佛的原始意义。

我有一个设想，由政府邀请专家规划和设计，将六胜塔周围浇注水泥巩固塔基，将现有小路拓宽成水泥路，与通往港口的大道接轨，把这个地方建设成为一座海滨公园，成为当地老百姓、码头职工、外地游客前来观赏海景、品尝海鲜、度假休闲的好去处。近日，有人造访六胜塔后告诉我，塔周围不仅铺了草坪，而且有花岗岩的围栏，还铺了水泥路，已成为初具规模的公园。从这一点，也可说明蚶江镇的变化至为可观。

古街

地方志称，蚶江在宋代已成为民居稠密、番船过往频繁的港口。它至今存留一条古街，原先形成于宋时。这条“宋街”，当年的繁荣景象如何，有无外来商贾、外邦宗教信徒或传教士在此居留，乃至终老于此，志书或地方传闻均未提及。这且按下不表。且说，清顺治十八年（1661年），清政府在沿海各地执行所谓“迁界”的政策，即划一界线，将原居住于滨海的居民户强迫内迁至界线以内地区。如此，蚶江这条古街沦为废墟。清康熙二十二年（1683年）复界，蚶江始于迁界前的遗址重新恢复街道。我们现在所见的这条古街，称之为“清街”何尝不可。但也经历三百多年的岁月了。

此街长不及四百米，街道狭窄；路面原以碎石铺成，现在所见的是石条或石砖。两侧皆为低矮平屋；作为商店来看，铺面可谓又窄又小。偶尔见到三五平屋，上有筑以木栏的阁楼。这大概就是清代滨海港口市街的格局、模式？至今还散发一种古代的商业气息。这条古街未被“改建”，因为留下这样一道历史景象，是合适的、必要的。蚶江另辟一条新街，其所体现和传达的当然是当代经济发展的面貌和商业信息。

行至古街接近街尾时，见到有一石墙内出现一个小小的神龛，神龛中间供奉一只小石狮，香火不断。这只古代的小石狮的造型，显现强烈的现代派色彩。这小石狮既有高度的夸张与变形，又有东方艺术的写意性格，更具有重视作品的内在之神似的品质。现在，这只小石狮作为一种民间神物而被尊崇，还作为一种地域性的独特的古文化和艺术品而流传于世。

厝仔村

厝仔村处于宝盖山北麓，原为一座小村庄，种地瓜、花生和稻谷，人均收入不及百元。这样的小村庄，其房屋大多数是平屋，低矮、破旧；村路往往是泥路，遇雨天路面泥泞难行。这个过去只能设想其贫困状况的小村庄，现在看来处处为我一时无法以笔墨描绘其富裕状况的地方。原名“厝仔村”，如今人们把它改称“别墅村”。“别墅村”的村路为纵横交错、四通八达的水泥路，路面宽敞又整洁。路旁有“别墅”的连结处均为草坪，绿树成荫，多数种植亚热带的棕榈科植物或刺桐树。一座座别墅错落有致地、分散而又相对集中地屹立在这个村庄里，形成一种处于田园间的新型的住宅区。这些住宅的造型设计、建筑材料、内部装修等都含有都市高级住宅的性质。这几十幢别墅均为四层楼房，外观造型未必相同或相近，真是“多元化”的，但每座别墅均有阳台和宽敞的铝合金大窗户，周围都开辟草坪且种树。这个“别墅村”又给我以一种显现闽南民间乃至东方民俗的传统色彩的印象。我见到各户门前有的贴着春联，有的挂着红灯笼。在我的印象中感到特别亲切的是，我在一家农户的别墅前，见到在草坪中央有一口围以石栏的水井，现在不用吊桶提水，而是用抽水机将井水抽到屋顶的水塔，通过自来水管流往各层，每层都有水龙头，一打开龙头，井水哗哗流出，比大城市的自来水还清净。

这个村庄，现在人均收入达六七千元。其“致富之道”，据说是在耕地不抛荒的情况下，种果树，养淡水鱼，发展畜牧业和商贸业；

还有一条很重要的思路是，利用侨乡优势，大量引进外资兴办工业。我以为蚶江镇厝仔村的致富之路，很值得有关专家的关注和探讨。

怀念闽北

崇安、邵武、建瓯、建阳以及顺昌等县市均曾多次路过或小住若干天。而南平和浦城则都曾居住过将近两年或两年以上；或可视为我个人在生命旅途中颇为重要的两个驿站。

1941年夏至1944年夏，我在福建省立师范专科学校中文系就读。这个学校原设在永安的霞岭，其地风景颇佳，四面山峦上林木蓊郁，燕溪从校前流过，溪上有浮桥。我们在此上了一学期，1942年春，便迁校址至南平的后谷村。后谷村离南平约十华里，富屯溪从校前流过，教授楼、学生宿舍、教学楼、图书馆等散落于溪畔的山冈或斜坡之麓。校园内还散居一些农户，还有他们耕种的稻田、菜地。山冈上多半是杉树林，另有一些杂树。记得学校初迁至后谷时，我还看见雉鸡从教室后面的草丛间飞出来，还在宿舍前发现兽迹，有人说那是狐狸留下的足迹，在那些杂树的高枝间，还能见到山鸟的鸟巢。现在回想起来，在抗日战争年代，不论是在永安还是在南平，有这样的校园供我们读书，算是难得的了。记得当时在图书馆里借出不少古今中外的文学名著，拼命地阅读，大概也在这段时间内，开始特别喜欢西班牙小说、散文作家巴罗哈和阿索林的散文作品（虽然，在20世纪30年代我已在家乡读到发表于《现代》上的戴望舒所译的阿索林的《西班牙一小时》），开始喜欢法国诗人拉马丁的小说《葛拉齐拉》以及小说、散文作家纪德的《窄门》和《地粮》等作品。与此同时，写作似乎也颇为勤奋。我作此文时，查了一下王玉芝同志所编的有关我的作品系列，我早年的一些散文诗以及诗歌的习作，如《犁及其他》《探春花》《日午》《唱给镰刀们》《村思》等散文诗和《山之狱》《铁工厂》《麻场》等诗组均写于南平，当时，居然还写了小说《查粮》。那时，我们睡的都是所谓“双层床”，我往往把蚊帐垂下，在床上写作，有时也在教室的课桌上写作。

当时，师专中文系的系主任为靳以师。他和系里的许多同学都很亲近。有时他上南平市区办事，也约我同往。当时，从后谷至南平可坐船，也可步行。记得我们大半是步行到市区。那时，南平是战时东南一个繁华的商业城市，一些报纸和书店也从浙江等东南地区迁至南平，其中有《东南日报》社及东南文化出版社等。《东南日报》为国民党的报纸，但副刊等却为共产党人如陈向平、袁微子等同志所主持。靳以师曾带我去看望过陈向平等同志，我也曾为《东南日报·笔垒》写点短文。记得，靳以师在永安、南平写出了《鸟树小集》《人世百图》等散文、杂文集以及短篇小说《离乱》等作品，他于1943年冬离开南平至重庆复旦大学任教。我自己于1944年夏从师专中文系毕业后，即回莆田，在中山中学教书，1949年后，我在福建省文联供职，又有多次机会来到南平，其间曾多次访问后谷，那里，现在已是一座规模颇大的水泥厂厂址所在了，福厦铁路正从当时师专的校门前经过。前两年曾到樟湖坂参观，那里因建大水电站，居民地将拆迁，我参观了为拆迁居民所盖的新屋，还看到九棵极为高大的古榕和一座孙悟空庙。近年虽多次到过南平，均以行色匆匆，未能到茫荡山一览那里的风光和开设在山间的各色百合花，乃一憾事。

1970年11月间至1973年夏，我作为“下放干部”，举家四口居住于浦城的下杉坊自然村。有关这座小山村的风光，我在一些小品文里提及，比如说，住屋门前有两条小溪合流，溪上有木桥，溪中有岩石，溪畔有水磨坊以及四面山峦上树林苍郁，等等。在下杉村的日子里，主要参加大队的一些工作，包括诸如到各生产队去“检查生产”以及到公社参加会议，到相邻的其他大队去参加所谓“生产评比”（这是公社组织的），此外，也参加劳动，比如插秧、割稻、上山砍竹，等等。那时，我的女儿才七岁，就在邻村一个小学读书，儿子则在公社办的中学读书，爱人在家做零活及在生产队分给我家的一块自留地上种四季豆、菠菜，等等。这两余年的山村生活，算是一次比较接近农民的生活。我的家人也算是过了一次真正的农村生活。特别是对于我的儿子，他后来还作为知识青年在浦城的另一农村待了几年，对他来说，平心而论，是一种锻炼，在他身上至少可以看到自立的生活本领和认真的工作态度等都较强，较为明显。

到下杉坊时，我没有带多少书，只带了《徐霞客游记》和准备给孩子们看的《西游记》《木偶奇遇记》，以及安徒生的童话集等。我也编了一些“童话”讲给孩子们听。如此，我后来竟写了《白雪公主》《孙悟空和外国朋友哈尔马》《他交了一些新朋友》和《孙悟空在我们村里》等作，这些都是童话，而背景都是下杉坊村。近日我又发表了《村里有两位孙悟空》（长篇童话诗），背景也是下杉坊村，其中包括我当时的某些生活情况。下杉坊村居然给我以写作童话的创作灵感，我自己也感到这很有趣。此外，更写了若干有关下杉坊村的散文，如《杉坊花木志》，以及近日才写出来的《杉坊花鸟志》等。当时的一些感受，二十余年以后才写出来，这等创作景象也很有趣。

我于1973年调回福州工作。随后，我曾多次至下杉坊村看望乡亲。前年夏天，我又到下杉坊村，见到那里的水磨坊已改建为水电站，我原来借住的农舍，主人的儿子均已长大；他的最小的儿子，当时念小学，现已结婚，房内各种设备与城里人的设备相近，生活显然大为改善了。

闽北古镇

本文就闽北浦城县的九牧镇、渔梁驿、崇安县（现为市）的星村镇以及建阳的麻沙镇等给我留下的印象记录下来。都不过是二十余年前的印象，奇怪的是，它们有时会无端地出现于忆念之间，并引发我为文加以记录的愿望。

1970年11月间，我作为所谓“下放干部”举家旅居于杉坊大队的一个自然村（村名下杉坊）。杉坊大队归当时九牧公社管辖，公社办公地点即设在九牧镇的一座古老的民居内。

当时，九牧镇给我的印象是，尚多少保留下来古代山间市集的某些遗风，而附近山水尤佳。只见远近山峦起伏，除松、樟、杉树外，其他杂树丛生，春夏两季，山花绚丽，其中包括为我所喜的兰花和百合花，秋冬之交，则遍山红叶、黄叶。镇临一条清溪，溪中岩石错列，水激溪石，其声訇然，流至平缓处，则作潺潺声，有如雨声。从镇上有一条石磴，可以一级一级地步到水边。当时，来公社开会，我往往托故至此水边，随便找一草地或一小石坐下，看溪流，听水声，有时甚至在那里冥想，似早已忘记此身当时处于何等的历史环境之中。至于这座古镇本身，当时只留下一条小街，道以石砌，石面都已显得格外光滑了。街不宽，不长，两侧均有木造的古屋，或且为民居，或为古老的山区小店的建筑模式。只是，当时镇上没有一种商业气息，也不见民间传统的墟场或集市。记得当时镇上只有一家豆腐铺、一家肉铺、一家粮店和一家供销合作社。在我的印象中，镇上一些原来的古老的小店，已被作为民居之用；顺便说一下，我读《徐霞客游记》时所联想或想象的、古九牧镇上可能有的客栈、酒店，当然不见其形影。不过，我仍然偶尔能在镇上见及某种自由贸易，譬如有农民在镇上出售番薯苗，或且木炭。此外，还有一种悄悄的、暗中的买卖，这便是有农民把自制的茶叶，或所捕的甲鱼（鳖）以及“谷冻”（一种生息于深山野涧间的蛙类动物）等售给“下放干部”。

离我下放时所住的下杉坊村向南约四公里，为著名的渔梁岭。岭的南麓为渔梁驿。当时，我尝借阅《浦城县志》，该志的《艺文志》收录蔡襄、萨都剌、袁枚等的绝句、律诗等，我曾录于笔记，惜此笔记遗失。但大体记得蔡襄的律诗记述过渔梁驿时遇大雪的感怀，萨都剌、袁枚等的所作，皆抒发夜宿渔梁驿的诗情。顺便说一下，当时还录下题为《吴墩》一首绝句（已忘作者姓氏），写上面我已提及的在赴九牧镇途中的小山村吴墩的野景。从遗留的诗文可知，至少早在宋朝，我当时旅居的这一地带，虽处深山重岭之间，却是古代商贾以至文人往来的孔道。记得是1972年某一春日，决意至渔梁驿看看（说得雅致，便是“访古”）。从北面登渔梁岭后，即沿当时尚且遗留的古道向南下岭。此古道为石磴，依山势蜿蜒而下，途中且见一石砌寨门，石苔苍然。记得用了近四十分钟，即至山麓。渔梁驿在上下岭石路东侧几步远。在我的印象中，此既为古驿站，亦当为古镇，其所遗留的古街，以溪卵石铺成，甚宽敞，两侧民居，皆木造，甚整洁，且具古风。而天后宫（妈祖庙）、驿馆等古建筑尚存。我拜谒妈祖后，即访驿馆。是馆不知始建于何代，重修于何年，但见为一字排列的木屋，屋有木窗，屋前有长廊和天井；我还记得屋侧有一空地，蔓草间有两棵古树。我还记得当时在此古驿站的街上徘徊良久，似乎想发现其他什么遗迹（比如古代的酒楼、旅舍的遗址等），想想当时竟然能有此等心情，实在也是颇为古怪的。

1973年4月间，举家四口的户口由九牧迁出，因为我调回福州工作。是年冬，与同事刘君同访崇安县，并顺道游武夷山。那天，我们借到一部木版《武夷山志》，是书卷前有武夷诸名岩及九曲溪的木刻图，以期按图辨识诸名岩嘉名。那天，我们从当时称为桂林大队的山道步入山境，依次游水帘洞、眺望天车架、鹰嘴岩、渡流香山涧，又登山间一小冈，沿着一条小径步入九龙窝，观赏自古闻名于世的、长于半山岩间的三棵古茶树大红袍；随后游一线天；又谒武夷宫，念及陆游、辛弃疾、朱熹等曾被任命为一闲散的官员，主持这一座道观的事务，不免感慨之。出武夷宫，即开始沿着九曲溪之北岸，从陆路观赏山水，并按《武夷山志》的木刻图，辨识岩名及溪中之石名。现在印象最深刻者，可能是行至四曲，从岸上观溪中题诗台上唐、宋、元、明、清历代题字石刻时，偶然发现此一带有山谷回音之妙，即只要喊出一声，则四山回响；若且行且喊，则回声尤为奇妙。尤可记录一笔者，即当时我们游览此一天下名胜时，所经之山路(包括九曲沿岸的山路)，皆蔓草没径，不见一位游人。我感到能在当年所特有的荒漠、空寂中，观赏名山水之奇丽，以当前流行的话来说，亦为一种机遇吧。话说回来，我们最后行至九曲，随即在星村镇用午膳。此古镇街不甚宽，然颇长，以溪卵石铺成，两侧皆为木屋，屋楼临街一面，皆有木窗和木栏杆，古意盎然。武夷不仅为名山，武夷宫且为道教名观，紫阳书院为朱熹讲学之所，在星村用膳时，不觉想到此古镇当年不仅茶商云集，大概历代有不少道士、文人在此留下行踪吧？

富屯溪岸上，杜鹃花开

一

多少次乘火车经过闽江上游的富屯溪，只在去年四月间，才第一次看到溪岸的丘冈上，开放如许众多的杜鹃花。火车以每小时五十公里左右的速度在运行，至少有两个小时左右的时间，沿着富屯溪的左岸向北前行。我一直注视着车窗外面变化不定的丘冈上的丛丛杜鹃花；我没有想到，沿途的杜鹃对我有如许的吸引力。

我有一个想法，杜鹃花一如野菊花，不过是一种普通的花，一种山野间常见的花。一般所说的映山红，这种平平凡凡的红色杜鹃花，仿佛有丰富的热情，她们的花朵照耀得漫山遍野熠熠生辉，照耀得溪水中仿佛有一朵一朵红霞。我想到野菊也是如此。去年，正当夏秋之交，一天，我从青岛乘车去崂山，大约两个小时，车过处，只见临着黄海的海岸上的丘冈间，到处是平平凡凡的野菊。她们真心实意地开放黄色的花朵，我觉得她们丰富的情感，照耀得漫山遍野熠熠生辉，照耀得黄海的波浪熠熠生辉。

我记得很小时，便喜欢野菊，而对于杜鹃花，我似乎到了晚年，才开始认识她。我忽然想到培根说过："美之极致，非图画所能表，乍见所能识。"

二

富屯溪岸上的丘冈间，多少次车过时，只见其上生出芦苇、芒草及其他杂草，只见其上生出松树及其他杂树。我又记得，秋暮时分，这个地带是十分灿烂的，因为其间有些杂树，经霜之后，其叶或黄或柠檬黄或鲜红，如一树彩霞或一树火焰，照耀于常青树和芦苇之间，其美不可名状。去年四月，才第一次看到丘冈间，到处开放丛丛的红杜鹃花，感到这个地带另有一种灿烂的情景。这两种灿烂情景，想来将长久存在我的心中。

三

从车窗中所见的富屯溪岸上的杜鹃花，几乎都是红色的（我注意其间有否别的颜色的杜鹃花开放，未见到）。但我对之几乎没有单调之感。两个小时左右的时间内，车过处，一直见到不尽的丛丛红花，却感到这中间有一种说不出来的气势，有一种自然的、于无意间体现出来的天成的气魄。我深为这种气势或气魄所感动。

我仿佛在这中间领悟到某种美学原则。我刚才提及，对于富屯溪岸上连绵不断开放的红色杜鹃花，我无单调之感。我考虑到，这是因为，如果认真地观察、辨识，虽不敢断然说，所见每朵杜鹃花，都不一样（有如某一位哲人所称，每片树叶都不一样）；但是否可以说，车过处，在我目中，逐渐认识到每丛杜鹃花都不一样，她们各有自己的美的素质，各有自己的表达情感的方式，各有自己的生活情趣。

如果我对于两个小时内，一直为车窗外连绵不断的红杜鹃花形成的气势所感动，那么，可以说，我看到每丛杜鹃花，都同样能够使我在心中生出一种愉悦的感情。

四

从车窗里偶然看到的一些情景，至今不能忘怀。例如，我看到一棵很小的杜鹃，她的株高不及一尺，从一块岩石的罅隙间生长出来，枝间同样开放灿烂如火的花朵。我看到了，心中不知怎么就想到，这棵小杜鹃的热情，不亚于在高枝间开花的大丛杜鹃。我注视着这株小小的杜鹃，但火车很快开过去了，我和她只有瞬间的相见。

从车窗里，我看到有的杜鹃生长在青苍的松树下。那一丛一丛的杜鹃花，使我想起松荫下有一堆一堆的篝火。

我发现从车窗里远望对岸山间的杜鹃花，那也是很美丽的。那些杜鹃花和远山上的绿树、青草相衬，使我想起她们像画在绿的画布上花的图案。

五

去年五月初，我从北方回闽。火车由北向南经过富屯溪时，不知道车已进入闽北什么县境了，深夜的月光从车窗照进车厢里。

我从车窗里向外看看，以为车此时正沿着富屯溪上游的溪岸行驶。所见窗外的溪流，多岩石，在月光下闪闪发光。对岸的山峦，是一片朦胧的、深幽的、暗绿的杉木林，一弯下弦月正悬于林梢。随着火车的运行，下弦月在上空，似乎与火车的速度相应地、不止地运转，有时被杉的林梢遮住了，不一会儿又出现了……没有想到，火车继续前行时，对岸的山间出现一道月光照耀下的瀑布，好像一条烟一般的白练，向溪岸边倾泻下来。而在这瀑布两边的石影间，我看到有一丛一丛杜鹃的花影，暗红的、雾一般的……

但是，火车很快地开过去了。我和瀑布、石影间的杜鹃花的花影，只有瞬间的相见。我想，这在瀑布两边开放的杜鹃花，可能是这一年在山间最后开放的杜鹃花……

这些都是去年——1984年四、五月间对于杜鹃花的印象。现在，四月又来了，我想起当时的所见、所想、所感受，匆匆记下。

玉华洞记

记得，在20世纪30年代初读《徐霞客游记》时，专拣其中有关闽省的篇章阅读，得知有九鲤湖、玉华洞、武夷山和永安的桃源洞、一线天等胜景，不觉心驰。而以上诸胜都是到晚年始得亲临其间。位于将乐县境的玉华洞一共到了两次。第一次，车到一村庄前停下，在山野间步行三四里，至洞前。我至今记忆犹新的，是行近洞前的野趣和洞口的古意。行至洞前，为一条小山径，野竹杂树生于其侧，一对竹鸡自由自在地走进竹丛间。至洞前，则见有若干明、清的摩崖石刻。这些石刻，隐隐约约出现于石苔和生于石隙间的野树的阴影之间，字迹漫漶，反而使人有一种时间的深邃和古远之感。1987年6月，我第二次来，车可直抵洞口附近，原来的山径已开辟为宽阔的石路，洞口的摩崖石刻涂上丹色，石路之前正在建造一座山门，凡此等等，使我感到此古老的溶洞正在向当代游客招手。

初次来，进洞用火炬。这种用松明燃起的火光，照亮洞中坎坷的、没有规则的道路，照亮洞中的暗河、小湖、小池和水畔的道路，照亮洞中的钟乳、石笋形成的种种奇观；又能照亮洞中的水声。我当时的心，似乎时或怀念徐霞客，又时或为一种奇异的天地间的神秘感所感召。现在，我以为还值得追念的是，为我撑照明火炬的农民，他往往把洞中的景色，与吕洞宾和薛仁贵（仙人和民间百姓心目中的古代英雄人物）的行状相联系，用某种幽默语气对我说来，因此这甚至为我在洞中的旅途增加了一点神话和民间传说的色彩，至堪玩味。此次来，洞内已有电灯照明设施，景物看得更为分明了。玉华洞的特色除洞中有若干暗河并闻水声外，便是洞中有洞。由于照明的现代化，得见洞上之洞，即所谓天上琼宇之景色：在下一个洞中的洞里，仰望高处一个洞，其内似有仙床、仙椅和玉栏、玉扶梯等物象，感到目中所见有一种神话的魅力。

对于玉华洞，最受感动的，莫如刚进洞口时所受的凉风和从后洞山口所见的曙明。洞中诸景，奇而已矣。此次进洞时所受的所谓“一扇风”，出洞时所见的所谓“五更天”，都有一种奇妙中的平易感、亲切感，都给我一种清淡、自然的感觉。刚入洞，洞口的一棵小树微微摇动，凉风徐徐吹来，同时又似有小雨扑面，出现一种时雨东来，好风与之俱的平易而超脱的境界；在洞中跋涉近一小时后，忽见洞口处出现曙明的天色，有疏星二三颗，下弦月一钩，这种幻觉中的天然景色，这种物理构造的幻景，都真实而又朦胧地出现于目前，这种平和的境界、超脱的境界，世界不常有，我却于玉华洞领略两次，心中暗自庆幸。

中原四题

嵩阳随笔

午后，访嵩岳寺塔。嵩岳寺已废。塔建于北魏正光元年(520年)，十二层砖砌，卓然独立于嵩岳之阳一千四百余年。离是塔后即驱车访嵩阳书院。院内有古柏二株，苍劲强壮，并不自以为老；传是柏曾受封于汉哀帝，则是树生于是地，二千余年。嵩阳书院建筑简古，亦北魏物，太和八年(484年)造，距今一千五百余年。我觉得今日所见塔，所见书院，所见古柏树，仿佛使中原土地在我心目中显得格外庄严和呈祥瑞之气。我又觉得这是用最美丽的、最朴实的一种语言(我不说它们是实物)，记述我中华民族历史的灿烂和人民的创造力，赞美我中原土地的丰腴。

嵩岳书院前庭，立《嵩阳观感应碑》石碑一座。碑为唐物。碑文系徐浩所书，乃唐隶之佳作，笔力沉雄，故能传世。

白马寺

白马寺在洛阳东十公里。昨日近晚，我从火车的车窗里，望见它的齐云塔的塔影，在我的目力所及的远方，显现于四月的泡桐树林的深紫的花丛间。背后为邙山和我国中原特有的、深邃的蓝色天穹。

今晨七时，车自洛阳发，往访白马寺。行前读杨衡之所撰《洛阳伽蓝记》。其中记述这座寺院“浮屠前荼林葡萄异于余处，枝叶繁衍，子实甚大。荼林实重七斤，葡萄实伟于枣味并殊美，冠于中京”(按荼林为石榴之古称)。不知怎的，车行间，心中有一个想法：今日如能见到古代的葡萄和石榴树，快何如也。我往往独自有此异想；想后，不觉暗自好笑。既抵寺，见山门前石庭东西两侧有白马雕像各一，不觉又想起前所看的一些有关古籍来。据《魏书·释老志》载，汉明帝遣蔡愔、秦景等“使于天竺，写浮屠遗范。愔仍与沙门摄摩腾，竺法兰东还洛阳……得佛经四十二章及释迦立像”。志又载：“愔之还也，以白马负经而至，汉因立白马寺于洛城雍门西。”当时至天竺即今日印度，要西出玉门关，经月氏、西域，即要经今甘肃、新疆等荒远的、干燥的、广漠而缺少人烟的沙漠地、沙砾地和边陲的小路，旅途跋涉之艰辛不言而喻。我在山门前的白马雕像前伫立良久，以为它们的身上至今还有远征的风尘，灵魂间还有千古不灭的坚忍和沉毅。

白马寺始建于汉明帝永平十二年(69年)，即白马负经返洛阳的次年。“中国有沙门及跪拜之法，自此始也。”(《魏书·释老志》)它是佛教入中土后我国的第一座寺院。闻原来的规模更为宏丽。我此次来，只看到天王殿、大佛殿、大雄殿以及毗卢阁等。这些古建筑掩映于古木之间，有一种古朴之美。寺中尚存有若干唐经幢、元碑刻，亦具一种古朴之美。白马寺似乎以其建筑、雕刻在艺术创造上的成就向我传达某种启迪。是的，白马寺目前尚保存下来的这组建筑群，使我感到它们具有一种艺术创造上的高贵品德，这便是，它们的首创精神，发轫的精神，开拓的精神。

山门内的东西两侧，有摄摩腾、竺法兰墓。这里安息着异国僧侣的高贵灵魂和禅心；对于信仰的坚定和心胸的博大，使他们远离家邦而来我中土，最终圆寂于我中土。立墓前，我的心中有一种崇敬之情，油然而生。出寺门往东，观齐云塔。和昨日从火车的车窗间远眺它时的情致不同，在北方的蓝色天空的陪衬下，近观另有一种雄伟之美。

古吹台

古吹台又名禹王台，居开封市郊东南。其地古木苍然，溪声潺然，水榭翼然。据传，是处在春秋时代为晋国乐师吹乐之处；又传，夏禹治水时曾临是处。我以为，这只有中原大地上以及黄河流域，始可得如此古迹。

我想起了《山海经·海内经》有关鲧和禹治水的记载："洪水滔天，鲧窃帝之息壤以堙洪水，不待帝命。帝令祝融杀鲧于羽郊。鲧复生禹。帝乃命禹卒布土以定九州。"这带有浓重的神话色彩。但也反映了太古、洪荒年代中华民族最初生息之地的自然灾害以及我们祖先中英雄人物的性格和功勋。在这段记载中，鲧之窃天帝的神土（息壤）以填塞洪水，其功与古希腊神话中普罗米修斯之从天神窃火至人间，可以相比。我在禹王台看过禹王庙以后，以为庙中可以祀鲧。禹王庙之西有德祠。祠内祀秦汉以至元明历代有功于人民的治水专家如郑国、王景、贾鲁、于谦等人像。我又以为祠中可祀林则徐。盖林公晚年被贬至新疆，路过开封时，曾以治黄之害为人民立功；及至新疆，又以治犁河之水利为人民立功。

我国为礼乐之邦。似乎在远古年代就制作乐器。《世本》称，"伏羲作琴，神农作瑟"，此说未必可信。但以之说明此类乐器古已有之是可以的。古籍中多描绘、记述古代音乐大师和音乐知音者的行状和逸事。如记载季札观周乐能尽察其所以然的神智，记载伯牙鼓琴，钟子期能从其音律得识其志在高山流水的器识。如记载师旷随晋师战楚，夜闻楚军帐中琴声哀切，知士气已衰；晋平公据此举兵攻楚，果然得胜的史实。如此等等，都很动人。古吹台上有祠，祀师旷。这位我国古代音乐大师的塑像，端坐于堂上，至今做抚琴状。此祠不远处又有三贤祠，奉李白，杜甫和高适。这一古迹，于花林芳草之间，寓居着我国古代诗坛和乐坛杰出前贤的灵魂，使我深为感动。

少林寺

从我国宗教史，以至我国中外文化交流史来考察，这座古刹有一个重要意义，在于它是禅宗的发祥地；在于它是禅宗初祖，印度僧人达摩适兹乐土、负锡持经之所。我到少林寺，未及至达摩面壁洞，但在寺内殿中壁上见一石方，其上似为石纹形成，又似为烟香熏成的一尊朦朦胧胧的达摩面壁像，我并不认为默坐专念可以悟禅机，可以悟某种哲理；但这位祖师心专一境、穷探禅理的精神，的确已超越宗教信仰（乃至哲学信仰）的范围，使我心生景仰之情。

我忽然想到在衡山磨镜台访怀让墓时的心思来。怀让即大慧禅师，为禅宗之第七祖，但他又是禅宗南宗始创人之一。我对于佛学没有研究，但约略知道佛教的禅理中有繁多的教派。例如，禅宗南宗的顿悟说，即与北宗的渐悟说相抵牾。记得立怀让墓前，读其碑文时，我曾想到，即使是宗教教义，在他们中间的明智者的心目中，也并非不可发展甚至变改者。我对于这位禅宗七祖敢于变动初祖之说，独立发明幽致，不觉弹指赞叹。

少林寺之西，有著名的塔林。自唐至清，这里造石塔砖塔二百二十余所。这是一座世所罕见的艺术之林。每所塔中有一位圆寂其间的佛国大师的舍利和灵魂。他们各自终其一生炼出一颗佛心，终其一生依于禅理，而终于得以能进入清静寂定之境吗？

天涯海角

整座海南岛的自然景象，包括也许可以说是融化于景象中的人文景观，都十分动人。今年四月底的一天，我和同行者曾由海口市出发，向南经琼中、通什等地而至三亚市；其后又由三亚市的鹿回头出发，向北经陵水、兴隆等地而返回海口市。这中间有一些印象、感受，我以为值得一记。首先，虽然此番仅仅经过海南中部、东部的沃野和一些县市，未及至西部，更未及深入山区，但土地之富庶及其潜在的、行将被开发的力量，几乎触目可见；由于改革开放所注入的当代意识之勃发，几乎所到之处，均可感觉得到。譬如说，不论自海口市经中部地区至最南的三亚市，抑或自鹿回头沿着东部海岸至海口市，一路所见，除三熟的水稻田外，均为大面积毗连的、整齐的、浓密的橡胶树林，这使海南的土地充盈得天独厚并与人力营造相辅相成之勃发的、深厚的绿色，使土地的绿色树林的覆盖率达到很高的水平。我清楚地理解，如橡胶林之大面积出现和继续营造，具有现代科学技术种植和管理的内涵，从而此等自然景象莫不令人感觉具有当代色调。又譬如说，苗村和黎族饭店，这当然属人文地理景象。我们曾在琼中县一家黎族人开设的饭店用午餐。这饭店真别致：以椰叶编成屋顶，具有少数民族建筑风味；餐室四面通风，围以竹篱；餐室的斜对面便是师傅烧菜操作的地方，那里地上用各种样式的铁笼关着眼镜蛇、蟒蛇、鹧鸪等。还有在以水泥筑成的大水槽内养着甲鱼。这少数民族饭店经营、招待方式，看来颇近似鹿州、海口的一些流行饭店的模式，女服务员黎族姑娘的普通话讲得很流利、准确。我还记得车离通什县城以后，不太久便见到一座苗村，这里是一个旅游点。我们的车停下后，便见有十多位苗族装束的苗族小姑娘围过来，她们要和旅客一起拍照。这里有好几家出售旅游纪念品的商铺，出售咖啡、椰子糖、腰果和少数民族的服装、刺绣品。我在其中一家专售美术工艺品的商店里，见到壁上挂一只以树根雕成的牛头像，造型具有现代感，售价高达人民币六千元。我很快地感受到，由于开放，外来的高消费的经济力量正在冲击着苗村。

我们是四月三十日午时到达三亚市的。匆匆用午餐后，即驱车往“天涯海角”。走进入口处后，只见路之两旁均是出售贝壳、珊瑚的加工品的商摊，颇拥挤。走过一段柔软的沙滩，先是见到“南天一柱”，这是一块巨大的圆锥形的岩石；又在沙滩上行二三百米，至“天涯海角”；这是巨大的、有如蹲在那里的灰象的岩石，其前后左右尚有若干巨岩。对此，有的同行者感到“不满足”。但又说不出所以然来。经过思考，我逐渐明确一个见解：对“天涯海角”的观赏，应把它放在大的背景下，并与左右的自然景象相联系来看待，始得领略其精神和气质。对于“天涯海角”的看法，当然不能仅仅从几堆岩石着眼；就是单看岩石，我个人的感觉，也以为它们显得格外的肃穆、庄严，具有屹立于我国南疆土地上一种令人景仰的自尊气概，一种使人怀念的历史感。另外，我竟还要与大海一起来欣赏“天涯海角”这一领域内的沙滩和岩石风采。那天，天极晴朗。“天涯海角”前面向大海无限伸展，显得格外明亮、蔚蓝、大度和具备一种似可超越时空限制的壮丽。此时，我更感到这领域内的沙滩和岩石有一种与大海相契合的奇雄。那天，我便以海天为背景，立于“南天一柱”和“天涯”两巨石之前，各拍一帧个人小照。此两小照，将与我对于“天涯海角”的印象、思考和怀念，一起加以珍藏。

那天，我们还去游大东海，夜宿鹿回头宾馆。大东海在“天涯海角”之东。为鹿回头与神岛之间的一座海湾。这里已辟为浴场和度假村。这里的沙滩呈金色，海有层次地呈碧绿色、蓝色，极目处似为朦朦胧胧的灰蓝色，且与碧蓝的天相接；而在海岸上，椰子林深处，有一幢幢用椰子叶遮盖的草宿，极尽野地之趣，是为度假村。至于鹿回头宾馆，则掩盖于椰林和各种热带花树之间；最使我感兴趣的是，它的海滩之前有珊瑚礁，这里现在为珊瑚礁保护区。把鹿回头、大东海和天涯海角一起联系起来思考，便更感祖国之可爱、可敬的了。

北戴河日记

七月十五日

上午九时离天津。午后一时许，抵北戴河。我们住在中海滩。傍晚，沿海滨漫行，看见南面天穹间，有一堆又一堆浓云，低垂于海上。不知怎的，我觉得这天阴而未下雨的海湾，神态严峻，好像在专注于某种思考。

有一会儿，我的心中忽地出现一点“诗情”，自以为天穹间集合的浓云，正在和海湾商量着什么。那云问海湾：

“下一阵雨，好吗？”

海湾持重，一时未作回答。

寝前，坐窗前，看见外面树影模糊，天仍阴。有涛声隐约传来。我忽地想起有一次在故乡，在一个小小的渔村——平海镇（平海镇属福建莆田，临兴化湾，有明代的抗倭石城遗迹）的情景来了：那晚，一轮月亮有如一盏红色的明灯，从海上起来了，照耀着故乡的海湾和沙滩。于是，我看见许多渔船，前前后后，从海上回来了。有趣的是，我还想到，在1965年，也在平海镇，某夜与几位渔民在沙滩上收好渔网，走回村中时，我看见月亮照着古时城墙，将影子投在村前沙地上的情景。这是明代抗倭时所筑的石城，我看见它于深夜中镇静地立于月光中沉思，心生一种崇敬之情。

七月十六日

今为望日（夏历六月十五日）。

晨六时起。匆匆沐毕，往观潮亭——它立于我们居处西侧不远的一座临海的小悬崖上。

海潮落尽。在我的目中，此刻的海，好像走到很远的前方探索什么去了。它的后面出现一片辽阔的海滩。天阴。有薄雾。但落潮后的海滩上有人陆续走上海滩拾贝壳。

——我希望，他们（早到以及迟来的）都能拾到美丽的贝壳。我想，凡对美的寻求，都应该有收获。

不知何故，我无端地以为这里的观潮亭，大概是让人们观赏海潮进入海湾的景色以及远眺海洋的？我看见远远的海面上，出现了几只形体不一的船影。它们是渔船吗？是炮艇？还是过路的远航船、巡洋舰？

海上的雾，不觉之间愈见浓重了，但是仿佛能够看得很清楚。海潮回来了，是的，我仿佛能够看见海潮从远方的船只间、从海雾间，携带涛声和浪花——呵，是否也携带海上的船的讯息回来了？

——海潮慢慢地淹没观潮亭前面海滩上的一些礁石了，我看见还有许多人在海滩边拾贝壳，那热情使我感动。

近晚，访文化宫。这里有若干历代瓷器以及明、清年间书画的展出。但我主要是来看看“渤海水产”这个专题展出的。这项展出中，有各种贝类标本、虾类标本、海星标本，等等。有一种石芝的标本，为我初次所见，它好像一株山中的灵芝，一朵草地上的菌菇，却原来生于渤海湾中为海水所淹没的礁隙间。

就寝前，想到海滨去观赏望夜的圆月自海上升起的风景，但天阴未得。匆匆为自己订下计划：在这里的日子里，除晨昏时分到海滨散步、游览外，其余时间均作读书之用。

七月十七日

晨五时起。沐毕至观潮亭。我看见有许多蜻蜓在亭前的岩石间，低低地飞来飞去，又看见岩隙间一丛一丛的青草，正开放黄色小花，有许多小蜗牛在草叶上爬来爬去。不知何故，我竟以为此岩石和青草中间有一个童话世界。

雾重，海上能见度极差，乃返。

早餐后，作家信。投邮后，顺路至观潮亭。始登亭，未坐定，顿然觉得风声大作，自海上澎湃而至，顿然看见有浓黑色的，暖灰色的云和雾，自海上汹涌而至，顿然听见有大雨点急骤落在亭上，岩石间和附近松林间，顿然感到整个海湾和天空在喧哗。这猛然来临的大雨使我欢喜，我在亭中坐下，心想：唔，海和渤海湾上空的浓云，几天商量，此刻决定落下一阵如此豪放的，气势磅礴的大雨来了。

向晚，雨止。雾仍重，原想漫步至海滨公园，看看晚雾的情景。行到半途，看见路左有一座小园林，门上标出，彩灯花卉展览，便进入参观。只见园中的回廊间，挂着各色宫灯，其中有传统的走马灯。在灯光下观赏开花的君子兰、龙爪兰，观赏开花的大理菊、扶桑、东洋菊、木槿以及茉莉，我感到此园林中此刻有一种民间节日的情意，有一种颇似民间元宵花市灯市的情意。

七月十八日

晨雾。五时起，沐毕往海滨公园。这里有一荷花池。我看见在雾中开放的荷花（作粉红色），不觉想起八大山人来。不久前，即上月初旬，过南昌时，曾访青云谱：这原来是一个道院，八大山人曾云游于此。青云谱展出八大山人各个时期的书画，其中有若干荷花图。我有一个印象，凡八大山人所作荷花（例如《荷塘一角》《荷花小鸟》《居敬堂瓶花为画》以及《河上花图卷》等作品中的荷花），无论含苞、盛开或者花已凋谢，荷茎均作长条状，恣肆地伸入空阔、自由的空中，表达隐秘于荷花心灵间的某种渴望和思慕，表达艺术家自己的某种理想和同情心……

画中的荷花，比目前池中的荷花，在我看来，更为动人。作为十七世纪我国杰出的现实主义写意画艺术家，他的直接体现于创作实践中的某些美学思想，值得我认真加以思考。我以为他的作品有一种理想主义色彩，不屑追求表面逼真，而更具真实感。

早饭后，读《卓别林自传》。我很喜欢这位大师对于童年生活的描绘。这些描绘间，自然流露他对于母亲的真挚感情，以及那种从童稚的目光中所见社会生活的不公正现象时所用的嘲讽笔致，也使我赞赏。我一口气读了一百余页。忽地动念：是否到西山（莲蓬山）一游？乃掩卷起行。从中海滩西行不消三十分钟，便到山麓。随即沿着山路缓缓上山，五十分钟，抵山巅的观海亭。人称，立亭中可以眺望北戴河一流如带，可以眺望渤海湾的海景以及浮于海水间的碣石山。然此刻坐亭中，只见海上蒙着雾，低垂着云。但是，这不要紧……我在心中有一个感觉，以为此刻海上的云和雾所笼盖的渤海湾，有如我站在庐山龙首岩上所见山谷间的云海。我想，似乎不一定要看看人人称道的风景，自己能看见为他人所忽略的风景，能在普通的云雾或者树木间看见美，不是也很好吗？

从亭下林间不止地传来古钟的鸣声。便离开观海亭，匆匆往访观音寺，钟亭，乃返。

向晚，访碣石园。此园林尚在整修中。但已种上各色鲜花，如木槿、锦葵等。草地上有鲜花，如蓝色的野菊等。有胡蜂在狗尾草间飞来飞去。我倒感到这里有一种野趣。园中有一座土阜，又有一座草亭，均布置若干椭圆形的、扁圆形的、褐色的、暗绿色的大石头。这些石头，是从碣石山上搬来的吗？不知怎的，忽然想到，它们也许是几亿年前从银河间坠下的石头吧。想过，又在心中暗自失笑。

七月十九日

晨四时起。天上有明月，疏星。沐毕，决计去看看老虎石。从住处东行，下一小坡，隐隐约约看见有一大群岩石从海滩上一直伸入海中，远望好像一道长长的海堤。行近，在朦胧的月色中，看见在几棵小松的树影下，有一岩石，其状颇似一只老虎，面向海洋卧于海滩上。过此块岩石，前面是一堆又一堆的大礁石，成阵地排列到海中去。人称，这是一阵石头的老虎——即这些礁石好像一阵老虎列队行至海上游泳或且沐浴。

此刻，是否我的想象能力（联想能力？）枯竭了？或则，欠缺某种慧眼？我借着月光，一直走到伸入海上的最后一堆岩石，看来看去，未发现其中有一块石头状似老虎。不过，我的心中甚感舒畅，在我的目中，这些石头有某种为我所表达不出的美感。我甚至有这样的感觉：以为这些坚硬的石头，这些亘古以来不动地屹立于此的石头，它们有某种内在的德行，一时未能为我所充分认识。

天上已见曙色。我坐在礁石上，看见天上出现一片又一片的云彩，有的呈柠檬黄，有的呈玫瑰黄、麦黄，有的如一群蝙蝠，有的如一只龙。不知怎的，这些曙明时的云的形状、色彩，使我联想到一些古代寺院的藻井以及庙宇栋梁上的彩绘，联想起某些民间剪纸，具有某种图案艺术的装饰美。

这些云的色彩、形状，微妙地、不易觉察地变化着……

我看一下表（我手上的“电子表”，每日误差一至二分），约五时十分，我看见一轮红日从东面山峦的树影，岩影后面，从一层暗红色的云霭间升上来。它的光线柔和，可以逼视。

呵，有如一种日常习见的现象，今天早上的太阳，平易地、谦逊地升上来了。我想，千万不要多花笔墨在自己的日记上来描绘了。今晨，我在北戴河看见的是一次朴素的日出的风景。

就寝前，读毕《卓别林自传》，当然，他是一位思想家。在这部揭示其心灵以及艺术观、道德观的传记中，我发现这位伟大的天才，多次感叹人们缺乏见识和失去审美观念，多次抨击人们失去道德责任感，但他的心对世界充满一种光明的希望。

七月二十日

午，至观潮亭。看见与远方的天空相接处，海作深蓝色。临近海湾处，海作碧绿色，又作浅蓝色。再近处，那淹没沙滩的海水，呈淡金色。天空间，无一片云彩，作晴朗的湛蓝色。此刻，是我到北戴河以来，海看得最分明，而天色又最清明的一天。

不知怎的，我忽地想起奥古斯特·罗丹所说的一段话来：

“啊！我们的社会将要多么快地把过去存在的错误与丑恶除掉，而且我们的世界将要何等迅速地变成乐园！”

马尼拉书简

一

××：

送走了卡迪格巴克夫人以后，已是菲律宾时间晚上九时半了。

你知道，我喜欢早睡，为的使我次天能够很早起来。晨间往往有美好的思想和诗情来到心中。没有想到，这一天中所看到的美好情景，此刻会像诗一般来到我的胸间，使我忘记是应该休息的时刻了。

我最初想到的是北京的雪。今天拂晓，我们的汽车开过北京机场附近的郊区时，看到一棵又一棵苍郁的松树，树枝上覆盖着积雪，树下的泥土间也铺着积雪，在曙明中，和一盏又一盏明亮的路灯，不断地掠过去。我觉得这雪景动人，有一种中国画的画趣，使我欢喜。

我们的飞机从广州白云机场继续起飞后，从舱里看到的云海，不是白色的，而是金黄色的，有如无限展开的成熟的稻田或是玉米地。是时，我的心中有一种庄严之感；是时，我设想我国明朝杰出的航海家郑和及所率领的船队，曾经在这无限的积云下面的大海上向南航行。

下午一时五十分左右，我们的飞机已飞临马尼拉海湾的上空。我看见吕宋岛上绿色的山脉，停泊于海湾内或正在行驶的商船；看见那些摩天楼，那些椰子林、沙滩以及在热带的阳光中开放的鲜花。我在心中念着我来访前在一本菲律宾画册上看到的一句英语：

Philippines，whereAsiawearasmile！（意即：菲律宾——亚洲一个

展露微笑的地方。)

我们的飞机降落于马尼拉国际机场上了。我们是来寻求友谊的，而在机场上，我们立时为友谊和微笑，为阳光和鲜花所护卫，菲律宾作家协会的友人们拥到机梯前，和我们亲吻、拥抱，把茉莉的花环挂在我们胸前。我知道，茉莉是菲律宾的国花。

××，我刚才送上汽车的卡迪格巴克夫人，是菲律宾作家协会现任主席。她和其他一些作家就在旅馆的餐厅里为我们举行简朴的欢迎晚宴。我现在要告诉你，我们所住的旅馆是菲律宾大学发展经济中心的一所内部招待所，不久前刚刚落成。它坐落于城郊区，很清静，平时只接待一些国外的学者、教授。我们来时，听说联合国教科文组织的一个区域性的会议正在这里召开。

顺便告诉你，我很喜欢这所旅馆里的一口池。池中养着睡莲、水浮莲和很多彩色的鲤鱼。不知怎的，这口池仿佛能够引发我的童话一般的想象。此刻，从铝质的百叶窗间，我看到一个如弦的明月正悬挂于马尼拉的上空。信就写到这里吧。

遥祝晚安。

二

××：

到今天，我们已在菲律宾四天了。我每天都很早起来，然后在旅馆附近的热带花树林间散步。有一次，我走到菲大女子部宿舍附近，那里有很大的草坪；有一口池塘，其中的睡莲开的是紫色的花朵。又一次，我散步到一座教堂前，它叫基督受难教堂，远望却像一座现代化天文馆，有一圆形的白色屋盖。教堂里点着圣烛，有人在祷告，或是在忏悔？我觉得四面巨幅的，画着钉在十字架上流血受难的基督壁面，仿佛有一种西方现代派画家的某种画风。

这里的鲜花给我以美好的印象。我的心中曾隐藏一种愿望：什么时候能够到斯里兰卡去看看热带兰花？这项夙愿此次却在菲律宾得以实现。色彩丰富、花朵大小不一的各种热带兰花，使我感到赏心悦目。我看到这里的鸡蛋花树（种在篱边或宅后），开着白、黄、紫红、深红、墨红、咖啡色等各种色彩的花，这几天内，还看到菲律宾人称为Santan的观赏植物，开放白、金黄、深红、粉红、褐色等各种色彩的球状花朵。

这四天间，除参加一些文学座谈之类的活动外，还参观了若干名胜。到马尼拉的次天中午，访问NayouyPhilippino——可译为农村公园或菲律宾村，并在那里吃午餐。这个公园或村庄里，种着很多热带阔叶绿树以及椰子林和鲜花。林间出现梯田和山村。时或出现用石头和泥土堆砌以及种上绿草的几座菲律宾著名火山的巨大模型；我看到烟雾缭绕于林梢和大谷地火山模型的山巅，颇具真实感。林间时或出现菲律宾一些主要少数民族以及一般山区、村寨的富有民族特色的住宅建筑。例如，我看到的一座棉兰老岛少数民族的村寨，其住屋造型颇近于我国傣族居住的竹楼，但为木结构。屋旁有木钟。屋内正在举行婚礼，音乐师正在击鼓和打击乐器。有一个穿着民族服装的伴郎舞着华盖伞，和聚居福建的畲族的婚礼舞至为相似。主人尼娜·维瓦·波瑞夫人招待我们午餐的那座石造屋宇，据说具有南部诸岛的建筑风格，但略带西班牙风味。我要向你说，正是充满菲律宾风土、民族风俗以及民族艺术气氛，使我对NayouyPhilippino怀着良好的印象。

我还得约略谈一下，在这座独特的公园里，有一个鸟类馆。它实际上是一座用网围起来的树林。树上有人造的鸟窝。我只见到许多八哥和一些鱼鹰；有些鸟躲在林间唱歌，看不见。馆内有一口池，睡莲开着紫红的花朵，也引起我的兴味。

我们到过著名的黎萨尔公园和圣地亚哥要塞。所谓圣地亚哥要塞是西班牙人侵占菲律宾时代的遗迹。这是一座古堡，现尚保存石筑的城墙、地牢、城堞以及若干有关建筑物的断垣，还有若干古炮。我以为到了此处，不会使人发思古的幽情，而会使人想起：凡损害他国人民的利益和尊严，侵犯他国人民领土和主权的行径以及凡欲称霸者，不管以何种方式出现，以及是否得逞，均将作为可耻记录载入史册。黎萨尔公园和此座古堡相近，菲律宾人民的国父——黎萨尔的铜像立于公园中。我在铜像前，想起鲁迅先生很早便把黎萨尔的诗和他的爱国主义思想介绍给我国人民，心生一种崇敬之情。黎萨尔公园和圣地亚哥要塞都有美丽的草坪和树，是很好的休息和散步之处，或许又是适宜于思考历史的地方。

这封信是在晚上写的。晚安！

三

××：

我们到碧瑶市去三天，又到里巴市去一天。碧瑶是菲律宾一个著名的避暑胜地，是一座在山岩和松树林间建筑的城市。我们曾在里巴市附近卡迪格巴克夫人的家里度过一个充满友谊的下午。关于我在碧瑶和里巴的某些感受和印象，是否等我回国以后当面和你谈谈，或且把我的日记略加整理，给你看看。

我们回到马尼拉的次天，即二十四日下午，一个被菲律宾气象部门称为“安宁”的强大台风袭击吕宋岛。我们正在菲律宾大学校长办公室的客厅里，与该校创作中心的成员进行非正式的文学讨论会，时只觉得走廊间的厚重帆布帘在猛烈摇晃，屋外的林木在呼啸。大约近半小时，我们在蜡烛光中交谈，随后电灯又亮了。所谓非正式的文学讨论，就是一种三三两两自由结合的、无拘无束的交换意见。我和一位学者（可惜我忘记他的姓名，当时彼此均忘记交换名片）谈到里巴市天主教堂的壁画和圣母像，菲律宾的木雕和少数民族的服饰；谈到杜甫和李商隐的诗；谈到20世纪初叶风行于西欧的超现实主义画风，云南石林的自然美以及云冈石窟雕刻的造型艺术，等等。

这些天来，我们又到过马尼拉附近的一些胜地。百胜滩瀑布闻名于世。二十八日中午，我们在瀑布旅馆午餐。看到窗外有一条河，岸边的丘陵是绿色的，全是郁郁葱葱的热带林和热带蕨草。河水涨了，有人牵着两匹棕色的马涉水过河。岸边停着许多有彩色布帆的木舟。我随后知道，这条小河便是通到百胜滩瀑布去的，但河水涨了，木舟不能逆流上溯五六里水路，开到瀑布倾泻的岸边。主人为了我们的安全，建议临时取消日程中的这个项目。我们当然同意了。

卡迪格巴克夫人陪同我们到百胜滩来。当她建议取消去看瀑布的项目时，她曾顺便向我们介绍：在百胜滩瀑布的山地和临近海湾之间的一个地带，考古工作人员曾发掘出中国明朝的瓷器、陶器以及古钱等文物，那个地带可能在十四五世纪是中菲人民聚集的商场。她表达了这样一种看法：中国人民在人类远洋航海的早期，便来到菲律宾，和菲律宾人民进行商务和文化交流。

从百胜滩瀑布旅馆出发，车行约半小时，我们来到一片广阔的椰子林。车在这片椰子林间的公路上行驶，有时会望见前方远处的、西太平洋的海景。著名的埃斯克山谷别墅便在这片椰子林里；它现在是一个博物馆，一个颇为别致的博物馆。馆前的草坪上有一尊看来是所罗门的塑像，线条豪放。走廊上悬挂着一副鲸鱼的脊椎骨。馆内有各种专题陈列，有大约12世纪以来雕塑的各种流派的圣母像的专题陈列；有菲律宾人民有史以来所用的武器的专题陈列。在这个陈列室里，我徘徊了许久，看到古代菲律宾各部落人民用以抵抗外侮和打猎的矛、盾、梭镖，看到菲律宾人民为独立而斗争所用的枪、炮，心生一种崇敬之情。馆内也有热带蝴蝶的专题陈列，我觉得那些蝴蝶是很美丽的。我们离开这个博物馆时，和其他一些旅客一同坐了牛车在椰子林里游玩，看到这片椰子林里有一座古老的教堂，一个游泳池，一所小学和一所场内排列许多木雕的大熊、猴和野兔的儿童游戏场。

我想告诉你，我们从碧瑶市回到马尼拉后，仍然住在菲律宾大学发展经济中心的旅馆里。回来时，我看到旅馆里那口养着热带鲤鱼的池边，摆上了一棵圣诞节树。晚安！

致亡妇

——秋声逝世五年祭

一

我常常觉得你仍然在我的身边，或者说，我仍然在你的身边。我仍然觉得你时刻在勉励我：例如，此刻，当我自己在书案上整理文具时，我似乎感到仍然有一双温暖的手，一双为我所熟悉的手，一双因家务繁重而显得粗糙的手，在旁边帮助我；我以为这不只是帮个忙，这中间具有对我最亲切的勉励和体贴。

（你不会在我面前说太多的话。你不是善于以语言表达自己的情感的人。但我感觉得到你的一举一动，自然流露一种挚爱和信任……）

我常常觉得我们仍然在一起。我们互相信任的、真挚的心一起跳动。

二

我能够说，我们什么时候开始互相认识以至互相倾心的呢？如果说，人世间有某种命运在暗中主宰你和我的生活的话，那么，它什么时候开始考虑，让我们永远生活在一起呢？你的父亲为什么是一位名中医，而我何以自幼体弱多病呢？我的父亲为什么那么早就离世（当时我还不满四岁）？而一位自幼丧父的孤儿，怎的一开始就知道如何体贴自己年轻的寡母，知道寡母暗自落下的眼泪的分量？我似乎很早就领会母亲的坚毅性格，领会她把一种期望寄托在我的身上，从什么时候开始，我感到对她负有一种责任？在情感十分早熟的情况下，我的懂事以及对她的顺从，使我感觉得到这些是母亲生活中所能得到的很大慰安。我生病时，母亲总是托人请你的父亲为我看病；于是，每次见到你的父亲来看病时，我似乎自然而然地对他投以一种信任、感激和尊敬的目光。而他似乎也报我以慈爱的目光。是不是，从你的父亲初次为我诊病时，我们二人的生活便似将永远联系在一起了？

三

当时，我不过十一岁。你，当时才九岁。这一天来了。在我的目中，我们家中仿佛散布某种传统喜庆的气氛。我看见母亲面上浮现笑容，矜持而又带有某种宽慰；我记得她的发髻上插一朵朱丹色的金盏菊，母亲当时不过三十五岁左右吧。在幼小的记忆中，母亲面上少见笑容，终岁身上着暗色衣服（后来我知道，她自二十六七岁守寡后，一直如此）。这一天，我似乎第一次感到自己原来有一位很年轻的母亲。同时，又似乎明晰地感觉得到她原来时或为我念及的一项心事，多少放下来了……

家中庭院古井旁边，放了鞭炮。不知何时，母亲为我做了一件新衣，这天要我穿上。有人挑了两只民间办喜事的漆篮从庭院的小巷走进来。漆篮里装着表示吉祥的寿面和红帖：我们二人的定聘（订婚）书。

在这以前，母亲告诉我，要为我们做这门亲事。有一次，在我准备完晨课，天还蒙蒙亮时，她从灶间走到我的书桌前，很久，才对我郑重地说：

“阿桂仔。有件你的事，由妈出主意——”

我似乎感觉得到，母亲的话虽然说来平平静静，不流露什么，其中却含有千钧重的思考，有一种与我今后——终生生活至关重大的事要与我商量。我知道，母亲是经过深思后说出这话的；我知道，她会比我想得更周到。我以一种儿童的信任和感激的目光对着母亲，说：

“妈，你尽管出主意——”

有一次，她高兴地说：

“我看到她——有一双白胖、柔软的手，头发很乌很多……”

母亲第一次把你的形象告诉我。那天，母亲偶然在路上遇到你和你的母亲，有人好心地把你指给她看。母亲原来那天才初次看到你呵……

四

我们一起生活四十余年。说也奇怪，我竟忘记问你，你的父母亲怎样把这门亲事的决定以及我的情况告诉你的呢？我们的婚姻算不算受父母之命而后行的呢？母亲后来看到我们二人和睦无间而完全放心了时，一次曾对我说：“当时我担心一家孤儿寡妇，使你娶不了亲，只好由我早早做主……”我一直感激母亲。我受她的恩惠太多而我所能报答者微乎其微。我相信，单为我们这门亲事，母亲便费尽心思。我是这样想的，没有不庇护自己子女的父母亲，我甚至感到，在选择配偶方面，父亲或母亲的“眼力”有时（或在某种情况下）会比当事人明亮。我没有体察到母亲把自己的意志加于我身上的感觉。我相信，你对自己的父母亲恐怕也是作如是想的吧？

五

直到结婚以前，我们没有见过面。在我们古老的乡土上，在20世纪20年代末叶，似乎还流行一种“舆论”：它视年轻男女之未经结婚（即使已订婚）而频繁往来为一种“不光彩”的事。这实在是不合理的。我似乎屈从于此种“舆论”（或民情？）。另外，我自己似乎也想过，我还在上学，年纪还小……即使如此，我已隐隐约约地感觉得到我们二人的生命已经联系在一起了。我只知道你有一双白胖的、柔软的手，有很多的乌头发，此外一无所知。但我会奇怪地想念你，关注你。记得是在我上初级中学的第一学期，即我们订婚的次年吧，暑假时，你家遭“变故”：那年家乡霍乱流行，你的父亲和哥哥罹疾不治！你同时罹疾得病，但在家人没力照顾你的情况下，却天不知地不觉地在一边自己好起来。母亲讲你命大。我却显得忧郁起来，我在想，你的母亲如何带领你、你的姐姐和二位弟弟过日子呢？我感到在某一点上，在年幼丧父这一点上，我们竟然有相同的遭遇……

自此以后六年时间，即我从高中（莆田师范学校）毕业以后，我十八岁时（你不过十六岁！）我们结婚。在这以前，我听说你曾上一所教会女校读书，后来因为要帮助家务以及无力缴纳学费而辍学，你知道吗？当时，我虽然也算勤奋好学，有时却会故意绕道走过你读书的学校门前，或借故绕道经过你家门口，希望能够看到你（其实，若你当时就在面前，我也不认识）。记得走过你家门前时，不禁急急行过，生怕被什么见到，耳边也不觉发烧！

六

我们行的是古老的结婚仪式。你坐花轿至我家。我们拜天地和祖先的木主。现在说来，这未免奇怪而可笑。但结婚必行古老的（封建的）仪式，至20世纪30年代中叶，还作为一种有力量的社会风习存在于民间，这情况现在想来简直感到不寒而栗。那么，我在这里稍为提及此等事，是要与你共同忆及当时社会上的旧传统和封建力量无形而又有形地，沉重地压在人们身上。我们二人当时都无力反抗这种传统和力量，包括结婚采取旧仪式以及其他，等等。于此，也许可以从客观的原因解释我们二人何以至洞房之夜才能互诉衷情，才能从内心发出信誓：直至白头终老永不变心。我们二人当时都极年轻，无世事的任何阅历，但似乎对于人心的善良与否，有一种天生的敏感。我们二人似乎都在终身值得纪念的新婚夜晚的某一瞬间，互相看见彼此都有一颗可以信赖的心。这两颗心从兹将终生一起跳动。

我当小学教员。就我来说，是在自己的人生道路上开始跨上社会门槛；也可以说，我开始承担家庭生计的主要责任了。我们结婚的次年，我想让你上中学就读；上学不久，由于抗日战争爆发了，你只好辍学（当时学校均迁入山区，你走不开）。福建，当时除厦门外，虽然未经受敌人铁蹄的直接践踏，但到处出现离乱和不安定之景象。特别是，由于当时的国民党政府消极抗战积极反共，物价开始飞涨了。我当时虽已开始从事课余文学创作活动，但工资和稿费收入均难以维持家计。你开始和母亲一起做女红，增加一点微末的收入。又与母亲一起为家务而操劳，你开始成为一个家庭的主妇了，成为一个贫寒的、自食其力的、恬淡的家庭的主妇了。在这一点上，你走上母亲乃至我的祖母所走的道路，在30年代中叶。对此，我每一念及，往往内疚甚深。如果你取得接受更多文化教养的机会，你会有一定的作为。

七

“你要读书。你要写作。你有外间的事。而家中事总得有人料理，何况妈已操劳……”

你反而安慰我。

做饭、买菜、劈柴、洗衣、为他人织毛衣，等等。家务忙时，你以至连抽点去读书的时间也没有了。母亲所说的，你有一双白胖的、柔软的手，什么时候变得粗糙了？我心痛！

八

木兰溪是一条美丽的溪流。两岸果园生长龙眼、枇杷、荔枝、橄榄，村庄掩映于果园和鲜花之间。我每经木兰溪畔的华亭镇时，总念及你曾在离此镇还有将近二十里的一个小村里，和一群幼童在一起——你教他们算术、拼音和朗诵、写字。华安镇离城二十余里，你步行去，随后又步行近二十里至你教书的小村。如此每周往返各一次，因为每周得返家取米和其他用品，并看看家中的母亲。另外，你还到涵江镇一个叫后郭的小村教一群幼童。如此三年。这三年里（1940年秋到1944年夏），我在永安、南平就读；你得设法挣些工资弥补家用，我当时所得微薄稿费收入仅勉强维持在学用费。寒假我不能回家。但母亲和你尽力省用，托同乡同学返校时携带若干肉品来，以增进我的营养。老实说，这是在我的文学修养和创作道路上颇为关键的时日。学校的功课，我可以满不在乎地应付过去，我充分利用时间，攻读中外文学名著；而在此时，我开始了散文诗创作的尝试，例如写了《桥》等组散文诗，从此一发不可收。那么，我要老实说，由于家中的母亲有你奉侍，我可以安然潜心研读、写作。

我应该顺便告诉你，前不久，有一位在后郭村时你为他教过书的幼童——现在是上海工业大学的教员，忽地写信给我，信中表达他的感激，表达他思念你在他幼年时对他的启蒙……但是，当时由于你没有“文凭”，后来你便不能继续任教。

九

我从南平就读的学校毕业后，仅在家乡一个中学任教一年多的时间；1945年抗日战争胜利之后，我们便一起到福州来。我的书桌呵。一张古旧的书桌呵。一张从20世纪40年代直至80年代始终和我在一起的书桌呵。这只书桌的抽屉，最初是我们的“米缸”，它将是我家清苦生活的一个见证。另外，有多少时日的曙明从木窗间照耀在铺着稿纸的桌面上……我知道：总是你站在书桌边为我扭暗了电灯，使我知道天亮了，曙光照来了。你总是轻声地将茶或小点心送到桌前，轻声地唤我休息。我以为，我的这张书桌如果有知的话，它将是我们二人的性格、生活习惯以及亲爱相处的见证，是我的写作情况的知情人。从1945年年底到1949年8月福州解放，我往往同时做几项工作：教员，刊物或报纸编辑、专职和兼职，而大部分业余时间伏案写作。我们的家庭生活因此稍能维持过去。那是光明力量与黑暗势力激烈搏斗的年代，人心朝向延安。而在国统区，反动统治的一切黑暗、腐败现象都暴露出来。每日所见令人愤怒的情景是写不完的。记得我的写作从40年代初期单纯用象征手法写一种对光明世界的憧憬，转向这时对黑暗势力的直接揭露和抗诉。你读了我的一些初稿。为了勉励我，说出了肯定的意见。我在莆田一个中学教书时，已和校中几位同事开始与闽中共产党游击队的一些同志有所联系，我的一些同学和熟人为地下党员。在福州时，你支持我继续和他们暗中接触。1945至1946年间，闽中游击队遭到反动势力的残酷“扫荡”，处境十分困难。我的一位游击队中的友人，在与敌人的遭遇战中牺牲了。你鼓励我写出了《鹰》公开发表于报端，以悼念这位战友。

我还要说，你虽没有机会接受系统的文化教养，但你不仅能和我一起过清苦生活，而更重要的是政治上深明大义。老实说，这在当时对我是一种鼓励和教育。

十

新中国成立以后，党完全了解我在新中国成立前的具体情况和表现。1950年福建省文联一成立，就安排我任刊物的副主编。我们的生活开始过得安定。母亲也接到福州来。而且家中开始有了儿女。我们全家对于党怀着极其强烈的爱戴的情感。1966年冬，母亲在忧虑中去世了。我从“牛棚”中请假一天，与你一起料理老人家的后事。我违反老人家的生前遗愿为她举行火葬。你似乎也因此感到失悔(当然，从理智方面看，火葬是完全应当的)。那时，能儿十一二岁，芹儿三四岁。而我居于“牛棚”中，你一人如何料理家庭，照顾儿女呢？记得你每周被允许带着芹儿来看我一次，我从你的脸上，似乎看得出你强抑心中的隐痛，但更多的是表现一种乐观的情绪和信念，你每次来时，都勉励我珍重身体，劝我戒烟，似乎于无言中暗示我，来日方长，我们的党以至我们的一家，前景是光明的……我们当时每周可以相见的时间太短了。你走了，我站在“牛棚”的窗口，望着你抱着芹儿的背影，渐渐地远了，远了，在一棵荔枝树后面，在一堵墙后面消失了，我在等待下一周的再见……

1970年冬，我下放到闽北一个小山村。怎么办呢？你、能儿、芹儿只能和我一起去，并且，我们互相之间都不能分离。我们的行李起先放在公社里。两位好心的农民社员帮着能儿一起用板车拉到离公社十余华里的山村里。这是一座三家村，我家租住一家农民的茅屋，成为第四家住户。觉察到我对于农民的淳朴以及村庄四周山野、林木、溪流、水磨坊的美丽，感到满意，你似乎因此放了心。我知道，你随我离开城市下放农村不仅无怨言(你不是贪图享受、迷恋城市生活的人)，且如此体贴我，因此更安心了。我们有一块小小的自留地。你种菜。我们把能儿安排在邻乡一个公社办的中学就读，过后又安排芹儿在邻村一个民办小学就读。我们准备在这个山村安下身家。每周，你和我一起轮换(呵，主要是由你)背着竹篓到公社粮站买米。我参加一些农事包括插秧、砍竹等劳动。你上山拾柴，在溪边洗衣、挑水。后来，由于在春耕时施用有毒性的农药，溪水污染了，你得翻一座小岭到邻村一座古井里汲水。每个夜晚，我往往要到夜深，才从大队部踏着山间的月色或夜霜回到家中。而你总是坐在煤油灯下等着我的敲门声。

在山村，我开始思考着一些什么。我要表达心中的情感。我要表达我对于党和国家的信念。我在山村暗自写下一些散文的草稿。你支持我继续写下去，我觉得自己有了力量。这便是《雪天漫笔》《夜雁》《夜霜》……情感显然变得深沉的散文。这些散文后来收录《你是普通的花》一书中。但是，你已不在了……

十一

……你怎的会染上肺气肿病而后又转为心脏病呢？难道是由于山区气候的奇冷，茅舍的潮湿吗？一向是你照顾我，而我从来不善于照顾你！我觉得自己有亏为夫之道，负疚不已！我怎么也想不到，你会这么早离开我和你的子女。我调回福州后，我家的生活情况正在好转，我开始重新发表作品。一切会更好的，你竟这么早离开我们！五年了。我要告诉你，我们家的情况，随着我国政治、经济情况的历史性的变化，而更好更好起来。能儿已结婚。我们有了媳妇和孙儿。芹儿在厦门就读，她很喜爱文学。我要求他们，我家应以“勤朴”二字为家风，即勤奋、勤俭、朴实、朴素，以为为人处世之道。我坚持每日凌晨即起，写作或读书。我觉得，一如和你一起时那样，不重钱财，不图私利，不慕浮名，老老实实地为人，切切实实地工作和写作。尽有生之年，为社会主义祖国“四化”建设竭尽绵薄之力，你九泉有知，当可得到慰安。秋声，安息吧！

回乡笔记

一点感受

家乡莆田在六世纪中叶，即南朝陈光大三年（569年）即已置县。境内自然环境如山、海、平原和溪流与历史悠久的古建筑、古文物及其他古迹相陪衬、相辉映所形成的人文景观、自然景观，具有一种美好的地域性品格的亲切感。当然，此等景观随着时日的变迁不免变化，而此等亲切感及其内在的某种含义，及至晚年，更为我所喜爱、所眷恋，并深受启示。不久之前返乡，在城关重游自幼年至青年时代就读的私塾、小学及中学旧址和校园，仿佛要在这些与我的生活经历有过亲切关系的地方，追寻一点童话、一点年轻时期的幻想、梦境。此外，又用一些时间去看望白沙、庄边等山镇、山村。这些居于深山中的古村、古镇，乃至经流其间的小溪，以及某一引人注目的岩石间，往往存在某种历史文化遗迹和某种深刻的历史意义，弥足珍贵。

西天尾镇

西天尾镇居于九华山之麓，北洋平原之西北部。古来即为城关、沿海一带居民、商人、旅客进入山区的要津和山货、海货乃至外来某些商品的集散地。我在初中就读时，一年暑假，一位家住西天尾镇石盘村的同班同学，约我和几个同学到石盘村做客。当时路过西天尾镇所得的感觉和印象，以惊异或新奇予以概括已足矣。若具体言之，当时感觉街道两旁到处堆放着竹器、杉木和半加工的杉板；街间出现各种人，其中有在路边摆摊，出售咸带鱼、海蜇皮、虾皮干的沿海小商贩，有沿着长途的山路肩负杉木前来兜售的邻县永泰的山民；最多的是从镇上周围深山间前来的村民，包括妇女。他们前来出售木炭、笋与兽皮等山货，那些山村妇女，看来当时还保持一种可能是极为古老的、传统的和极具地域性的服饰。她们的发髻与古画中所绘唐代仕女的梳妆格式相近，髻上一顶蘑菇形的小笠，腰间束着绣花的腰带……当年所见，与城关的市场、市街相比，西天尾镇具有一种古老而又较为发达的山镇品质，有如一幅古朴的风俗画。

记得出西天尾镇，沿着一条石砌的古道前行，所见所闻岩石、流泉、林木和一些鸟声、蝉声及其他昆虫鸣声，当时未必能深刻理解其美，只是少年时期最初领略的山景山色，至今难忘。此次返乡，是到山区看看。但是车过西天尾镇时，没停留，只从车窗间远望，只见此镇已新辟市街，其商场皆为混凝土钢筋结构的大厦，具有现代感，使一座四面环山的古集镇出现城市品质。那天车过西天尾镇龙山村时，从车窗间眺望西山上的妈祖庙。传说妈祖的祖籍在西山麓，那是早在隋朝年代；迨至宋朝，始从北山区迁居沿海。妈祖文化或者妈祖信仰殆已遍及海内外诸大洲。妈祖原名为林默（960—987），在极其短促的一生中，她护国卫民，扶贫济困，此不仅代表一个民族的优秀品格，更表现人类性情之最善良的一面，因此，她不仅仅是作为一位女神而存在，更是作为人类良知和一种道德的典范而日益广泛、深入地为世人所尊崇。

白沙村野

白沙为莆田北部山区的古村镇，与西天尾、庄边等山镇一样，至少在宋代业已闻名于世。我于1937年秋凉时分和1938年暑假两次路过白沙，前往后洋村。当时山区没通公路。从城关一早出行，步行四小时至白沙。一路山景绝佳。白沙当时给我最深的印象是：

行经那些小山村、山岭之后，眼界豁然开朗，诸山环峙之间，出现一个盆地，形成一大片或可称之为山中平畴的村野。只是两次均匆匆过境，未至镇上看看深山集市及其小街、商铺的特有风景。从白沙向北，行尽山间小路，即开始登上后洋岭。此岭之高峻不亚于其南面的澳柄岭。

记得登至岭巅后，下岭又经一名叫田岑坪的小山村，又过一小岭，才达后洋村。这已是六十多年前的旧事了。此次过白沙，曾停车在公路外小憩，并借此机会，以后洋岭为“背景”，拍了二三帧小照。这不免有某些情感要加以记录，但到底是“私事”，留待以后再表吧。不过，有一小感触，不妨说一下。我出生于城关，会与在如此僻远的小山村中出生的一位女子结缘，此等婚姻现象具有某种偶然性和必然性。

此次在白沙得以眺望其西部凤凰山上的郑樵墓。郑樵（1104—1162）为我国史学界之一代宗师。其墓原葬白沙镇马洋村的越王山中。南宋乾道年间，陈俊卿迁其墓至今址。陈俊卿（1113—1186），亦为邑人，绍兴年间举进士第二，在朝时为与秦桧等奸权抗争的名相。他把郑樵墓迁葬凤凰山，传闻当年这里为交通要道，如此便于世人拜谒，并从中接受遗教。简言之，处于吾邑深山间的白沙，以其有郑樵墓以及陈俊卿为郑樵墓迁葬的遗闻等，使得这里出现一种优良的、引人深思和收获启示的历史文化气氛。此等气氛，我想永不消散，并且将日益清晰、明亮。

瓢湖村·夹漈书堂

瓢湖村以瓢湖溪流经其间而得名。现在的瓢湖村以居于溪南的村集称上瓢湖，居溪北者称下瓢湖。早在幼年，便知吾邑北部深山间有瓢湖这一小村。因为当年家中先辈家常间常提及先五世祖子寿公曾在那里筑屋，著书。此次至瓢湖村，顺路先至上瓢湖村拜谒南峰寺、夹漈先生。史载，宋徽宗宣和元年（1119年），即郑筑南峰书堂于越王山中，一边守墓，一边勤学不辍。此南峰书堂的确切故址，似已不可追寻。三年服丧期满，郑樵则至处于瓢湖附近的南山书堂继续苦读。以上云云，见卢金城、林春德选注的《兴化文痕》。近读《重修南峰寺夹漈学堂碑记》（草稿）则称："明洪武二十二年（1389年），越王峰南之南峰寺遭厄，瓢湖夹漈八代孙乡进士郑球，迁寺入书堂（南峰书堂）旧址，住持僧永琏就后殿西边立夹漈祠。"此《碑记》末提及南山书堂，而原南峰书堂看来就在瓢湖村。此次我所见的夹漈书堂，即今天重修南峰寺古刹时，于大殿之侧筑一堂，直截了当地称之为夹漈书堂。此等命名，窃以为甚善；因为既可以明白昭示此为青少年郑樵立志苦学之所，亦足为后人瞻仰先贤之胜地。

据云，此夹漈书堂仿旧制建筑。四壁一门，古朴简雅，堂中供奉郑樵遗像，衣带宽阔，乃宋士人便服。我不觉在像前流连良久。立门前，可眺望越王山，只见山间林木苍然，其巅有越王台遗址，为西汉东越王遗物，闻至今尚存十余层石台基础，惜未能登山观赏两千余年前的历史遗迹和山景。如此，我只在书堂前喝了两杯山茶和稍作休憩后，即转至下瓢湖村。下瓢湖村为先五世祖子寿公著书立说的故宅所在。而这里更有与郑樵有关的史迹值得一记，还是先谈一下。据云，在下瓢湖村，当年有陈靖所筑的万卷楼，藏书颇富。少年郑樵常至此披阅群书。在我看来这实乃一种美丽的历史遗闻，如想得更"具体"些：在古代那么一个僻远的小山村中，有藏书万卷者，有以后成为一代鸿儒的少年人在其搜书自励自学，则更会感到瓢湖村所出现过的历史文化景象，值得后人永远怀念。

在瓢湖村筑万卷楼的陈靖（948—1026），曾出使高丽以及拜左谏议大夫，授秘书监等官职。其家藏书达万卷是可能的。比如我在莆田的旧居所在地书仓巷，其名之由来，即因巷内曾建一座万卷楼也。史实是南宋时的郑侨（1132—1202），也即郑樵的侄儿，曾官居参知政事，其子郑寅即曾在书仓巷建万卷书楼。近日读莆籍学者蒋维锬的《莆田儒文化纵谈》：“宋代莆田还有一批著名的藏书家。郑樵之著《通志》，陈振孙之《直斋书录解题》皆得力于莆田藏书；陈振孙离任时还从莆田捆载五万一千一百八十卷善本而去。”说明宋代吾邑确有不少藏书之富者，而此等事，对于包括郑樵在内之成为大学者、学术界巨人的影响，也确是明显的。郑樵终其一生居处于深山丛林之间。这对于他在学术上取得卓然成就，亦具有极其重要的特殊作用。郑樵的《通志》，对于建立我国通史体系，不仅在当时带有开创意义，对于后来的治史更引发深远影响，《通志》二百卷，开创了史学中最早的氏族、文字、音韵、金石、目录以至天文、地理、动物、植物各门专史的先河。这当然与他无书不读，且务求穷极精通有关，而他的有关天文、动植物专史的论述，不能不认为与他自幼到老均居于吾邑山区有关。他的居处，乃“幽泉、怪石、长松、修竹、榛、橡所丛会，与时风、夜雨、轻烟、浮云、飞禽、走兽、樵薪所往来之地”（《草堂记》）。至今传诵，郑樵中年以后所居的夹漈草堂附近尚有他当年观天象的占星石，而他研究虫草木鸟兽以及向樵夫、老农请教的逸闻亦至今流传于世。

少年郑樵当年在下瓢湖村日夕阅览群书的万卷楼，其遗迹今日已不可追寻。不过，此次至下瓢湖村，却在溪畔见一古油松树。此树高可数丈，围可四人合抱，据一位年逾七旬的老者告知我，他小时所见的这棵油松，已是如此高大、强壮。在家乡所见古树，一是城关东岩山上的古樟，传为晋代物；而此棵古油松，若为宋代物，则与郑樵或许有某种因缘，则更是可喜的了。

我的五世祖子寿公，曾在下瓢湖村筑室著书。此室的故址即在离古油松不及百米的山坡上。闻当时有一堂四室，堂后有小湖，遍植花木，与堂前的清溪以及古树等相映成趣。子寿公（1825—

1886），为当时易学名家，于道光二十一年（1841年）间，移居至此潜心著述，其行世易学专著有《周易从周》《筮学从周》《周易从周述正》《易林伐山》，还有《读左疏正》《吉雨山房诗文集》等作。这些著作，大半为北京图书馆所藏，我未能见及。我手中只有他的《山民随笔》九卷，卷收四十余则随笔共计四十余万言，所谈论、考证和记述的内容，涉及诸子百家、梵文释典和星象地舆占卜药物秘术，足见其翻阅之广且杂，不止限于易之研究。子寿公所处时代，正当清廷日益腐败，外患日见深重，国祚日见衰微之际。《山民随笔》有若干文章，显然是有意用以振作民心的。如八卷中《西法亦本纬书》，论及“西法地图本周髀”，“即其所谓地动环日者，亦中法也”，并引《尚书》之文以为证。又如四卷《外国重儒》，称日本学者自称“儒生恪守程朱之学”，又称“英（国）人雅里谷，注全力于十三经”等，此等论述或见解，在当时历史条件下，有其可贵之处。子寿公的主要著述，包括《山民随笔》，均作于瓢湖村故居。此次来，只见其遗址上已建设为小学校舍，包括二层楼的课堂等。我想，其地改为教育场所，还是合适的。至于原来堂后的小湖，大概不太久以前，已填没，其上正在盖起新屋，只是当年湖岸的砌石，尚依稀可见。我在子寿公故居的原址以及溪畔的古油松前拍了照片，随即离开瓢湖村，心中不仅出现对于先贤、先人的怀念，更对于这座深山小村的历史变化以及在某些历史阶段出现的人文景观、文化现象深深地向往。

溪·黄彻

此次到莆田北部山区，途经白沙、庄边等名镇，及九华、银坑等名山，所经之处，得以目见山间诸小涧，这些小涧互相汇合注入荻芦溪。是溪流经与福清交界的江口镇，注入兴化湾。这些地理景致，从地图上看，已觉可观，而能身临其境，目睹其象更有一种亲切感和崇敬之情出现于心中。大概在中学就读期间，从老师的言谈中，便知白沙、庄边等山镇附近，发现过先民的某些文化遗物，如砂陶碎片等。20世纪80年代，在文化普查时，在白沙发现了岭埔头遗址、庄边发现了鹧鸪墩遗址，采集到一些残石戈、残石锛，以及黑、灰、红的陶碎片等，经鉴定为商周年代的先民遗物。若干年前，我曾在莆田市博物馆见到此等文化遗物。此次经过白沙、庄边等山镇、山村时，虽然没到这些古文化遗址看看，却在意念中忽然想到流淌于深山间的这些小溪小涧与古代先民聚居的关系，想到水与人类文明的关系。

此次车行白沙镇所属的一村野时，见到车窗外有一溪流，上有石桥，桥下清泉从错列的溪石间流过。溪景可观。为此停下车来，看看这条山间村野的小溪。记得美国哲人、文坛巨人爱默生尝言："可感知事物往往与理性的预兆相吻合，并且反映人的良知。"我以为个人的某种"理性"方面的预感，正好与个人所感知的事物相吻合。那天，看见这条清澈的山间小溪时，我在溪涧前流连很久。

当我回到车上，驱车离开这条溪涧时，心中还在想念一位家乡的先贤黄彻。我曾查阅史乘，称其生卒年不详，只知他于宣和二年(1120年)登进士，曾任县丞等。我最初是从其著述认识他的，我从莆田移居福州，其时虽说"年轻"，不知怎么有个设想，即从《四库全书简明目录》中去寻找历代莆田籍文人的著作(书名)，然后择其个人认为可予浏览的，列一书目。这份书目中，便有《溪诗话》一书，而且后来还从南后街旧书铺购得此部线装(木版印刷)书。写本文时，我又查阅了《四库全书简明目录》中有关此书的评介："《溪诗话》十卷，宋黄彻撰。其持论不尚雕华，唯存风教。与《韵语阳秋》略同。然彻本工诗，尚未至以有韵语录，锢天下之性情也。"我以为这条评介很中肯。黄彻的确主张为诗重在"辅名教"，但他又以为诗文合乎理，"则绮丽风花，同入于妙"。可见其论诗绝无"道学"

味，我以为今人也可以接受的。看来这条故乡深山中的清溪，对于黄彻可能有某种思想感应，对其立身处世的精神和品格的形成，可能有某种微妙的影响。这从他的《溪诗话》，从所传其简略却又颇为重要的“行状”中，多少可以领略得到吧。

稀饭和地瓜

稀饭当为一种通俗称谓？在我的故乡莆田，称稀饭曰“ān méi”（方言记音），偶尔也称粥。福州则一般均称之曰粥。粥为稀饭之古称，一如箸为筷子之古称。我猜测，大约先民知所种稻黍之时，便知食用稀饭的吧？闲时爱查有关资料、读杂著，得知《汲冢周书》中便有“黄帝始烹谷为粥”之记载。我无端地想，这类记载也不过是一种猜想吧？又据称，粥字原来写作鬻，以后去鬲而简化成为粥。鬲和鼎一样，乃先民的一种炊器。把米放在鬲内煮得糜烂，便成粥，所以稀饭在古时亦称糜。吾乡方言“ān méi”中的méi引申音，即糜或烂之意。ān则意为米汤。那么，称 ān méi者，盖亦含有古意了？

吾乡居民，一日三餐均用稀饭（一般如此）。外人耻之，或对此不习惯。我对于所谓考证一窍不通，何以在本文一开始，便以外行人说一段有关稀饭的“考证”，食用稀饭，“自古有之”，意在为乡人整日三顿用稀饭一事张目？值得一笑。

不论如何，我自己是挺喜欢吃稀饭的。我曾在《关于豆腐》一文中云：“……豆腐之成为我的嗜好，一如我的嗜食稀饭，大概是自幼为家乡一般居民的生活习惯所养成。”这是一个方面，另外，家乡百姓家煮饭的情景乃至吃稀饭的情景，好像具有某种民俗趣味，至今回忆起来，还觉很有意思。在莆田城关（我说的是20世纪20年代至40年代之间的情况），各居民的居屋必有一间“灶堂”即厨房，且颇宽敞。“灶堂”内供灶公灶妈，有一大灶，二口，放置二大铁鼎（莆田人称锅用古称），灶下堆柴薪。就我个人的情况来说，值得怀念的是煮早饭的情景。记得小时，家母总是拂晓即起，我也因此之故，至今有早起的习惯。她起床后，在微明中，先到灶堂前面的庭院中，在那口古井里汲水，然后淘米，然后放米下“鼎”并且在灶口内燃起薪火。到这时，天还未大亮，我伴着家母坐在灶口前，把薪草一把又一把送进灶膛内，一边对着火温书。约二十分钟后，鼎内大沸，蒸汽能把木质鼎盖推开。至此，便不必坐在灶下加薪，只让余烬的热气继续把鼎内的饭煮熟。我还记得，此时，我对塾师所授的功课，譬如《论语》或《孟子》的某一段落，也能背熟了，便走到庭院中，为母亲所种的丝瓜或“香菇豆”浇水；此时，只见对门四婶妈、二嫂家的屋顶上也炊烟袅袅，屋脊上时有喜鹊、斑鸠以及八哥在鸣叫，天也于不知不觉间大亮了。

家乡居民早餐的稀饭，均用“海盆”盛。在平常日子，在中等家庭里，佐饭多半为豆腐和酱菜以及炒紫菜、炒花生等。如遇见重要客人或家有喜事，桌上则有以家乡特殊手艺做出的切片鲜羊肉以及蒸海虾、蒸小黄瓜鱼，等等。这且不必多讲了。我想稍微详尽地说一下豆腐和酱菜。先说佐饭的豆腐，有两种吃法。一是把豆腐洗净放在煮稀饭的鼎内和米一起煮开后，捞起放在碟内，蘸着酱油吃；二是鲜豆腐用开水烫后放在碟上，上放麻油、酱油，用以佐饭。两种吃法，各有千秋，均为我所喜。再说酱菜，品种颇多，有酱笋、酱苣莴、酱姜、酱瓜，等等，均佳。小时，在城厢闹市文峰宫街有酱油店曰“珍源”所售酱菜，尤优。家乡酱菜一如豆腐，往往令我怀念，盖因此等酱菜有传统口味、价廉，寻常老百姓均买得起，亦为寻常老百姓家常便菜，这实在是很可贵的。

在农村里，我看见农民用稀饭的习惯，颇有趣。抗日战争爆发初期，我曾在离城约五公里的南箕村和离城二三公里的下郑村各住过一段时间。前者距内海甚近，有海堤，又有围绕村庄和田野的小沟（水利设施；沟可撑小船），沟畔种很多荔枝，有的已是古荔。那是夏天，只见水牛一早便浸在荔枝树荫下的水沟中“泡凉”。村民们，大半是中、壮年人，也有小孩，也一早便就其所好，爬在荔枝树伸入沟面的横枝上，或蹲在沟岸上吃稀饭。只见他们那长年劳动的、粗糙的右手掌上，托着一大“海盆”的稀饭，掌边还托着一小碟酱菜，或炒豆，或腌豆腐，边吃边闹谈，讲笑话。至于下郑村，位于延寿溪畔，全村居屋掩映于果树之中。村民则往往从室内搬出矮木桌，在露天下用稀饭，佐饭者亦多为传统食品：豆腐、酱菜以及当地果农特有的腌杨梅等。我住在下郑村时，记得正当龙眼、荔枝先后开花的季节，枇杷成熟的季节，即初夏期间。只觉和村民一起在露天用稀饭，但闻四近送来花香、果香以及蜂声、鸟声。以上所记情景，当时不觉得怎么样，老来想起，却觉得有一种说不上来的趣味。

到了晚年或稍早些许，自己的社会交游和游旅之地稍见广阔。在一些地方，偶尔听到所谓“鱼粥”“鸡丁粥”“什锦稀饭”和所谓“海参粥”“海粥”，等等，盖在稀饭中掺和以珍贵食物和精心设计的调料，但我对之总觉不合口味。对此，我也说不出道理来，只觉自己有点古怪，也许这与个人偏见有关？我的确认为，凡物，顺乎自然为好，“加工”太过，用心太过，反而欠佳？食物亦然。此外，又也许与个人癖好不无关系。我喜清淡。家乡的稀饭，就是清淡。唉，晨起，喝一碗稀饭，佐以豆腐、酱菜，实在是一件可喜的乐事。

在福州乌石山上有一祠，曰先薯祠，已毁。一九八七年十月间，曾陪同菲律宾华人作家游乌石山，只见有一亭，曰念薯亭。这是我特地为客人安排参观的一个旅游点。现在我国南方诸地区，特别是沿海丘陵地带，均为黄土旱地，宜种地瓜，即番薯，而此种粮食作物乃从菲律宾引进的。大约在20世纪50年代，我曾在《福建日报》副刊上读到我国版本专家萨兆寅先生所作有关《番薯传习录》的笔记体散文，极为欣喜。可惜我没有剪报、收集保存资料的习惯，所读报章文章即使是好作品，往往也随时弃置；事后，也往往失悔不已。萨先生已作古多年，子嗣是否保留先人遗作？幸好手头有刘湘如同志所著笔记体散文《榕阴漫话》一书，内有《金秋时节话金薯》及《咏番薯诗集》二文，对番薯之引入，记述甚详。兹引一段于下：

> 提起番薯，有一个生动的来历，明朝万历年间，我（福建）省长乐县商人陈振龙，在吕宋（即菲律宾）发现一种种植容易、培育方便、产量很高的薯类，想把它引进祖国。但当时统治吕宋的西班牙殖民主义者，严禁薯类外传。于是，陈振龙一面暗自学习种植番薯的技术，一面寻找机会把薯种带回祖国。在万历二十一年（1593年）农历5月下旬，经过七天七夜的海上航行，他终于把薯种带到福州。接着，陈振龙在福州郊外试种，当年获得高产。广大农民纷纷庆贺，争相引种。

以后，陈振龙的后代陈世元写了《番薯传习录》，记述陈振龙推广地瓜即番薯的情况，这在上面引录的文字中大体说到了。更重要的是，陈氏后代还到河北、山东、河南等地推广番薯。在刘湘如同志的《咏番薯诗集》一文中，介绍南安（福建）人吴增于1937年编的一册《番薯杂咏》，收一百九十七首咏番薯的诗。

知道这么一些有关历史和情况，就我个人来说，这似乎大有好处。1965年夏秋至“文革”兴起，我先后在莆田埭头和何寨等村镇工作，为家乡的沿海地区。这在历史上，长时间里一直是贫困地区。其地群众，除出海捕鱼外，尚种旱地。他们没有大本钱，只能以小船在近海捕小鱼。至于旱地，那都是沿海的丘陵黄土地，当时虽然大兴水利，但是县里最大水库也没法引水来灌溉，只能在少数地段，即水可引到之地改造为水田。为此，这些旱地，只能种地瓜。那个时候，强调“三共同”，即与当地农民群众同吃同住同劳动，所以我才分别住在埭头村和何寨村村民家里。埭头为一小镇，有大米出售，但附近农村里的居民的粮食主要为地瓜。何寨更是如此。平日，他们甚至吃地瓜干、地瓜米（地瓜切丝，晒干，曰地瓜米），一年之间，极少吃米饭。如能吃到“红薯饭”，即地瓜与米掺杂煮成的稀饭便是了不起的事。记得我所住村民家中的“灶膛”的地上，几乎大半用以放置用沙覆盖的鲜地瓜。所见其他村民家里情况亦然。当时，我深切地感觉到，地瓜之于沿海居民，毫无夸大地说，实乃有关民生之至大者；由于有此种普遍、浅近的感性认识，以至于我对于乌石山之立先薯祠或念薯亭以及《番薯杂咏》的编印，认为颇见切实，且含有深意。

记得在埭头、何寨吃地瓜和地瓜稀饭若干天，便曾感觉胃口不能适应，如会吐酸等。当地村民告诉我，若以咸小鱼、酱石蟹佐地瓜饭，则可消解此病。这真是含有天助之意！上面已说过，沿海地区村民多业渔，但当时往往只在内海作业，如果捕到诸如黄瓜鱼、马鲛鱼、鲳鱼等名贵的鱼，皆出售，自己剩下小鱼，则盐腌晒干，用以佐饭。至于石蟹，则是凡有海滩之处，退潮后，到处爬行的小蟹。这种小蟹，肉、膏均少，但腌后，细嚼则颇有味。没有想到，腌过或晒干的小鱼小蟹，沿海贫困地区的家常小菜，却能治因久吃地瓜或地瓜稀饭而出现的生理上的病症。对于此等事，现在想来，仍然欲赞无词，只好重复一句：这中间仿佛暗中寓有“天助”之意；或且云，这真是巧合！一笑。

家乡至味

不知笋和香菇是否列入“山珍”？依我之见，山中所出物，其味之佳者莫过于笋及香菇。山中之笋，不论其为春笋、夏笋、冬笋，其味未必相同，但均可口。说起来，也许是久远的事了，从我的童年直到一九四五年冬到福州定居以前，记得每年清明节前后，在家乡莆田均有春笋上市。在那一段时间内，城关的闹市鼓楼前、文峰宫，以及十字街，早晨便能见到山民挑来一筐筐的春笋，价廉。春笋和豆腐都是早餐配稀饭的菜。我家的做法大抵如此：购回春笋，剥其壳，切去笋头，洗净，随后将煮熟的笋切成四片，放在碟上，另外又在其旁放上一碟酱油。早餐时，边喝稀饭，边把切笋撕成小块蘸着酱油下饭，清洁清爽，可口开胃。记得，一九三八年夏天在妻子的娘家初次尝到夏笋。岳母家在莆田西北隅深山间的一座小村里，除梯田外，四山皆为杉木林、杂木林和竹林。而在村屋的小径边，却生长一片青翠的竹叶特别宽大的小竹林。只见这片小竹林间，拔地抽出许多竹笋：笋壳碧绿，比一般竹笋肥大。那年住在岳母家的山村里时，岳母曾将夏笋作为我佐饭的蔬菜。只感此物性凉稍有苦味，不卑不亢，事隔近六十年，回想起来，犹感此物最相宜，其中至味，其实难以言传。

家乡莆田民间的日常饮食中，到了冬令有一道菜，即以冬笋切丝炒肉丝。不知怎的，我从小不喜食肉，对于此道菜的吃法“与众不同”，喜欢让此菜隔了一夜后取出，只吃其笋和肉冻，以为这很好吃。莆田有一道菜，即冬笋炒香菇，过去家居的日常生活中难得见到此菜。于此，我念及妻子生前为我特地做了此菜的情景。1947年的农历十二月十七，我三十岁生日。当时我和妻子在福州西牙巷一座陈旧的木楼上租住了两间小房，厨房在楼下的过道里。那天，妻子为我的生日在厨房里忙了一上午，然后把几道菜排在楼上的长桌上，她计算精准，当我下班回来时，正好是她把这几道菜刚刚排好之际。当时儿女未出生，母亲在莆田守家，所以只有我夫妇两人对坐而食。记得有福州鱼丸、福州燕丸，这都算是省会风味菜肴。有几道则是家乡菜，记得有醋熘黄瓜鱼、焖豆腐、冬笋炒香菇……妻子平日并不擅长烹调，那天倒是发挥了她在这方面的才能，几道菜均可口。其中冬笋炒香菇，食之尤能见得二物之美。1970年冬，我们夫妇携儿女，举家四口旅居闽北浦城县一座深山的小村里。那时，我们租住一家农民的两间茅屋。山村离最近的山镇有五公里，儿子在山镇附近的一所中学里就读，寄宿学校，星期六回来时顺便从镇上买了米携到家中，平时，则往往每隔二三天，由妻子到镇上去买些菜或日用品回来。山村里经常下霜，要不就是下雪。一天，我整日伴随村干部（当时叫大队干部）到各村“检查生产”，到傍晚才赶回来，一路遭到纷纷飘落的冬雪。及至快到我客居的那座茅屋即我的家时，只见溪岸、木桥和四周的树林均已铺上雪。当然，茅屋上面也铺满了雪。使我欣喜的是，当我正要踏雪过桥回家时，却见妻子和儿女均迎了上来，他们一齐伸手把我接回去。女儿当时才七岁，她拉着我的棉衣说：“妈妈给你准备了好吃的菜！”

那天，全家过了一个温暖的夜晚，尽管屋外还在降雪。原来，趁我整天在外面参加所谓“检查生产”的机会，妻子到镇上去，竟然有山民出售野生的新鲜冬菇，她便买了一斤，随后又在小店里买了几支冬笋。这样，那晚我第一次尝到冬笋炒鲜冬菇的味道。而那天又恰好是星期六，儿子从学校回家时，顺路在田埂旁抓了一小鱼篓泥鳅。浦城城关乃至山村，民间在冬季均用陶钵架在炭火上烧菜汤，好像是一种具有民俗趣味的、简便的火锅。那晚，妻子就用这“火锅”煮了泥鳅汤。这样，在一个冬天的雪夜里，在客居的山村里，举家吃了一顿很棒的晚餐，很有乐趣的晚餐。

笋和香菇生于山中野外，有至味，而全家人在某一特定环境中飨此二物，此中有至情。笔拙未能深切表达此等情味，憾甚。

荔枝漫笔

闽南·粤南

荔枝树大概在北纬二十五度上下的地带可以生长。就福建而论，闽南的诏安、漳州一带的荔枝，比福州、莆田一带的荔枝，早一个季节便成熟了。记得1962年左右，曾陪同已故著名诗人郭小川同志自闽去粤。当时正当盛暑，福州、莆田等地的荔枝未熟，而我们车过诏安时，该地田野、山坡间所植荔枝树，叶间的果实累累，垂挂若小红灯。车过处，有果香暗暗随风送入车中。

粤南所产荔枝，可能是出自从化者最有名。前年到广东，为一些年轻的儿童文学作家讲儿童散文问题，曾到从化。时值大暑节前两天吧，从化荔枝盛产大熟。我们曾到从化郊区一个荔枝园里观赏岭南名果成熟的情景。这个荔枝园地处于一处浅溪的清流之滨，溪岸上还有甘蔗园，情景与我的家乡莆田木兰溪沿岸荔枝成熟时的情景颇为近似。在荔枝园时，我们被主人邀请，在树下品尝从树上新采下的鲜荔枝。这时，自然而然地想起苏东坡谪居粤南时所作“日啖荔枝三百颗，不妨长作岭南人”的名句，想起有宋一代，这里已盛产荔枝了。

那年离从化后，曾到深圳。车过珠江三角洲以及抵达深圳时，途中不时见到荔枝树。深圳的荔枝树，主要种植于从深圳至蛇口一带沿途的丘陵之上。其亚热带风情，从荔枝林间浓重地传达出来。

荔枝谱

不久前，应邀回故乡莆田一行。在市文化馆（址设于古谯楼之上，是处为我少年时代常至之地）看到宋蔡襄所著并自书的《荔枝谱》拓本。这名贵的拓本，据《蔡襄书法史料集》（水赉祐编，1983年10月，上海书画出版社出版）称，有明代宋珏《古香斋宝藏蔡帖》本，匆忙间来不及询问现由市文化馆所藏者，是否即为明宋珏所藏拓本。宋珏亦为莆田人，为明代著名篆刻家，闻其篆刻以所谓“八分入印”开莆田派篆刻之宗。如果系他所藏蔡襄《荔枝谱》的拓本，而得以保存至今，实在可贵之至。

《荔枝谱》成于宋嘉祐四年（1059年）八月二十四日，可能是我国第一部有关荔枝的科学专著。白居易作《荔枝图序》，为一篇美文，我深爱之，当时，白居易在忠州（南宾郡）任刺史，写了这篇文章。忠州在现在四川省丰都县附近，可以设想当时这一带生荔枝，白文所称“荔枝生巴峡间”是也，但《荔枝谱》称张九龄、白居易虽见新鲜荔枝，但与东闽之所产，不可相提并论。他说：

> 九龄、居易虽见新实，验今之广南州郡与夔梓之间所出，大率早熟，肌肉薄而味甘酸，其精好者仅比东闽之下等，是二人者，亦未始遇夫真荔枝者也。

他又说：

> 予家莆阳，再临泉福二郡，十年往还，道由乡国，每得其尤者，命工写生，粹集既多，因而题目以为倡。始夫以一本之实，生于海濒岩险之远，而能名彻上京，外被夷狄，重于当世，是亦有足贵者，其于果品，卓然第一……

从此观之，宋代蔡襄认为荔枝以莆阳（兴化）所出，其果品，卓然天下第一；后来莆田有“荔子甲天下”之美誉，似或与《荔枝谱》之盛赞，有点关系。

三苏祠

白居易《荔枝图序》称“荔枝生巴峡间”，所谓巴峡即长江三峡一带，居四川东部。我游过三峡，并到过三峡之起点奉节县及附近的白帝城，但未见及荔枝树，一直感到遗憾。这是大前年的事。

前年又作川行，主要在成都住了好些天，亦未见到荔枝树。倒是到眉州时，在三苏祠里见到两棵荔枝树，高兴极了。

三苏祠的一大群古建筑中，有一亭曰快雨亭。是亭古朴，匾额“快雨亭”三字为何绍基所书。其楹联为先六世祖郭尚先所书，记得是：

墨池烟润花间露
茗鼎香浮竹外云

先六世祖郭尚先，清嘉庆十四年进士（1809年），官至大理寺卿，当时曾任四川学政。故有许多墨迹留于四川各县。查他的著作《使蜀日记》，他到眉州时，曾到三苏祠，但日记未述及荔枝，只提及三苏祠中的木假山，认为玲珑可爱，但在他看来，未必是“宋物”。

快雨亭前的两棵荔枝树，传说是为苏轼离川时作纪念而种的，传说并称，苏轼亲人希望他归川时可以吃到荔枝，但苏轼那次出川以后便未曾回来过，云云。我也不必费心去“考证”“查考”他是哪年最后一次离川的，虽然我手头有《苏轼年谱》。但我在三苏祠看到这两棵老荔枝树时，觉得它们虽老，未必是宋荔。我在这两棵老荔枝树前站了许久，倒想起苏东坡晚年在惠州所作的《荔枝叹》。是诗对汉、唐以及宋代的一些官僚，向权贵竞献荔枝的丑态，表示不满。

宋代福建的荔枝

据《荔枝谱》称，宋代在福建，种植荔枝的，“闽中唯四郡有之，福州最多，而兴化军最为奇特，泉漳亦知名”云云。在宋代，莆田、仙游二县称兴化军。对于当时福州的荔枝，《荔枝谱》第三篇加以专门的记述和描绘：

> 福州种植最多，延迤原野，洪塘水西，尤其盛处。一家之有，至于万株。城中越山，当州署之北，郁为林麓，暑雨初霁，晚日照耀，绛囊翠叶，鲜明蔽映，数里之间，焜如星火，非名画之可得，而精思之所述，观览之胜，无与为比。

看来，福州的荔枝的种植，后来已不若宋代之盛了。不久前，曾与友人至西禅寺拍纪录电视片。西禅寺在福州西郊，近古之洪塘。寺内尚有宋荔二株；闻寺中原来尚有唐荔一株，后枯萎。此寺的天王殿柱上，有一对楹联，谈及荔枝：

> 忏不尽贪嗔痴蒲团彼岸
> 参得透色香味荔子名山

这对楹联，使我想到两点：这西禅寺一带古来大概种植不少荔枝，故联中称“荔子名山”，此其一；其二，佛寺的楹联，以荔枝为吟咏对象者，似乎不多，此联借荔子解释佛理，乃显得别致了。

《荔枝谱》中称“泉漳亦知名”，依我对此句之体会，以为在蔡襄时，泉州、漳州的荔枝固已有之，似乎不及福州、兴化军之盛。看来，泉、漳的荔枝，后来的种植有很大的发展。例如，漳州郊区九湖一带，现在有很大的荔枝园，荔枝很是高大。

又据《荔枝谱》称，荔枝畏寒，初种时，“深冬覆之，以护霜霰”（覆以泥土）。又云，“福州之西三舍曰水口，地少加寒，已不可殖”。

情况是如此的。但福州之东北，我曾在宁德的五都以及三都澳，看到荔枝林。

红盐之法及其他

荔枝不易贮存。白居易《荔枝图序》称及荔枝“若离本枝，一日而色变，二日而香变，三日而味变，四五日外，色香味尽去矣”。在宋代，据《荔枝谱》，以红盐之法贮存荔枝。“红盐之法，民间以盐梅卤浸佛桑花为红浆，投荔枝渍之，曝干色红而甘酸，可三四年不虫，修贡与商人皆便之，然绝无正味。”另外一种办法，便是所谓“白晒”。“白晒者，正尔烈日干之，以核坚为止”。红盐之法，似乎已失传。白晒法，我小时在家乡莆田还见到；此外，小时还见到“焙法”，即将鲜荔枝以燃至一定温度的炭火烤之。至现在，则主要以冰冻法来贮存鲜荔枝了。

《荔枝谱》提供当时福州一带做荔枝的投机生意和出口情况。蔡襄曾做福州太守，故其所录可谓第一手材料。兹录其有关记述如下：

> ……（荔枝）初著花时，商人计林断之以立券。若后丰寡，商人知之。不计美恶，悉为红盐者，水浮陆转，以入京师，外至北戎、西夏，其东南舟行新罗、日本、琉求、大食之属，莫不爱好，重利以酬之。故商人贩益广，而乡人种益多。一岁之出，不知几千万亿。而乡人得饫食者盖鲜，以其断林鬻之也。品目至众，唯“江家绿”为州之第一。

我以为此段记述，甚为珍贵。说明了，其一，当时荔枝外贸内销之发达，促进“乡人种益多”，以至“一家之有，至于万株”。其二，当时经营荔枝买卖商人之投机办法：即初开花时，商人即与种植者立券“断林鬻之”。这种办法，我少时在家乡莆田还见及，商人对于当地龙眼、荔枝在树林才着花未结果时，即立约购买当年的成果，此法名曰“定青”，价格极低，但如果遇到台风，龙眼、荔枝尽毁，则折本以至荡产。其三，荔枝外销北及西夏，南及大食。可惜的是，未记述运至海外者，到底从当时福建的哪个港口（例如从马尾，或从兴化的三江口抑或泉州的后渚港）出海？颇感遗憾。至于当时的极品“江家绿”，这个品种何时失传，今已不明。

古荔

在《荔枝谱》中提及的荔枝良种“陈紫”“状元红”等，使我感到十分可贵的是，在我的故乡莆田至今还有这些品种的古树。

蔡襄云：

> 宋公荔枝，树极高大，实如“陈紫”而小，甘美无异。或云“陈紫”种出，宋氏世传其树已三百岁。旧属王氏，黄巢兵过欲斧薪之，王氏媪抱树号泣，求与树皆死，贼怜之不伐。

这所谓“宋公荔枝”，后来称为“宋家香”，看来也是陈紫（蔡襄列为第一品）这一品种。我小时，曾至宋氏祠堂，看到这棵古荔。记得它显得极为强壮，茂盛，树上还挂着若干小红灯似的荔枝。前年回莆，又去看望这株古荔，它还和我小时所见者，一样长得茂盛。它的旁边，还以压枝的办法，新种了它的“直接”后代：二株新的“宋家香”，这使我看了高兴之至。这株“宋家香”在蔡襄时代，“宋氏世传其树已三百岁”，则推莫起，此树当植于唐代天宝年间，距今已有一千二百余岁了。

今夏7月中旬，我又回到故乡莆田。7月16日，于游壶公山的返程中，特地到渠桥乡下横山，在那里的一条水渠和一口池塘之间的坡地上，看到当地人称之为“荔枝王”的“状元红”：一棵古荔。据称，这株品种称“状元红”的古荔，是宋熙宁九年（1076年）中进士的莆田人徐铎所种。我在树下看了很久，它长得很高（据云有十三米高），主干极大（据云周长六米），长出十七条枝干，虬根蟠枝，状极庄严。同行者告诉我，此树大年产量二千多斤，平均粒重二十五克，比普通荔枝重三至五克。

蔡襄出生于今仙游县枫亭镇东宅村。他的家乡亦有三株宋代古荔。我几次到仙游，都来不及专程去看看这几株古荔（据云，这三株宋荔枝所结的果实，皮薄核小，为名贵品种）。但我去看过蔡襄的墓。墓在枫亭镇附近，福厦公路旁一小山坡上。墓的规模不大，但周围有许多龙眼树以及荔枝树。他的墓园就像建立于一座果园中。

关于蒲氏荔枝

美国亦有荔枝，曰“蒲氏荔枝”。这“蒲氏荔枝”是从我的家乡莆田引去的。

此次回莆田，看了一些资料，主要是看了刊于第四辑《莆田文史资料》（1982年12月出版）上的黄季成同志所作的《莆田荔枝传入美国》一文，得知其详。1894年春间，美国传教士威廉·蒲鲁士（W.N.Brewsler）和蒲星氏（H.R.Fischer），一对才二十余岁的新婚夫妇至莆田定居，建立教堂，并办了哲理、成益等男、女中学以及医院、印刷厂等。我小时看见过蒲星氏，大家都称为蒲师母或蒲师姑，这位女传教士在莆田住了五十六年，至1950年始返回美国。1903年，蒲鲁士回国度假，曾利用四个木箱连根带土包扎好三株龙眼苗，三株荔枝苗，他由莆田，经福州，转上海坐上邮船把这六株果苗带回美国，巧的是他遇到一位美国的亚热带果树农艺师，蒲鲁士便把这六株果苗送给他，请他在美国找一处与莆田同纬度的地带加以栽培。这位农艺师把这六株果苗种在佛罗利达州的土地上，龙眼苗未得成活，而三株荔枝苗长得很好，以后便开花结实。美国人民为了纪念蒲鲁士引进荔枝的功绩，把在佛罗利达州生长的荔枝命名为“蒲氏荔枝”。

黄季成同志在《莆田荔枝传入美国》一文中，有如下一段记述：

> 据去美国学习果树专业的陈文训同志告诉我，四十年代底他到佛罗利达州南部一个荔枝园参观实习。蒲氏荔枝在该州已迅速发展。到处出现千亩以上的荔枝园。（重点是引者加的）有个果园还建造了中国式牌坊作为大门，大门上横匾用中文写“荔枝”两个大字，两边挂着红色大宫灯。突出古色古香的中国气派。这些果园是由“美国亚热带果树研究所”指导的……

据说，荔枝成熟时，美国各州均有旅客至佛罗里达州荔枝园排长队购荔枝。他们用气体调节方法贮存，半年不变香色味。我很少写像本文这样的散文。我所以冒着盛暑放开其他文章不写而赶作此文，旨在引起人们的某些思考。

说福州风味小吃

大谈文化中的所谓“食文化”，饮食中的所谓“风味小吃”，大约是近若干年来的事。看来，当前被列入福州风味小吃的福州鱼丸、鼎边糊和虾酥、蛎饼等，我早在20世纪30年代和40年代便“品尝”过了，只是当年不知此即福州的地方风味小吃。于此，我想先谈对于鼎边糊和虾酥、蛎饼等的印象以及交情。那么，我应该说，最早认识福州供应鼎边糊等食物的饮食店是在龙潭角轮渡码头。四十年代初叶，那还是抗日战争期间，当时因公路破坏，自家乡莆田到福州，皆步行（费时两天）；自福州转程至南平，则搭闽江上的汽轮。在等候汽轮开航之前，旅客往往到开设在码头附近的饮食铺里去饱食一顿。记得当年设在龙潭角码头附近的饮食铺，除卖豆浆、油条和卖鱼丸的小铺外，竟有二三家福州市民称为“鼎边糊”铺的饮食店。那是1941年4月间，我第一次在龙潭角码头候船，准备溯闽江北上南平。我一到码头，看离开船尚有一段时间，便携着一小提包的行装，走进一家鼎边糊铺。只见铺内闹哄哄的，颇大的店堂内，各桌座位坐满顾客，有的桌边还堆着行李。那次，也算是一种机缘，我居然在店堂内临江的窗前找到一个座位。我先要了一碗鼎边糊。边吃边从窗口观赏江景，这使我很感兴致。这鼎边糊吃起来清淡不俗，又配上一个虾酥一个蛎饼，觉得此二物既酥脆，口中又时有一种虾米或海蛎的鲜味，颇为可口，自是为我留下一种好感。自1941年春至1944年夏，我先后在永安、南平就读。每年寒暑假期往往回莆田度假，往返途中必经龙潭角轮渡码头，亦必经码头附近所设的鼎边糊小店。这看来有两种原因，一则至店内小吃似有趁此小憩一下之意，二则似乎多少为了满足心中某种隐秘的、潜伏的食欲。

1945年11月间，我开始定居福州。自此之后，始知街坊间，不乏此等鼎边糊小店，始知此等鼎边糊小店，福州市民亦称之曰“糍粿店”。不论其称谓如何，此等饮食店，除卖鼎边糊，均兼售甜粥、咸粥和炒米粉等；除售虾酥、蛎饼，更有芋头粿、菜头糕、发糕、百叶甜糕、九重糕、萝卜丝甜饼和糍等，总之，糍、糕、粿、饼皆全。刚才提及，1945年冬我开始定居福州，但只有妻子做伴，老母仍居莆田故宅。以此之故，妻子有时得回去看看她老人家。妻子不在时，晨起，洗盥毕，往往至寓所附近的南后街或渡鸡口所开设的此等饮食店，随意之所至，或要鼎边糊，或要甜粥、咸粥，亦随意之所至，配以一二种糕饼或一二种糍粿，以兴欲尽或胃口中大体感到充足为度。每次走出店门，往往觉得此中物各有其可口之处。

在我的印象中，譬如说在20世纪40年代吧，福州的所谓鼎边糊店或糍粿店，所售的各类饮食除了各具一种地方性的、传统性的美味以外，除了品类较多，各能顺应来客之所需以外，我以为这类饮食小铺，若用30年代、40年代文坛上惯用的语言（术语？）来说，便是具有通俗性的、大众性的品质，如果允许以当代语言（术语？）加以表述，则是带有快餐性质，并能顺应低级消费水平者之所需。这类饮食小店的顾客之涵盖面颇见广阔，或云其顾客来自拥有人数颇多的某些阶层。具体言之，这包括一般市民，包括薪俸低微的小公务员、小职员、小商贩、小店员和像林纾所称的引车卖浆者流，那些拉黄包车的车夫、搬运工等劳苦大众；当然，也包含从一些小县城出门路过省会的旅客等。凡此人等，入店稍候数分钟，便能吃个饱或吃个半饱，出店后（我估计）口中可能还留着某些剩余的美味。

福州的这类鼎边糊店或曰糍粿店所出售的食物，其所用原料，比较而言都是若干价贱和民食中常用之物，如芋头、萝卜、粳米、糯米、大豆、花生和葱、蒜，等等，及牡蛎、虾米等亦海鲜中之最常见者。譬如鼎边糊，不外是用磨过的粳米浆浇在烧烫的鼎（锅）边煎成薄片（雪白雪白的）铲入锅内，然后放入以虾米、芹菜作料的清汤中煮沸即行，而这样的一项饮食，居然具有美味，为一般市民以及上层的各色人等所喜，名声颇大。又如所谓蛎饼，馅为海蛎，而皮不外是浓豆浆和米浆，制成饼状后用滚油炸之，也居然成为大众所喜之食物。我曾经推想，鼎边糊店所集各种食物，颇具地方民食趣味，某些古代笔记中也许有所记述。由于所读有限，我只查阅清代周亮工、梁章钜等的《闽小记》《浪迹丛谈》等书。此二公的笔记散文谈论西施舌、甘瑶柱、海参、鱼翅、燕窝、火腿等山珍海味；虽然以谈论诸如芥蓝菜、白菜等物为主，就是不涉及鼎边糊、虾酥、蛎饼等大众小吃；对此，我有些“腹议”，以为是乃古代居官者的偏见。除鼎边糊店外，福州街坊间还有专售单项食物的饮食小店，如鱼丸店、鸭面店、羊肉面店、汤丸店，等等，其与鼎边糊店相比较，若用当代语言来说，“档次”可能高些，且其中出现名店、名厨师。譬如，据我所知，20世纪40年代，南台有家羊肉面铺，吉祥山有一家鱼丸店，便很有名。不过，我一直住在福州城区，相距稍远，虽然有些慕名，但不曾前往品尝。城内光禄坊有店名“阿焕鸭面店”，四十年代末期曾至此店两次，此鸭面，其汤清，碗面上放两片卤鸭，肉嫩。

上面所云福州码头、街坊间所设饮食小店所售的若干食物，近年来一一被作为福州地方风味小吃而进入豪华的餐馆、酒家。譬如，华侨大厦的餐厅里，以广州、香港等地流行的“早茶”的形式的供应中，福州的虾酥、蛎饼与广州的鸭掌、蛋黄雀巢杯等联袂与食客见面，在我目中，似乎也是一种趣味。当前福州现代化建筑物林立的五四路，有家豪华酒家便有专门办理福州地方风味小吃的宴席；一席不出二十余品，然均以“微型”出现，可称真正的小吃了。近日，艺术家华君武同志应约在福州、厦门举行个人漫画展。他抵达福州后，一些文学、书画和新闻界人士曾邀他小酌，我有两次与他同席。一次假座天福酒家，吃的是闽菜中的“大菜”。出菜前摆出几碟小菜，为小田螺、蚬、咸橄榄、煎咸带鱼、海蜇皮等。此等小菜，在20世纪40年代为贫苦市民早餐时配稀饭所用，为殷实之户所不取。此等小菜，今日上大酒店之华筵，中间有何奥妙处，或且说这中间是何等的变化，我不及细究，兹不赘。再说，另一次假座东街口冰厅，一共上了十六道菜，除所谓“什果水蜜桃”系进口的美国罐头水果外，余皆地道的福州地方风味小吃，包括最具代表性的鼎边糊、蛎饼等。我发现君武同志对此小吃似乎兴致颇高，又似乎尤喜萝卜丝糕和芋头丝糕以及地瓜粉做成的甜丸。不知怎的，那天对我来说，吃的兴致也颇佳。那么，本文就此结束吧。

散文诗篇

叶　笛

呵，故乡的叶笛。

那只是两片绿叶。把它放在嘴唇上，于是像我们的祖先一样，吹出了对于乡土的深沉的眷恋，吹出了对于故乡景色的激越的赞美，

吹出了对于生活的爱，吹出自由的歌，劳动的歌，火焰似的燃烧的青春的歌……

像民歌那么朴素。

像抒情诗那样单纯。

比酒还强烈。

呵，故乡的叶笛。

那只是两片绿叶。把它放在嘴唇上，于是从肺腑里，从心的深处，

吹出了劳动的胜利的激情，吹出了万人的喜悦和对于太阳的赞歌，

吹出了对于人民的权利的礼赞，吹出了光明的歌，幸福的歌，太阳似的升在空中的旗帜的歌！

那笛声里，有故乡绿色平原上青草的香味，

有四月的龙眼花的香味，

有太阳的光明。

榕 树

我看见一棵榕树。它美丽得好像开花的土地。它的树干要好几个小孩子手携手才能围抱住。它的褐色的众多的须根，好像马鬃一样从暗绿的枝叶间长长地垂下。

我看见它的树梢有好几个鸬鹚的窝。那南方水边最美丽的禽鸟，那有着雪白羽冠的鸬鹚，在它的树梢成群地飞翔。

我看见它的林间装了一个喇叭筒。那里传播着典雅的南曲和梨园戏《陈三五娘》，传播着气象台的气象预报和北京的新闻节目，传播着福建省红星农业社的办社经验……

我看见一棵榕树。它美丽得像生长它的南方的土地。我看见许多白鹭在它的树梢飞翔，我听见美妙的音乐和人民的声音从那里传播出来……

木兰溪畔一村庄

这是一个小小的村庄。它像一朵花，开放在蓝色的木兰溪旁边。

它的甘蔗田接着龙眼树园。它的橄榄树高耸在山冈上。它的池塘里漂荡着带状的水草，鲫鱼成队地游行。它的木瓜树沿着竹篱和土墙成行地生长：这亚热带的美丽的果树，高大像梧桐，硬直的树茎像棕榈树，树梢一大丛绿叶像蒲扇，结着累累的果实硕大如仙桃。

这是一个小小的村庄。它像一朵花，开放在蓝色的木兰溪旁边。

它的房屋遮蔽在树荫中，露出白墙和丛生着瓦菲的屋檐。它的碾米厂盖在溪边。它的榨油坊喷发着花生的香味。在那小学的广场上，升起的五星红旗在风中飘扬，在阳光中闪耀；我看见系着红领巾的小学生和辅导员一起踢皮球，旁边新辟的球场上，解放军和农业社的球队正在比赛篮球。

这是一个小小的村庄。它像一朵花，开放在蓝色的木兰溪旁边。

麦笛

迎着四月的天空，明媚得像成熟的麦穗的天空，在故乡的广阔的平原上，走到哪里，我都听见麦笛在吹着，吹出花一般的音乐。

故乡的歌手呵，四月来了。果园像一顶花冠，龙眼树开放着米黄色的小花，橙花散发着醇酒一般的浓香。故乡的歌手呵，四月来了，麦田像一座天空，里面注满阳光和流动的风。

呵，故乡的歌手，我听见麦笛在吹着，吹出花一般的音乐，吹出阳光一般的音乐。

把劳动的欢情，从那小小的笛管里吹出来吧。吹出劳动的欢情，吹出梦和收获的甘美。一往情深地，把音乐的阳光和花瓣，洒在我们自己的土地上，洒在我们自己劳动又由自己收割的土地上，洒在我们自由的国土上。

四月来了。在故乡的广阔的平原上，走到哪里，我都听见麦笛在吹着，吹出花一般的音乐，吹出南方的阳光一般明媚的音乐。

银 河

明亮的河流啊，

在你的水里，有很多的鱼和水草吗？有小孩子跳下去游泳吗？

有汽船在那里来往吗？有结着长长的队伍的木筏，从上流驶下来吗？

明亮的河流啊，

在你的河滨，有沙滩和很多的贝壳吗？能不能在沙滩上打滚，有小孩子在那里拾贝壳回去做标本吗？

河岸上种树吗？那里有高大的榕树，树上有很多喜鹊的窝吗？

明亮的河流啊，

你的河滨有码头吗？码头上停着像三层楼那样高大的起重机吗？那里堆积着很多很多的货物吗？

有指挥交通的警察吗？他们也吹笛子吗？

秋天的晚霞

那里，

好像有一座万顷的玫瑰园，

正在开放火焰一般的红色的玫瑰花和橙黄色的玫瑰花。

那里，

好像有一座万顷的果树园，

园中种着千万柑树，千万橘树和千万石榴树；树上正在结着黄色的火焰一般的果实，正在结着红色的火焰一般的果实。

那里，

好像有千万棵点着烛光的枫树，站立在火光照耀的山冈上；

那里，

好像有千万丛火般的杜鹃花，正在夸耀四月的绚丽，开放在火般闪光的山冈上。

那里，

好像有一座万顷的草原，

——草原上，好像正在燃烧千万堆爝火，有火般的牛和羊，有火般的牧人。

那里，

好像有一座无垠的海湾，

——它的海岸的悬崖上和它的港口，到处升起爝火；它的波浪和船，好像正在向着无垠之处流动的火焰……

呵，在那里，

我看见那光明，那炽热，

那灿烂以及那豪华，那具有一种能够唤醒我的想象以及使我振

奋的力量，那具有一种箴言一般的启示，

不仅作为我对于大自然的赐予之感念，长久留在我的心中，

更时常引发我对于美好世界之强烈的向往，执意的追求。

岸和溪流

在这边岸上，

所能见到的，

几棵正在发芽滋长的樟树，和树荫下的青草（那草间有蚂蚁和蚱蜢吗？）不论是雨天、晴天，即使有风吹过，树影和青草都在抖动，

可都只有一个欲望：

——执意固定在这一块土地上，

在这边的岸上……

在那边岸上，

我们所能眺望的，

远山和平畴（那远山上正飞过几只山禽吗？）不论是在如此晴朗的时刻，还是有雾的天气，即使有风吹过，山上和平野上的草、树木，都在抖动，

可都只有一个意愿：

——决心固定在彼岸，

在那一带的土地上……

而在这两岸间形成的溪流，总是不停地在流动……

不论是日光把山影照在水面，不论是夕照、树影映在水中，不论是雨天还是雾晨，不论是只有一个竹筏，还是成队的竹筏载着游客撑过，

溪流只有一个信念：

总要流动，

向前面，

向更远、更阔的河流的方向流动……

岸和溪流，

固定和流动，

——两种性格，不同形态，形成一种组合，出现一种画意；形成一种风景，出现一种哲理趣味。

富屯溪

它的两岸，有多少水磨？巨大的水轮欢乐地旋转着又旋转着，在撒散着一串串的珍珠，在挥动着清冽的风；我看见近旁的鲜草一直晃动着，那里有永不停息的风。

它的两岸，有多少渡口？从陡峭的岸边，砌着一级一级的石阶，渡船载着四乡的社员，载着伐木工人、水文工作者、森林工作者、铁路员工、公路的养路工——哦，我看见两位水兵，他们的飘带在山风中飘动，他们回到林区来探亲吗？他们也坐在渡船上……渡船在两岸间繁忙地来往过渡。

它的两岸，山有多高？林有多深？哦，四月来了(接着，五月又来了)。那是怎么样的雾？那是什么样的星星，灿烂地缀满着林间？它的两岸，岭上的杉木林和马尾松林，开放了多少灿烂的杉花和松花：山风吹起了，黄色的、芬芳的、散发着蜜一般甜味的花粉，在风中好像金黄的、尘埃一般的细雾，四处纷飞着，浮游着……

它的两岸，山有多高？林有多深？有白色的烟，黄色的烟，从林梢冉冉地上升。那是伐木场冒起的炊烟？(我知道，沿岸的深岭间，有多少用松树皮盖成屋顶、用竹片编成屋墙的伐木工人的别致的住所。)那是林区公社社办的或者是队办的林产化工厂冒起的浓烟，在林梢冉冉地上升？(我知道，沿岸的深岭间，有多少古老的祠堂改为化工厂，它们出产各种芳香油，提炼人造石油，制造纤维板……)

山有多高？林有多深？富屯溪呵，在你的为两岸的高山上的森林照耀得永远是碧绿的水面上，有多少的木筏结成长长的队伍，激奋地，欢乐地，往下流，向闽江奔腾而去呵。哦，四月来了，接着五月又来了，木筏的繁忙的季节呵。

松坊溪的冬天

一

冬天一天比一天走近来了。山上的松树林，还是青翠的。山上的竹林子，还是碧绿的。天是蓝的。立冬节以来，一直出好太阳。日光是金色的。

松坊溪岸边一丛一丛的蒲公英，他们带着白绒毛的种子，在风中飘，在风中飞扬。蒲公英在向秋天告别吗?

冬天一天比一天走近来了。松坊溪岸边一丛一丛的雏菊，她们还在开放蓝色的花。

而山上的枫树，在前些日子里，满树全是花般的红叶，全是火焰般在燃烧的红叶，忽地全都飘落了。

看呵，看呵，在高大的枫树上，在枫树的赤裸的高枝间，挂着好多带刺的褐色果实。在枫树和枫树的中间，看呵，看呵，还有几棵高大的树，在赤裸的高枝间，挂着那么多的橙色果实，那么多小红灯笼般的果实，这是山上的野柿成熟了。

我忽地想到，这是枫树、野柿树携带满枝的果实，在迎接冬的到来。

二

下雪了。

雪降落在松坊村了。

雪降落在松坊溪上了。

雪降落下来了，像柳絮一般的雪，像芦花一般的雪。像蒲公英的带绒毛的种子在风中飞，雪降落下来了。

雪降落在松坊溪上了。像芦花一般的雪，降落在溪中的大溪石上和小溪石上。那溪石上都覆盖着白雪了。

好像有一群白色的小牛，在溪中饮水了，好像有几只白色的熊，正准备从溪中冒雪走到覆雪的溪岸上了。

好像溪中生出好多白色的大蘑菇了。

雪降落在松坊溪的石桥上了。像柳絮一般的雪，像蒲公英的飞起来的种子般的雪，纷纷落在石桥上。桥上都覆盖着白雪了。

好像有一座白玉雕出来的桥，搭在松坊溪上了。

三

又下了一场冬雪，早晨，雪止了。村子的屋顶上，稻草垛和篱笆上，拖拉机站的木棚上，都披着白雪。

山上的松树林和竹林子，都披着白雪。那高高的枫树和野柿树，他们的树干、树枝上都披着白雪。

远山披着白雪。石桥披着白雪。溪石披着白雪。从石桥上走过时，我停住了。我听见桥下的溪水，正在淙淙地流着。我看见溪中照耀着远山的雪影，照耀着石桥和溪石的雪影。我看见溪中有一个水中的、明亮的白雪世界。

当我要从桥上走开时，我看见桥下溪中的白雪世界间，有一群彩色的溪鱼，接着又有一群彩色的溪鱼，穿过桥洞，正在游来游去。

忽地，我看见那成群游行的彩色溪鱼，一下子都散开了，向溪石的洞隙间游去，都看不见了。忽地，彩色的溪鱼又都游出来了，又集合起来，我又看见一群又一群彩色的溪鱼，穿过一个照耀在溪水中的、明亮的白雪世界，向前游过去了。

雪从我们村庄的上空降落下来

好像有很多的、很多的

白色的蒲公英，白色的山百合花，

好像有很多的、很多的

白色的野菊花和紫罗兰，白色的三色堇和酢浆草，从我们的村庄的上空降落下来了，

雪从我们村庄的上空中降下了。

雪降落在我们村庄里的草地上。

雪降落在我们的山峦上和树林子里。

雪降落在我们村庄里的石头上，小径里，田埂上。

雪降落在我们村庄里所有的屋顶上，篱笆上；雪降落在我们村庄里的池沼边。

雪降落在我们村庄里的溪流的两岸和村前的石桥上，雪降落在溪流两岸的梅树上，乌桕树上；

雪降落在站立在溪岸上的樟树和水磨坊上……

乌桕树和梅树上，铺着雪了。

山峦、林木，

池沼边的篱笆、木栅上，都铺着雪了。

溪岸上都铺着雪了。村前的石桥上和草地上都铺着雪了。

樟树上铺着雪了。

水磨坊的木屋上，都铺着雪了。

——而他的大木轮，仍然不停地在转动着，转动着又转动着，

在挥着一串又一串的水的珍珠……

好像有很多的、很多的，

白色的山百合花和蒲公英，白色的酢浆草、紫罗兰以及白色的菊花，

从我们村庄的上空降落下来，

冬天的雪，从我们村庄的上空降下了……

红菇们的旅行

出 发

她们持着淡红的雨伞，持着浓红的遮阳伞，

她们持着玫瑰红的雨伞和遮阳伞，她们一齐集合起来了，排成队伍了，

她们从林中出发了。

踏着林中的青苔，踏着油松的针叶，山梨和山柿的发黄的阔叶，

——八月的黎明，林中流动着

乳白的雾一般的烟；她们从流动着乳白的烟的林中，从黎明的林中出发了。

她们心中多么欢乐。她们想，这座树林子以外，

有一座很老的树林子？

她们想，这座树林子以外，

有她们没有看见过的花，有很大的草地，有很清的泉水，有一个新鲜的世界？她们从林中出发了。她们心中充满期望和欢乐。她们从流动着乳白的烟的

黎明中出发了。

送 行

有蜜蜂来送行。有胡蜂来送行。

有画眉鸟来送行。

有两只小鹿跟着它们的母亲来送行。小鹿和它们的母亲一起，站在林中的石头上送行。

有草兰来送行。有野菊和蒲公英来送行。野菊们站在草丛间，挥着淡黄的手巾，

向她们送行。野菊们一直站在草丛间，目送她们走出林中的草径了。

经过泉边的村庄

那里，

有野菊的妹妹，穿着绿色的围裙的雏菊们，挥着淡白的手帕，向她们招呼。

那里，有菖蒲向她们招手。有蕨草向她们招手。

那里，跣足的红蓼花们，站在水边，含笑地向她们招手。

——呵，她们看到了，前面是一条山涧，一条流着清清的山泉的山涧。那里，

岸上和泉边，是蕨草，是雏菊，是菖蒲和红蓼花们居住的村庄吗？

当她们的队伍，持着淡红的伞，浓红的伞，玫瑰红的伞，

从这座村庄的草径间经过时，

蕨草，红蓼花，菖蒲和雏菊们，一齐向她们跑过来了，一齐向她们握手，请她们到村里做客，

喝一杯蜜；

——她们便走进村庄里看看，

只是，她们来不及停留很久了……

经过土阜前的村庄

有一阵一阵的

喇叭声，传来了。有一阵一阵早晨的风，送来一阵一阵的、早晨的花的香味；

——呵，她们看到了，在前面的一座土阜上，是一座花的村庄吗？那里，有吹着淡蓝的喇叭的牵牛花们，有吹着雪白的喇叭的牵牛花们，有吹着淡紫的喇叭的牵牛花们，

一起站在土阜上，吹着自己谱写的歌曲，

来欢迎她们；

——呵，她们看到了，在前面的土阜上，和牵牛花们一起，雪白的金银花，

全身沐浴着露水的金银花，

攀到绿色的灌木丛上了，摇着雪白的花束，向她们招呼。

她们心中多么快乐。

她们想，牵牛花和金银花们，都多么美丽。当她们从土阜前的草径间走过时，白的牵牛花，紫的牵牛花，胭脂红的牵牛花们，

一起跑到草径前来，一齐向她们拍手，这时，雪白的金银花们，开始把早晨的露水酿成的香水，

从雪白的花束上，

洒到她们的淡红的雨伞上，浓红的遮阳伞上，

洒到她们的玫瑰红的雨伞和遮阳伞上，

洒到她们的手上了。

游　行

现在，

前面出现一条溪流了。一条蓝色的溪流，上面有一座散发着松

脂香味的、松木搭成的桥。那桥边的草地上，

正在举行一个欢乐的节日游行吗？那游行的队伍，

开始从草地上的草丛间，篱笆间整队出发了；

看呵，好多好多的山百合花，

有的吹着丹红的喇叭，有的吹着雪白的喇叭，

向松木桥上走过去了；

——看呵，这时桥下的溪流中，照耀着山百合花走过桥上的游行队伍了……

呵，看呵，跟在山百合花的队伍后面，好多好多的石蒜花，有的提着黄的灯，有的提着红的灯，

向松木桥上走过去了；

——看呵，这时桥下的溪流中，照耀着好多好多的红灯和黄灯了；呵，看呵，在好多好多的黄灯、红灯中间，忽地飘飞着无数彩色的雪花，

飘舞着蓝的雪花，白的雪花，紫的雪花，

飘舞着黄的雪花，麦黄的雪花，柠檬黄的雪花……

——呵，看呵，原来三色堇们，香水花和黄蔷薇们提着花篮，排成队伍从松木桥上走过了，一齐从花篮里把花瓣向溪流中撒下去了，撒下去了……

呵，看呵，这时有好多好多的向日葵从草地上的篱笆边，排成队伍走到松木桥上来了，

——呵，看呵，这时溪水全都发亮了，溪水中间照耀着一朵又一朵正在欢呼的黄色的太阳……

呵，看呵，看呵，在好多好多黄色的太阳中间，照耀着好多好多淡红的伞，浓红的伞，玫瑰红的伞和红莲般的伞……

——呵，原来我们这个童话中的主人公们，

红菇们也参加了游行队伍，正和向日葵的游行队伍一起从松木

桥上走过了，正和向日葵们，和所有的花朵们
　　一起赞美夏天的早晨的
　　欢乐，一起赞美夏天的早晨的
　　五色缤纷、繁荣和豪华。

花卉·风景画试作

酢浆草·野菊

四月来了。接着五月也来了。这是繁花似锦的时节。这时节，杜鹃花好像火一般灿烂地开放在山坡上，给大自然增加了美丽。这时节，在我们村庄的溪岸和树林里的草地上，篱笆旁边，崖下的石隙间和池沼旁边，酢浆草、野菊和许多不知名的小草都开花了。他们开放黄色的花，白色的花；他们开放蓝色的花，粉红色的花，紫色的花；他们的花，有的像小小的酒杯，有的像小铃铛；他们的花和花在草间互相祝福并且谈心；他们的花，有的和蝴蝶一起做游戏，有的好像在赞美日光，或在赞美下雨的日子；有的好像在做一个小小的粉红色的梦；他们的花，有的很快结成种子，落入泥土中，有的种子好像雪花，在南风中飞扬；他们真心实意地开放花朵，在不很显眼的地方，给大自然增加了美丽。

从幼年到老年

——致蒲公英

是从幼年时代起，我便看到你？

从那时候起，我便知道你是很普通的花，是美丽的花吗？从那时候起，我便知道你有一颗朴素的心吗？

是什么时候，我看见你沿着土墙开放黄色的花？看见你沿着篱笆开放黄色的花？是什么时候，我看见你和屋檐上的瓦松一起开花？

仿佛是在一个雨后，我在一个山村的旅居期间，在石桥旁边的草地上，我看见你和野菊一起开花？当时，我深深地感动了。当时，我想起一些什么呢？

(仿佛是在我的童年时代，曾经在一座桥边看见你在开花，觉得你和我一样幼小……)

仿佛是直到现在，我才知道，你曾经启示过我，要做一个最普通的人，要从心中唱出普通的歌，信实的歌；呵，直到现在我真的能够知道你心灵的美？知道你的全部品德之朴素的美吗？

你是普通的花

——再致蒲公英

我应该有勇气说出来，我真心地爱你。

你谦逊。你开放很小的花。

你坚定。当你确认了自己是喜欢淡黄的色彩的，便服膺自己确认的信念，始终如一地开放小小的花，开放焕发着淡黄的色彩的花朵。

你喜欢野外所有的泥土吗？你在野地里开花。呵，我现在记清楚了，是在一个雨后，我在一个山村的旅居期间，我听见你在石桥旁边的草地上唱的一支歌；我无意间听见你唱的一支歌，认为这是我第一次听到关于下雨的真实的赞歌；认为这是一支多么朴实的歌。

你谦逊而真切。我不应该犹豫，应该说出来，我真心爱你，小小的淡黄的花呵。

百合花的回忆

他们怎的又越过记忆的门槛，在我的心间浮动起来了？那开放在草间的一朵一朵百合花！

那是在我旅居于一个小山村的年月里，在我居屋后面的山坡上，在羊齿类植物丛生的草间，那年夏天忽地开放许多百合花；

他们像雪一般洁白、端庄。呵，为什么至今在我的心中有时还会流过一阵喜悦？会想起那天在山坡的晨光中，不经意间望见一朵一朵正在开放的百合花时，那一刹那间的欢乐和慰藉？

他们具有什么样的品德，会令我感动，会长存在我的记忆中？呵，他们怎的又在我的心间浮动起来了，好像还开放在山坡的晨光中，恰如我不经意间望见它们时那么生动、端庄？

溪滩

我记不清楚了。什么时候，我曾到这一片溪滩上来？什么时候，在我的心中曾留下如许印象：这一片溪滩上只看到卵石和沙砾；没有看到一棵车前草、一丛雏菊。

（什么时候，这一片溪滩曾给我留下一点荒凉的印象呢？）

呵，这夏天的清晨，我偶然到这一片溪滩上来。我走过村前的石桥，下了溪岸的石级，随意走到这一片溪滩上来。没有想到，我看见卵石和卵石中间开放整片的石蒜花。这夏天的花朵有多么好看！一朵一朵的石蒜花，好像一盏一盏有生命的小红灯，好像一盏一盏照耀着曙光的小红灯，点亮在溪滩上，平凡而又明丽、新鲜……

（我的确喜欢在野外开放的花朵。他们的确给我以美好的感受。这在我的精神生活中是需要的——）

我回到村中时，心中还赞叹不已，感到欣慰。不知怎的，过一会儿心中忽然有点惆怅了，有点失悔了；我的心中忽地有个无端的想法，以为印象之生于我的心间，常常是由于一些不完全的感受，常常是一种对于物象之轻率的、不经深入观察的、不经意的判断，这是有害的。

雪白的辛夷花

在我们村庄的土地上，由于下雪，在严冬里因此一片雪白的、我们村庄的土地上，

在它的形影有时朦胧地，有时明朗地照耀在溪流中的山冈上，

站立着一棵高大的、强壮的树。

在溪边的野菊和崖下草地上的车前草，酢浆草和许多不知名的小草，一一告别了冬天，在泥土间发出嫩叶的时候，

他开花了。

——呵，他开花了，

我看见在他的所有的树枝上，没有一片叶子。我全心神地注视着他，我看见在他的所有的树枝上，这时，全是一只一只白雪一般的蝴蝶，正在准备一起飞舞起来?

——呵，他开花了，

我看见在他的所有的树枝上，没有一片叶子。我全心神地注视着他，我看见在他的所有的树枝上，这时，全是挂着一盏一盏雪白的灯；这时，我心中生出一个感觉，以为他的每盏灯，正在点着雪白的火光，高高举起来……

呵，他开花了。我全心神地注视他。我看见他的每朵花，都在以自己的才情、智慧和力量，追求一个理想，宣传一个信念：我要雪一般的洁白，雪一般的洁白……

呵，他开花了。我全心神地注视他。我看见他开着一树雪白的花朵，他站在山冈上，和我们村庄的土地一起照耀在我们村庄的溪水中。

雏菊和蒲公英

清早，天上还有一个月亮。我走过村前的石桥，沿着溪边散步。

我喜欢观看水中的影。我觉得这仿佛能够培育我的想象和幻想的能力。我看见溪水中间，照着月亮穿过松散的、烟一般的行云的情景，觉得动人。

我不一定走得很远。我想回村中了。这时，我看见溪岸上有一丛一丛的雏菊，正在开放蓝色的花朵；

还看见晨光中的蒲公英。

经过此间，有多少次了？我怎的都没有看到岸边生长的雏菊和蒲公英，没有看见他们在开花？他们谦逊。我常常没有注意到目前的、美丽的、普遍的东西。在这一刻内，我忽地想到，这时我要是能够唱歌，那多么好。我心中的确产生一个愿望了，呵，我要唱一支早上的月亮的歌，唱一支雏菊和蒲公英的歌。

题未定

——雨中瀑布的草图

我想，应该采用中国画的古典笔法，用泼墨来描绘我在这山中所见到的雨中的山，雨中的松树林和雨中的溪石？

我又应该怎样来描绘从雨中的松树林间传来的、越来越壮丽的瀑布声？怎样来描绘我们村庄里雨中的风声以及山间的方兴未艾的雨意呢？

灿烂的树林呵

秋天来到我们的森林里了。

像欢乐的节日一般的森林呵，灿烂的、华丽的秋天的森林。这是一派看不到尽处的枫树和榛树的混合林。我们从林间的小径前行时，我感到每棵枫树好像都在开放一树绛红的花朵；我感到每棵榛树好像都在开放一树橙黄的花朵。

我们从林间的小径前行时，风忽地吹起来了。我看见绛红的枫树上，橙黄的榛树上，安静的红花和安静的黄花，一刻间，忽地从树枝上飞起来了，忽地化成众多的红蝴蝶和黄蝴蝶在林间飞舞起来了；一刻间，我的心中忽地生出一种愿望，要在一块看不到尽处的画布上，恣意涂抹各种华丽的、灿烂的色彩，恣意驰骋我的想象和倾泻我的欢情……

秋天来到我们的森林里了。

天上有一个冬天的圆月

天上有一个冬天的圆月。夜已经很深了。我沿着溪边的小径，要走回村里去。我看见月光照着我们村庄的白雪世界；我看见我们的村庄，我们的草地和林木、山峦，在夜间照耀出来的雪影。

我看见溪岸上的乌柏树和梅树，树枝上的积雪，都已结成冰了。我感到每棵梅树，每棵乌柏树，都美丽得好像一株一株白色的珊瑚，正在月光下发亮。

夜已经很深了。我沿着溪边的小径，要走回村里去。我受到深深的感动了。我看见我们村庄的溪流中间，正在照耀着一个冬天的圆月，照耀着梅树一般的白珊瑚和乌柏树一般的白珊瑚。

秋的怀念

我说不清楚，为什么我的心中忽地如许舒畅？为什么我忽地有一个感觉，觉得在这个早晨，我们村里的天空多么蓝，多么深远？

为什么我的心中忽地有一个预感？

我走过村前的石桥时，一下看见桥边溪岸的石隙间有一丛野菊，开放许多蓝色的花朵；这一刻间，我心中一种朦胧的预感立时转成一阵惊喜，我想，使我欢喜的秋天，真的来到我们村间了？

桥下清澈的溪水，照耀着在晨光中初开的蓝色野菊，我看了，十分感动；无端地以为这野花好像在水中向我微笑，向我致意；我看了，又以为这照耀在水中的蓝色野菊，仿佛和我一样，正在回忆着曾经在什么地方最初相见……

回到村中住宅里时，看了一下壁上的挂历(这是我旅居此小山村期间，壁上的唯一装饰)，才知道此刻离立秋节还有五天。这时，我忽地又在心中想着，这山间的野菊今年提早开花了？村里自然界出现一个小小的特殊情景。秋的季节，今年比人间的习俗所规定的日期，提早来到了？

好像已成为习惯了，走到溪边的草径上，要回到村中去时，我喜欢一边走，一边从枝丫间看望深夜的天空。呵，一个晚秋的月亮已经升到中天，我从乌桕的赤裸的枝丫间看望这个月亮，感到今夜它是扁圆的；感到今夜它正倾注全部才情在空中发光，是黄色而明亮的。

我一边走着，一边从一棵又一棵乌桕的树枝间看望夜空，感到今夜的天空好像一片暗蓝的海，一片发亮的海；感到今夜云多，有许多白色的云从四面黑色的山峦和发光的林梢后面涌上来了。

我走到村前的石桥上时，站住了。我看见天上的白云，有的被月光照耀得好像海中的雪峰，有的像白色的海岛，有的像正在移动的、发亮的绵羊群；我看见这羊群四近有许多星星，也被月光照耀得好像发亮的百合花了。

这时，忽地有个想法无端地流过我的心间，以为这个月亮今夜成为世界的中心了，因为有了它，因为它发光，天空上一切都发亮了。

十二月的牵牛花

(我想起，

我国的北方，已经降雪。我甚至想到，雪落到我国中原的平野和松树上，苍绿的松叶上有片片雪花……)

在这里，

——十二月了。牵牛花的蔓藤，仍然像夏季一般，缠绕在榕树的褐色的须根上，

铺满在榕树的

凝固的、苍灰色的波浪一般的板根上，

而开放一朵朵蓝色的喇叭花……

(不知怎的，

我从蓝色的牵牛花，

想到我国的北方，想到那里的雪已经降落了……)

榕荫断想

木棉树

它在梦中，

也没有看到雪。

我在南方的绿色的海岛上看到它。我看见它为亚热带的太阳所眷顾，它高大。

作为对于太阳的答礼，

它的高枝拂拭着蓝天……

作为对于太阳的答礼，

我记得它在碧绿的四月，开放着满树的红花。

一朵花是一朵火焰，一棵树是满天的彩霞在燃烧。

龙舌兰

我感到它的心灵里有发光的宝石。它的晶莹，使我深思和为我所敬慕……

在岩石旁边，瘦瘠的沙土里，缺乏水分的海滨的丘陵上，它顽强地、生意葱茏地生长，绿叶形似剑。

无畏于酷暑，不怕风沙迷蒙；在它心中，没有考虑到降下的雨水总是在灼热的沙砾间很快地蒸发……

呵，在这荒凉和充满困难的地带，它首先来征服，有坚韧的战斗的勇气；

我想到，不管如何，它有许多美德，使我深思和为我所敬慕。

榕荫断想

（一）

榕树魁梧，强壮。

在酷热的暑天，榕荫转午；

这时候，在渡口的石级边，河岸上，村路的两旁，它以自己的全部力量和才智，撒下阴凉，覆盖着河边的船和村边的道路。

我看到这情况，我很感动……

我想到所有哺育我的人，所有庇荫我的人，所有无私地体贴我的人……

（二）

呵，此刻我怎的想到曾在一个什么地方，——是在一条河边？

是在一座石桥的岸边？

我曾在旅途中，看到一棵榕树的枝干上挂着一口钟，我曾在一个村庄的路口，看见在榕荫的覆盖下，有一块光滑的、长长的石板，好像石床。

这使我很感动。呵，我想，我不会无缘无故地记念着旅途中常见的这些小小的印象，不知怎的，我一想到这些，便同时想到那些伟大人物的不平凡的业绩，想到伟大人物心灵中永恒的慈祥，想到他们的谦逊，他们的德行的光辉。

海岸上，有一朵鲜花

——题一帧照片

是的。不必怀疑。这里有一朵鲜花。

——只有这么一朵鲜花，开在晌午的海岸的沙丘上，丛莽间。

其开放与其存在，

有如我的梦幻，有如我心中的幻觉或者梦影，使得前面的海和岩石，以及云影一一黯然失色；

以及使傲慢、专横和专横的坚固一一退却，逃遁，不可见……

是的。

只有这么一朵鲜花。

其开放与存在，有如我的想象，使得生命以及自然界的良知及其自尊，使得强大与弱小的对比，以及世俗的、常规的见识之被打破的景象和新的含义，终于出现。……

并不借助日光的照耀，

并非神启，

而只是在自己的花瓣和色彩间显示存在。只不过是一朵鲜花，自许、自生于海岸的沙丘上，丛莽间。

是的。不必怀疑。海岸上有这么一朵鲜花。

儿童文学篇

孙悟空和我的爷爷

我的爷爷到现在还爱读书。他自己的卧室里，我们家的客厅里，还有通道的壁前，都放着他的一些书橱，排列着许多他的书籍。他现在已经七十多岁了，每天上午，他都站在自己卧室的书桌前写作(你说奇怪不？我的爷爷是站在书桌前写文章的)。他写散文，也写童话。每天，他吃过午饭便躺在床上休息几分钟，随后，便坐在藤摇椅上读各种书报。最有趣的是，我这位七十多岁的爷爷还经常读安徒生的童话，更喜欢《西游记》呢。有一天(记得是星期六)下午，我走到爷爷的卧室里，看见他戴着眼镜在看《安徒生童话全集》。他一边看，一边笑起来。我问爷爷：

“你怎么笑起来了？”

爷爷说：

“安徒生爷爷在童话里批评一位小学生了——这位小学生的算术数字老写得歪歪斜斜……”

我知道，爷爷说的是《梦神》里那位丹麦的梦神奥列·路却埃和一位名叫哈尔马的丹麦小孩子在梦中游玩的故事。当哈尔马睡觉时，路却埃将一把画上图画的雨伞在他身旁撑开，这位丹麦小孩便会做各种美丽的梦。有一次，哈尔马梦见他的算术练习簿上的数字竟哭起来，因为哈尔马把数字写得又歪又斜，让这些数字都像拐腿的孩子，走起路来很疼……

我的爷爷经常读安徒生童话、《西游记》，也喜欢把书中的故事、童话讲给我听。不过，我发现爷爷所讲的《西游记》也好，安徒生童话也好，常常加上他自己编出的一点儿新的情节，所以每次听来都很有趣。更有趣的是，我的爷爷自己说，他和孙悟空、猪八戒，还有路却埃、哈尔马……都是好朋友，他们常常在晚上走到爷爷的卧室及客厅里，和爷爷一起玩耍。孙悟空他们怎么来的呢？他们都是在晚上，从《西游记》啊，《安徒生童话全集》啊等书籍的插画中走出来，然后又打开书橱的玻璃门，就这样来了……

你知道吗？听我的爷爷说，昨天晚上，孙悟空就从他的书橱中那本《西游记》插画中走出来；爷爷说，孙悟空一下跳到他的床边，轻声地说：

“爷爷，你起来吧，

——我们到阳台上去玩耍好不好？”

爷爷告诉我，那天日间，他赶写一篇散文，很累，想多睡一会儿，便故意装着睡得很沉的样子；呼，呼，呼，装着正在打鼾。孙悟空又轻轻地推着爷爷的身子，可爷爷还是装着打鼾的样子。孙悟空没办法，便搔了一搔自己的脖子，又给爷爷盖好被子，自己一个人走到爷爷卧室前的阳台上去了。

昨天晚上，天气很好。站在阳台上可以看见天上的月亮、星星和轻轻移动的云朵。阳台上种着几盆兰花，一盆南天竹，一盆蜡梅，还有一只大瓷缸，里面养的几条金鱼，正在月光下的水中游来游去。孙悟空站在阳台上做了几下深呼吸，回头看到瓷缸中的金鱼们，便打招呼道：

“各位金鱼小朋友们，

——晚上好。今天晚上，让孙悟空哥哥和你们一起玩耍，好不好？”

小金鱼们都从缸中的水草间游到水面上来，有点像小麻雀一般叽叽喳喳地答道：

“孙悟空哥哥，

——我们多么喜欢和你一起玩耍……”

你知道吗？小金鱼们话还未说完，孙悟空从身上拔下一根毛，在口中一吹，只见一大群小猴子从空中都向孙悟空跳来，接着就在阳台上抢着和孙悟空握手，抢着说：

“孙悟空大哥哥，

——好久不见了，你好，你好，你好……”

你知道吗？这一群小猴子，有的只有一尺高，有的有一尺半高；你知道吗？当孙悟空拔下身上的一根毛，在口中吹一下时，这一群小猴子都在水帘洞听到孙悟空的声音，这么一来，就像变戏法一般，统统被孙悟空召唤，从空中来到爷爷卧室前的阳台上，和孙悟空见面了。孙悟空当然也很高兴，便对这一群小猴子说：

“小猴子弟弟们，

——今晚，请你们来，是为了让你们和金鱼弟弟们玩耍……”

孙悟空说着，可真有趣啊，只见他口中一吹，阳台上那口瓷缸一下子变矮，却又变大变宽了，金鱼们也都变大了，缸中的水草也长得更多了；你知道吗？这样一来，小猴子便抢着，都围在瓷缸边，向金鱼们问好，那些金鱼们都高兴地游到水面来，口中吹出泡泡，欢迎小猴子们。可真是有趣啊，只见有一只小猴子最先伸手到瓷缸里，向金鱼们泼水，接着有好几只小猴子也伸手到瓷缸里，有的向金鱼的头上泼水，有的往金鱼的大肚皮和尾巴上泼水……乐得金鱼们在水中哈哈大笑；接着，有一只小猴子忽然动了脑筋，把两只手都伸到瓷缸中，舀了满满的一捧，就洗起脸来，其他小猴子也跟着在瓷缸里用巴掌舀水洗脸，还擦起身来；这样一来，这些小猴子们也乐得哈哈大笑，可是泼得满阳台上都是水……

孙悟空说：

“小猴子弟弟们，

——现在不准你们玩水了！现在，我请你们在这里跳舞……”

只见孙悟空的话音未落，那些小猴子们真听话啊，统统停止玩水了，并且马上列起队来，就在阳台上跳起闽南泉州的拍胸舞来。只见他们把胸脯挺得高高的，一边跳啊，一边用巴掌和胳膊在胸脯上打得啪啪响，一边口中唱着闽南民歌；只见他们越跳越来劲，胸脯越拍越响；只见瓷缸中的金鱼们看得都高兴得不得了，有的不断地吹着水泡，有的不断地跳出水面来；只见阳台上那几盆爷爷最喜爱的花卉：兰花、南天竹以及蜡梅们，都按着小猴子们跳的拍胸舞，用双手打起拍子来；只见孙悟空大哥哥站在一边看着，不断地搔着脖子，眼睛骨碌碌地转着，终于，他耐不住也跳进小猴子们的队列中去，也跳起拍胸舞来了……

——只见阳台上那些小猴子们都欢呼起来，蜡梅和南天竹、兰花以及金鱼们也都欢呼起来，最有趣的是，我的爷爷这时也在床上鼓起掌来，大声称赞说：

"好！好——加油！"

你知道吗，原来我的爷爷并没有睡着。他知道一大群小猴子得到孙悟空的召唤，从水帘洞来阳台上玩耍，便披着毯子坐在床上，悄悄地从窗口观看孙悟空和小猴子们玩的把戏；爷爷看得真高兴，不觉喊出声来……

爷爷的喊声被孙悟空听见了，他对小猴子们说："你们好好跳舞，我去请老爷爷到阳台上观看……"

只见孙悟空说着，便一跳，就从阳台的门口跳到爷爷床前。这下子，我的爷爷也不再装着打鼾、睡觉的样子。对了，孙悟空可真好啊，他扶着我的爷爷下床，又把爷爷书桌前的藤摇椅抬到阳台上，请他坐在那里观看表演。只见孙悟空向小猴子们喊道：

"小猴子弟弟们，

——现在，我请你们在这里表演团体舞……"

只见孙悟空口中一吹，那些小猴子统统穿上各种颜色的彩衣，接着在阳台上绕场一周，就排起队列来；这时，只见孙悟空口中又一吹，那小猴子的队列中出现了四个大字：健康长寿。

我的爷爷看了，高兴得不得了，不断地称赞：

“好！好！太好了！”

你知道吗？小猴子听见我的爷爷称赞他们，便都从队列中跳出来，站在爷爷面前，抢着和爷爷握手。接着，你知道吗？只见孙悟空口中一吹，那些小猴子们忽然都坐到阳台的边上去；孙悟空口中又一吹，瓷缸中的金鱼们都变成一个个穿着彩衣的小姑娘，她们手中各提着点上红烛的金鱼灯，她们列队从我的爷爷前面走过，个个都向爷爷鞠躬，说：

“老爷爷好！

——老爷爷健康长寿！”

我的爷爷高兴得不得了。昨天晚上，爷爷在阳台上还看了孙悟空安排的其他节目。其中最有趣的是表演民间故事：老鼠娶亲。只见孙悟空口中一吹，有的小猴子变成轿夫，抬着红轿，中间坐着一只小猴子变成的老鼠新娘，有几只小猴子变成老鼠的乐队，吹着唢呐，拉着胡琴，还敲锣打鼓，放鞭炮，热热闹闹送着老鼠新娘从阳台上走过……我的爷爷看了，乐得不得了，还有阳台上的南天竹、兰花和蜡梅们也都鼓起掌来！

孙悟空可真好啊。他怕我的爷爷太累，看了好多节目以后，便扶他回到卧室，让他躺在床上；接着，孙悟空又走到书橱前，向《安徒生童话全集》叩了两下，只见丹麦梦神奥列·路却埃便从书的插画中走出来，胳膊下夹着雨伞。孙悟空便在路却埃耳边悄悄说了两句话，只见路却埃马上把雨伞撑开，在我的爷爷身上摇了一下，爷爷便沉沉地入睡了。

这个童话是我的爷爷说给我听的。爷爷把这个童话说了以后，补充说：当他睡着后，他相信孙悟空又走到阳台上，口中一吹，让那些猴子乘着空中的云朵统统飞回水帘洞，一路上，月光照耀着这一群乘着云朵的小猴子。最后，孙悟空和路却埃都走到书橱中，各自回到书本的插画中，睡觉去了。

狗尾草哥哥的童话

狗尾草哥哥是一位很好的少年。现在是夏天，他穿着一件淡绿色的衬衫，就像是一位小水兵一样，坐在我家对门七叔公家的屋顶上。

——我已记不清楚了，我和他在什么时候互相认识的。每天早上，我去上学时，我们都互相打招呼。

狗尾草哥哥是很会讲故事的。住在我家附近的许多小孩子，也都很喜欢他。一看见他，总是向他微笑，或是招招手。

——这天早上，我看见住在对门的七叔公，抱着他的孙子走出门来。那位小孩拉着七叔公的衣襟，指着屋顶不停地说：

“公公，你看狗尾草——狗尾草哥哥！”

可是，这位七叔公不知道小孩的意思是要他停下来，听听狗尾草哥哥讲故事。还是把孙子抱到街上去，准备买些点心给小孙子吃。

这位小孩叫小囡。狗尾草哥哥看见他不想跟他的公公到街上去，便说：

“小囡，你先跟公公去买点心，回来时我给你讲故事，好不好？”

小囡听了，点点头，便跟他公公一起上街去了。

这一天，刚好是星期天，我没有上学去。我便向狗尾草哥哥打招呼：

“狗尾草哥哥，你好。”

狗尾草哥哥也向我打招呼：

“小学生弟弟，你好。今天是星期天，你准备做些什么事呢？”

我说：

“昨天晚上，我都把功课做好了。现在，我想听你讲故事，好吗？”

狗尾草哥哥真的答应了。他为我讲的是斑鸠阿姨的故事。这个故事是这样的：斑鸠阿姨有两个孩子，都才一岁大，可是已经能够飞行了。斑鸠阿姨每天早晨，带着这两个孩子去旅行。例如，旅行到一个公园里去，看那个公园里有一座葫芦形的大湖，湖畔种着柳树，有很多小游艇在湖中划来划去，斑鸠阿姨便带着她的这两位孩子在游艇上飞来飞去，听到坐在游艇上的小学生在唱歌，便和小学生合唱起来……

“真的吗？斑鸠阿姨和她的孩子，会在小学生坐的游艇上飞来飞去？会和小学生合唱歌曲？”

“还会是假的！”狗尾草哥哥说，“这是斑鸠阿姨自己告诉我的。”

狗尾草哥哥正说着，多么好啊，斑鸠阿姨和她的两个孩子飞到对门七叔公家的屋顶上来了。他们站在屋脊上：

“咕咕——咕！咕！咕！”

狗尾草哥哥听得懂斑鸠阿姨说的话，便翻译给我听：

“你们好——小学生好！”

我听了，赶快说：

“斑鸠阿姨，斑鸠弟弟们，你们好！”

当然，我的话也由狗尾草哥哥翻译给斑鸠阿姨听了。接着，斑鸠阿姨和斑鸠弟弟在屋顶上又“咕咕咕！咕咕咕！”说了许多话。狗尾草哥哥都翻译给我听了，意思是：他们很忙，今天要旅行到一个绿色的山谷去；斑鸠阿姨要她的两个孩子在飞行时紧跟着她飞，不要东张西望。说着，呼啦——啦！斑鸠阿姨、斑鸠弟弟向狗尾草哥哥和我行个礼，便向空中飞行——要飞到一个绿色的山谷里去了。

斑鸠阿姨、斑鸠弟弟飞开后，狗尾草哥哥又讲了一个喜鹊阿姨的故事给我听。故事是这样的：喜鹊阿姨有四个孩子，大家都管这四个小孩叫喜鹊弟弟。别看小喜鹊弟弟才两岁，可已经会跟妈妈——喜鹊阿姨筑鸟窠。他们飞到树林里，衔来枯枝，就在七叔公家附近一棵枫树上筑鸟窠。他们每天都站在鸟窠上，可以从那里望见很远的兴化湾，湾内的海水那么蓝，就像安徒生爷爷所比喻的，蓝得像矢车菊的花瓣；站在鸟窠上，他们还可以望见壶公山；只要天快要下雨，壶公山的山巅便先缭绕一层一层的云雾。人家说，海龙王的三公主，便趁着天快下雨时，驾着云雾来到壶公山拜会王母娘娘……

狗尾草哥哥正讲着喜鹊阿姨的故事给我听时，只听见：

"鹊！鹊鹊！鹊！鹊鹊鹊！"

这次不用翻译了！我自己听得懂，是喜鹊阿姨带着四个小喜鹊向我们问好：

"好，狗尾草哥哥好！好！小学生好！"

喜鹊阿姨说着，就嘱咐她的四个小喜鹊弟弟一起停在七叔公家的屋顶上。接着，喜鹊阿姨又叫道：

"鹊！鹊！鹊鹊鹊！鹊！"

我听得懂她的话：

"我们马上就得飞走了。因为我要带我的四个孩子到森林幼儿园去念书——孩子们，我们再起飞吧。"

只见喜鹊阿姨和她的四个孩子向我们——狗尾草哥哥和我招招手，就飞到半空中去了……

喜鹊阿姨刚飞走，七叔公抱着他的孙子小囡回来了。狗尾草哥哥看见了，马上向小囡问道：

"小囡，你回来了。你爷爷买什么点心给你吃呢？"

小囡说：

“爷爷买了两块碗糕——闽南的一种点心，给我吃，好甜啊——狗尾草哥哥，你现在给我讲一个故事，好吗？”

狗尾草哥哥真的就给小囡讲起故事来。我和七叔公一起听他讲。

狗尾草哥哥原来读过许多书。他也读了丹麦老爷爷安徒生的童话。他讲了一位丹麦的小孩子哈尔马去参加小耗子的婚礼的童话。哈尔马穿上锡兵的制服，由一只小耗子带路，通过地下一条长长的通道，到举行婚礼的大厅。那里，所有的耗子太太都站在右边，她们互相私语着，所有耗子先生都站在左边，用前爪摸着自己的胡子。新郎和新娘站在屋子的中央，耗子们一起吃酒席，后来主人托出一粒豌豆作为客人的点心……

我和小囡都听得津津有味。七叔公听了，也摸着下巴上的胡子笑着。这个星期天的早上，我和狗尾草哥哥、七叔公、小囡玩得真愉快啊。

豌豆仙子（一）

豌豆姐姐

篱笆的小门轻轻地推开了。野菊妹妹走进来。我们的故事就从这里开始。

许多人都说，豌豆姐姐家里有一朵豌豆花结实了，即是说结了豆荚了。豌豆姐姐住在豆畦里。豆畦周围绕着篱笆，前面有一道小门，野菊妹妹就是走进这道小门来看豌豆姐姐的。

有一条小小的河流，从小门前面弯弯曲曲地流过，流过菜圃和稻田，流过村庄和牛棚。小河两岸还有不少的荔枝树、龙眼树和乌桕树。这条小河不知流到哪里去。据小孩子们说，是流到太平洋去的。也许说得不错吧？那小河天生会唱歌。野菊妹妹便在小河的歌声中走到豌豆姐姐居住的豆畦前面来。

野菊妹妹看见豌豆姐姐，赶快招呼道：

“豌豆姐姐，我刚刚才听见一只蜜蜂说‘一朵豌豆花结了豆荚了！’所以我便赶紧来看你啦！”

野菊妹妹说着，把一只花篮放在豌豆姐姐的身边，表示祝贺。野菊妹妹和豌豆姐姐是很要好的朋友，她们常在一起玩耍。

“对啦。有好多朋友来看我的豆荚，向我祝贺——请坐吧！”

豌豆姐姐愉快地笑起来。野菊妹妹便坐在身边的一片豆叶上。豌豆姐姐自己坐在花蒂上。

蜜蜂、蝴蝶和蚱蜢们都知道，豌豆姐姐的淡黄色花瓣已经飘落在豆畦的泥土里，现在从花蒂上长出一只浅绿色的豆荚——如果按照一位诗人的说法，这豆荚是张绿色的小床。现在这小床里有五颗小豌豆，五位小宝宝——这五位小宝宝，在我们这篇童话里，便是五位可爱的豌豆仙子。那豆荚慢慢地，简直是在你不知不觉之间长大起来的。也就是说，诗人所说的绿色的小床简直是在你不知不觉之间变大了。于是，住在这小床上的五位豌豆仙子也慢慢地长大起来。

而且，由于我们说的是童话，所以可以设想:这豆荚的小床因为住着豌豆仙子，上面还铺着天鹅绒。这时，五位豌豆仙子就躺在这豆荚小床上——

“那五位小宝宝呢？”

野菊妹妹问道。

“他们正在小床上睡觉呢。”豌豆姐姐指着那绿色的豆荚说。

“哦，他们一定睡得很甜蜜。”野菊妹妹把带来的一篮花放在豆荚——豌豆仙子的小床旁边，并且说，“祝贺五位小宝宝，纯洁、快乐、幸福！”

“你说得真好！"豌豆姐姐说，“这五位小宝宝长得很快，我打算给他们各人穿上一套浅绿色的水兵的制服，排起队来，显得雄赳赳、气昂昂……”

“你说得真好——”野菊妹妹说。

“我希望这五位小宝宝长大后，都像水兵那么勇敢——”

豌豆姐姐刚说到这里，豆荚小床里的五位小宝宝都醒过来了。他们一齐叫道:

“我们在梦中都听见你们讲的话了——”

豌豆姐姐和野菊妹妹一齐向小宝宝们问道:

“你们听见我们说些什么呢？”

五位小宝宝都从豆荚的小床上，探出小手来，说:

“野菊姐姐给我们献花；豌豆姐姐说，要给我们穿上水兵的制服，是不是？”

豌豆姐姐和野菊妹妹听了，都非常高兴，拍手说：

“小宝宝真乖，真聪明！”

五位小宝宝听了，又从豆荚的小床上探出手，不住地摇着，一齐说：

“我们长大了，一定很勇敢，一定去当水兵！那时，我们除了坐军舰在海上巡逻以外，还要坐军舰到世界各地去旅行——”

野菊妹妹、豌豆姐姐听了，都笑起来，觉得这五位小宝宝，简直和小学生一样聪明……

“还有啦，”五位小宝宝坐起来，坐在天鹅绒上，又说道，“我们首先要到丹麦去，到那里一个小村庄里去，那里住着一位鞋匠的孩子，他非常会讲故事，我们要请他一起坐军舰去旅行……”

“多么聪明的宝宝！”野菊妹妹说。

“多么可爱的孩子！我们就给这五位小宝宝起名叫豌豆仙子吧！”

“可好啦！”野菊妹妹拍着手说，“现在，我要回去了。再会！”

从滑梯上滚到外面去玩耍

这是星期一的事情。在这天之前，就是说星期日的晚上吧，五位豌豆仙子还是睡在那个美丽的、豆荚的小床里。他们都没有跑到外面去玩耍过。这是星期一，许多小朋友都在课堂里听老师讲课，都不知道五位豌豆仙子从小床里跑出来玩耍的事情。

那五位豌豆仙子，一秒钟长大一点点——只有一点点，很少的一点点，但是当真每秒钟都有长进。因此，现在已经长得更加漂亮了。你还记得一件事吗？豆荚——五位豌豆仙子住的小床，同样会长大起来，这在上面已经说过了。

星期一的早上，五位豌豆仙子穿着开领的、浅绿色的水兵制服；他们在床上滚了几滚，便坐在豆荚的绿色小床的天鹅绒上。

最大的豌豆仙子，向豌豆姐姐说：

“姐姐，我们想到外面去玩耍。我们刚才把身体滚动几下，觉得很有力气。——这就是说，我们可以走路了！姐姐，你觉得我们可以到外面去玩耍吗？”

其余的四位豌豆仙子，眼睛都望着豌豆姐姐，显出恳求的样子。你看，他们的目光多么明净！

“你们为什么想到外面去玩耍呢？你们说说看！”豌豆姐姐快乐地问道。

“因为我们长大了，就应该到外面的世界去看看，况且，我们都穿上浅绿色的水兵服，多么美丽。人家看见了，都会说我们是聪明、懂事的孩子！”最大的仙子说道。

“你们还有什么想法呢？”豌豆姐姐又快乐地问道。

“我说，”二仙子说，“姐姐，我总想外面的世界一定很大，很大。有树木，有河流；有白云，有蓝天。姐姐，太阳是从蓝天间放出光明的，我们的篱笆外面那条小河，听说是流到太平洋去的……”

“啊，你已经懂得很多了。”豌豆姐姐更加快乐了，“那么，三仙子，你有什么想法？”

“姐姐，我来说，”三仙子说，“我最爱蓝天，还有天上的白云。那些白云，有的就像一只船，我想，那船上常常坐着一位老爷爷，一位有很长很长的白胡子的老爷爷，他会讲故事给我们听……”

“你说得真好啊。那么，四仙子，你想告诉我一些什么呢？”豌豆姐姐向四仙子问道，“你也说一说。”

四仙子似乎有些害羞。他说：“我只想到篱笆外面的小河流上放一只小船，沿小河向前航行，一路上听小鸟唱歌，看蝴蝶在岸上的青草间飞来飞去！然后，我们的小船一直开到大海上去，找鲸鱼、海豹一起玩耍……”

“啊，你想得也真好。那么，你——”豌豆姐姐看了看五仙子，在他的脸上亲了一下。

五仙子把自己的水兵衣的领子整一整，说道：

“我要到外面去看很多很多的东西，跟很多很多的花朵、动物交朋友。比方说吧，我要去看很多很多的山，很多很多的河流、海湾；我要登山，还要在河上航行和在海上航行；我要和山上的花朵一起跳舞，和林中的小鸟一起唱歌，还要和附近田里的青蛙一起听蚱蜢讲故事，并且一起跳进小河里游泳……”

“啊，你最小，可是想得最多……”豌豆姐姐说，“今天，你们就出去玩玩吧。可是，这是第一次外出，不要走到太远的地方去，你们记住了吗？”

“我们记住了。”

于是，那只浅绿色的豆荚——五位豌豆仙子的小床——好像打开蚊帐一般，张开了。这篇童话的小读者们，你们看见过豆荚自己张开的吗？没有！可是，在我们这篇童话里，五位豌豆仙子居住的小床——豆荚这时张开了。那么，请你们看吧——

一！二！三！四！五！

五位豌豆仙子穿着整整齐齐的浅绿色水兵服，从张开的豆荚小床里，一位接着一位沿着豌豆的一条蔓藤，好像我们的小朋友从滑梯上滑下去一样，一下子滑到豆畦上来了——豆畦上有一点点青草，他们一个接着一个滑到豆畦的青草上，然后拍一拍身上的泥土，开始在畦间站立起来了……

他们遇见黄莺叔叔

“我们都好好地滑到豆畦的草地上了！”

五位豌豆仙子在豆畦上站定之后，一起举起手向坐在豆叶上的豌豆姐姐招手。

“好！”豌豆姐姐也向五位豌豆仙子招手，“现在，你们可以在豆畦附近随意玩耍！”

五位豌豆仙子马上在豆畦的草地间散开了。真的，这时候他们是多么快乐。在这之前，他们还没有力气走出豆荚，只能躺在豆荚的小床上，自己设想外面的世界是多么美丽。现在，他们能够在豆畦的草地上走动了，他们亲眼看到豆畦围着篱笆，看到篱笆外面有一条曲曲折折的小河；看到那绿色的田，一丛一丛的树木，远远的山，许多村屋，还有蓝天和白云……是的，他们现在亲眼看到世界上有许多美丽的东西了；这些美丽的东西在他们眼中构成一幅幅图画——这一幅幅图画，不仅可以看望，又仿佛一一都可以走近，都可以呼喊过来一起谈话……

——总之，五位豌豆仙子，好像是感到自己开始走进世界中来了，他们多么快乐！他们情不自禁地躺在豆畦的草地上打起滚来了……

这时，一只黄莺从天空中飞来，看见五位豌豆仙子在豆畦的草地上快乐地打滚，便站在篱笆上，快乐地唱道：

五位可爱的仙子，现在长大了，
从他们睡觉的绿色小床上站起来，
沿着豆蔓的滑梯，
到我们这个世界里来玩耍了！
他们觉得，
这个世界是多么美丽啊。
因此，
快乐地在草地上打起滚来！
我把这件事，
编成一首歌，
唱给全世界的人听……

黄莺站在篱笆上，一遍，两遍，三遍地唱着。他唱得十分好听，简直会使听这支歌的人都快乐起来，会自己生出希望，并且一起赞美豌豆仙子……

五位豌豆仙子也听到了黄莺的歌。他们停止打滚，一起坐在草地上，注视着黄莺，忘记自己似的倾听着黄莺唱歌。

“站在篱笆上唱歌的黄色小鸟啊，”大仙子不禁招呼道，“你的歌唱得真好听！”

“五位仙子，我是黄莺，”那位黄莺答道，“你们就叫我黄莺叔叔吧。”

“啊，黄莺叔叔，我们可以交朋友吗？”五位豌豆仙子齐声叫道，从草地上站起身来。

“当然可以。”黄莺叔叔说，“我十分喜欢你们。我告诉你们，我住在前面的一片树林里，那里有我简单的家。我从家里飞出来，经过蓝色的天空，又在前面那条小河上飞旋，随后便站在这篱笆上。我看见你们在草地上打滚，看见你们初次看见世界时显得这样的快乐，使我十分欢喜，因此编了一支歌唱起来——啊，我就用这支歌向你们问好，祝你们永远快乐！”

黄莺叔叔的话，很是动听，使五位豌豆仙子听了感到十分快乐。而且，黄莺叔叔的话(大概因为他是歌唱家吧)很有节奏；五位豌豆仙子站在草地上，不时地按着黄莺叔叔说话的节奏打着拍子，并且一齐说：

“你唱的歌，是快乐的歌，你说的话，像歌一样，也是有节奏的、快乐的歌！”

“谢谢你们对我说这些话！”黄莺叔叔拍着翅膀感动地说，“是的，我们应当有一颗快乐的心！我觉得心地善良的人，都有一颗快乐的心！我觉得那把世界镀上黄金色彩的太阳，那时刻微笑的蓝天和白云，唱歌的河流，还有那让我们寄居的树林，都有一颗快乐的心！五位豌豆仙子，你们应该永远让自己保存一种快乐的天性……”黄莺叔叔又快乐，又认真地说。豌豆仙子听了，连连地点头。

“五位仙子，那片树林里，”黄莺指着小河对岸的一片暗绿色的树林，说道，“那里就是我的家，明天我再来看你们，并且带你们一起去旅行，好吧？”

“那太好啦！”五位豌豆仙子一齐拍手，说道。

早上的太阳，照耀着大地。

“再会！再会……”

在一片“再会”声中，黄莺叔叔拍着翅膀，从篱笆上飞走了。五位豌豆仙子不住地向他挥着手……

他们遇见蚂蚁的兵队

黄莺叔叔刚刚飞走，五位豌豆仙子忽然听见豆畦附近传来一种声音……

“附近什么地方，好像传来一种整齐的、威武的脚步声，”大仙子问，“你们都听到没有？”

其他四位豌豆仙子，都侧着耳朵听着。“的确有一种声音，好像是兵队在操练……”

“五位可爱的仙子，我们是蚂蚁的兵队，我们的队伍，从你们豆畦的篱笆门前经过啦！”一位蚂蚁的军官正带着蚂蚁兵队从篱笆门前经过，他向五位豌豆仙子招手，说道。

这是一只黑蚂蚁，他穿着黑色的军服，胸前挂着值勤的红带子，显得很威武。

五位豌豆仙子都跑到篱笆门前来，观看蚂蚁的兵队从门口经过。这兵队排列得很长很长，他们真是训练有素，个个挺起胸脯，步伐十分整齐，踏在篱笆门外的草地上，沙沙作响。他们的队伍穿过草径，爬上一个小泥堆，又向前开步而去。听说在前面很远的地方，有他们居住的城市——一个有他们建筑的马路、仓库和兵营的城市。

黑蚂蚁军官知道五位豌豆仙子喜欢观看他们的队伍，便特意站在篱笆门外，和五位豌豆仙子谈话。

“你们的兵队，走得多么整齐啊！”

大仙子向黑蚂蚁军官称赞道。其他四位豌豆仙子都说：“真整齐！”

“这是我们的工兵队，”黑蚂蚁军官一边挥手指挥兵队前进，一边向豌豆仙子们说，“我们在前面一个广场上举行春季大演习。现在是演习的第三天了。前两天，我们还在前面的广场上举行露营，野餐……”

“真好啊！”

五位豌豆仙子听了，不禁拍手叫好。他们看见，蚂蚁兵口中都衔着一点儿虫卵或别的什么，这便是他们的粮食；如果是重些的东西（例如一只蚱蜢的遗体），他们便由几个蚂蚁抬着走，合作得很好……

“他们真是一支很有纪律的兵队！”五位豌豆仙子不禁轻声称赞道。大仙子还对黑蚂蚁军官说，“我看见你们的兵，都自己带口粮，这真好！”

“亲爱的仙子们，”黑蚂蚁军官一边举手，指挥兵士继续向前走，一边说，“我愿意告诉你们一些蚂蚁国的情况！”

“好！好！”

五位豌豆仙子一齐拍手道。

“在我们的国土里，”黑蚂蚁军官微笑着说，他身上的值勤带被日光照得闪闪发光，“在我们蚂蚁国，每个人可以说都是兵士，每个人又同时都是工人。不肯工作的人，懒惰的人，在我们国家里一定受鄙视。实际上，在我们的国度里，并没有懒惰的人，我们把不自私地为公众服务，看作快乐的唯一源泉……”

“蚂蚁军官，你的话说得太好啦！”

五位豌豆仙子虽然出生不久，但都听得懂蚂蚁军官说的话，童话里的人物往往是非凡的人物。

“我们的国土里，”黑蚂蚁军官继续说，“人们都受过军事教育、军事训练，有防御国土免受敌人攻击的自卫能力！谁敢来侵犯我们的国家，我们就会迎头痛击！五位仙子，你们看，有这样的兵队，谁敢来侵犯我们？”

黑蚂蚁军官笑道，自豪地看着陆续从篱笆门前走过的蚂蚁兵队。

“谁也不敢！”

五位豌豆仙子齐声说道。

“我已经站在这里和你们谈话许久了，我应该和你们告别了！再会！”

黑蚂蚁军官向五位豌豆仙子行了个军礼，就和队伍一起前进了……

豌豆姐姐呼唤他们回去休息

我们是蚂蚁的兵队！

一！二！一！

挺起胸脯，

整齐我们的步伐！

如果有人侵扰

我们的安宁，

我们就不客气予以打击！

一！二！一！

向前进！

一！二！一！

向前进……

五位豌豆仙子在篱笆门前，看着黑蚂蚁军官，和大队的蚂蚁兵队唱着歌向前进……

"这是蚂蚁兵队的军歌吧，他们唱得多么有力多么雄壮……"

五位豌豆仙子听了蚂蚁的军歌，都不觉赞美道。这时，大仙子向其他四位豌豆仙子提议道：

"我们也组成一支小小的队伍，在这里的草地上操练吧！"

"赞成！赞成——我们提议大哥当军官，我们马上编一支小兵队！"四位豌豆仙子一齐说道。

于是，队伍马上在豆畦的草地上集合起来，差不多只一小会儿，就是说，差不多只是眨了一下眼睛，他们就排好了队：二仙子当头，接着是三仙子、四仙子、五仙子。他们都挺着胸脯，显得很有精神。

大仙子当军官，他站在队伍前面，对着其他四位豌豆仙子——他的兵，喊道："一！二！三！开步走！"

只见他们开始在豆畦的草地上列队开步走了。这是一队绿色水兵的队伍啊。沙沙！沙沙沙！他们的脚步踏在草叶上，十分整齐。

这时，豌豆姐姐从豆叶上站起来，她什么都看到了。她心中多高兴。她想：这五个孩子现在做列队操练的游戏了！他们多像水兵啊——可是，他们玩了这么久了，会不会疲倦？

"向左转！走！"

只听见大仙子又喊道。四位水兵听了口令，唰的一声，整齐地向左转，又向前开步。大仙子领头走。

豌豆姐姐看着他们的操练，愉快地微笑着。她想："让他们再玩一会儿，他们正玩得格外高兴——可是，也不能玩得太过分，疲倦了就不好了，还是唤他们回来吧！"

于是，豌豆姐姐喊道：

“你们应该回来休息了。对了，大仙子，你就把兵队带回来吧！”

豌豆姐姐说着，自己不觉笑起来。

“啊，姐姐，”大仙子听见豌豆姐姐的呼唤，马上停下脚步，喊着口令：

“踏步走！立定！”

于是，四位豌豆仙子都立定在那里。大仙子说：

“你们听见没有？刚才豌豆姐姐叫我们回去，我们要听姐姐的话！”

亲爱的小读者，五位豌豆仙子真是听话，他们现在都回到豆荚的小床上了。你们有没有想到，他们怎么回到那美丽的小床里的？你们都记得吧？他们是从用豆蔓做成的滑梯里，滑到豆畦的草地上来的。现在，豌豆姐姐教他们一起把豆蔓的滑梯放得平直一些(就是说，把滑梯的斜度弄得小一些)，他们便又从这豆蔓的滑梯上走回豆荚的小床里了。

他们和黄莺叔叔一起去旅行(一)

上面我们所讲的童话故事，都发生在星期一早上。那时，各位小朋友都在小学校的课堂里听讲课，所以你们都不知道。

时间过得真快。到了星期一晚上了，你们吃过晚饭，就温习语文课本、数学课本，还有做自然笔记、写日记的吧？不久，因为你们都把功课做好了，便上床睡觉，是不是？那么，五位豌豆仙子也闭起眼睛，一起在豆荚的小床上睡觉了。时间过得真快。现在，是星期二的早上了。

这一天早上，五位豌豆仙子很早就醒来了。因为他们惦记着一件事，黄莺叔叔要来带领他们出去旅行。这件事，他们已经告诉豌豆姐姐，她答应他们可以出去旅行。

“黄莺叔叔，我早已认识他，”豌豆姐姐告诉五位豌豆仙子说，“他是全世界著名的飞行诗人。他的诗歌有一种快乐的调子，有一种叫人热爱这个世界的调子。当我刚刚学习开放花朵的时候，他就时常飞到这里来，站在篱笆上唱歌……”

“黄莺叔叔很喜欢我们，”五位豌豆仙子一齐向豌豆姐姐说，“昨天早上我们在豆畦的草地上玩耍时，他就唱一支歌，祝福我们——那支歌，是赞美我们的，他说要把这支歌，唱给全世界的人听！”

正在这时，黄莺叔叔已经从树林里飞来，站在豆畦的篱笆上了，他又唱道：

五位可爱的仙子，
我们一起飞行，
一起看看这个世界，
多么广大，多么壮美！……

豌豆姐姐听见了，赶快给五位豌豆仙子整理一下衣衫——浅绿色的水兵服，随后就帮他们从豆蔓的滑梯上滑到豆畦的草地上来了……

黄莺叔叔看见五位豌豆仙子来了，又唱道：

现在，请五位豌豆仙子
做好准备。
我要让你们：
——一位坐在我的项颈(脖子)上
两位坐在我的腰身上，
还有两位，坐在我的尾巴上。
这样，我们一起飞行，
来看看这个美丽的世界，
并且，

请你们参观我的家……

五位豌豆仙子等黄莺叔叔唱完歌，马上跑到篱笆前面来，一齐向黄莺叔叔问安：

“早安！黄莺叔叔！”

黄莺叔叔从篱笆上跳到草地上来，快乐地拍着翅膀，不住地点着头。这时，阳光十分明亮，天色很蓝，望着天空，它好像很远。树林上，小河里，都发出闪闪的金光。春风吹着，好像对阳光说：“你发散到全世界的光芒，引导我到处旅行！”春风说后，吹出一阵鲜花的香味，整个大自然好像都在拍手，唱歌……

这时候，看啊，豌豆大仙子已经坐到黄莺叔叔的脖子上了。黄莺叔叔在篱笆附近的草地上蹲下来，让豌豆仙子一个一个爬到他吩咐的位置上。坐停当后，黄莺叔叔一拍翅膀，飞向空中。他们——五位豌豆仙子开始和黄莺叔叔一起飞行了，这是多么难忘的一刻啊——

只见豌豆姐姐站在豆叶上，一直向他们挥手：“再会！再会！”

他们和黄莺叔叔一起去旅行(二)

开始，五位豌豆仙子都闭着眼睛。当然，我们不知道他们为什么要闭起眼睛，也许因为有些害怕，也许因为突然向空中直升，自然而然要闭起眼睛。后来，大仙子睁开眼，差不多同时，其他四位豌豆仙子也睁开眼。这时，他们已经升到高空中，向前飞行。五位豌豆仙子向底下一看，啊，一阵阵的风从他们身子的两边迅速地流过，底下一切似乎都在打旋。一丛丛树木，许多村庄和稻田，菜畦，河流，现在看来，它们好像联合起来，也跟着在地面上向前飞行似的。

“多么快乐啊！”

五位豌豆仙子，在空中齐声说道。

“现在，我们要飞过前面的那座山峦，”黄莺叔叔说，“因此，我要飞高五百米。当我向上升高时，你们要抱紧我的羽毛。对了！前面大地隆起的那一部分，当地人们叫它壶公山，我们就要飞越那里！”

五位豌豆仙子紧紧抓住黄莺叔叔的羽毛。这时，黄莺叔叔的身子略微倾斜，又鼓翼向更高的空中升上去。此时此刻，豌豆仙子心中的快乐，是没有办法形容的。反正他们高兴极了。他们在温暖的阳光中，随着黄莺叔叔向上飞，有两朵闲散的白云，向着他们飞来，然后又飞走了。

“两朵白云，正从我们的身边飞过。”当他们飞进云间时，大仙子说，“白云好像挥着白手帕在向我们问好！”

黄莺叔叔一直向前面的那座山峦——壶公山飞去。现在，这山峦的轮廓更加明显、清楚，五位仙子可以望见山中的许多美景了。山上密密地排列着许多树木，叶子在阳光下反射出耀眼的亮光。那山顶上还有一座庙宇，十分壮观。黄莺叔叔说：

“你们看到吗？那座庙宇叫玉皇庙！”

五位仙子说：“我们看到了！真好看！”

黄莺叔叔说：“那座庙宇盖了已经五百多年了！”

五位仙子说：“多么古老的一座庙宇！”

接着黄莺又一个劲地向下降落，落在这座壶公山的一棵树上。他站在树梢说：

“五位仙子！这棵树叫榕树，你们看到没有？他的树枝间垂下许多胡子，小朋友们都叫他榕树爷爷——”

五位豌豆仙子说：“我们也叫他榕树爷爷吧！”

黄莺叔叔说：“我们现在在这里休息一下。”他说着，便从树梢把五位豌豆仙子扶到树下的草地上玩耍。

豌豆仙子向四周望了望，那一直在他们耳边叫响的空中风声，此刻停息了；但听到这树林中的轻轻的树叶声响。这山上的树林，除了榕树外，还有古老的樟树以及相思树，这完全是一片南方的树林。树林下的草地上，有不少野花，其中的野百合花，正在开放，吐出阵阵芳香。

“现在，各位仙子，”黄莺叔叔说，“你们可以在草地上打滚，这是很快乐的游戏！”

“对啦。”五位豌豆仙子一齐拍手，就在柔软的草地上不停地滚动起来，全身顿时轻松了许多。这时，黄莺叔叔也在草地上来来回回地跳跃，这是他在散步。

“怎么样？”黄莺叔叔向五位豌豆仙子问道，“你们觉得这里好吗？”

五位豌豆仙子这时都从草地上站起来，说：“这里好极了！”

“这座山峦和这片树林，看来很安静，”黄莺叔叔说，“但是，住着很多好人。例如，啄木鸟医生，他是有名的树木的医生，他能为树木医病，能把蛀虫啄掉！还有白鹭叔叔、大雁叔叔，可是大雁叔叔到秋天才会飞来，白鹭叔叔到夏天才能飞来，他们目前都在北方……我想，我们已休息一会儿了，我带你们向别的地方，再旅行，好吧？”

“好！好！”

“那么，你们照原来的座位——都坐到我的身上来吧！”

这位黄莺叔叔真好！看吧，他现在又驮着五位豌豆仙子飞起来了。他先低飞着，在壶公山这座山峦上打个圆圈，让五位豌豆仙子清楚地看看建在山顶的玉皇殿。这座庙宇的屋顶有泥塑的龙，有很大的龙珠，龙珠上嵌的玻璃，闪闪发光，照得五位豌豆仙子双目都眩了。随后，黄莺叔叔又拍着双翅，向高空飞行了。是的，这时他们已在很高的空中飞行了，那壶公山、树林，田野中的道路，显得很小了，特别是有些村屋，小得好像火柴盒。黄莺叔叔不停地拍动着翅膀，风呼呼地在五位豌豆仙子耳边响着。现在飞得越来越高了，空气更清净，但也更冷了……

他们继续飞行

“唔，这是怎么回事？天气怎么这样冷？”五位豌豆仙子不禁想道。

“我们的身子，不住地打战了。这是怎么回事啊？”最小的仙子，禁不住喊道。

“这是因为我们飞行得很高，高空中比地上要冷。这情况，我已过惯了。仙子们，不要紧，过一会儿就会习惯的，何况，我们快飞到一个美丽的地方了——”

“什么地方？”

仙子们禁不住问道。说也奇怪，他们身上真的很快就适应了，不怎么冷了。也许这飞行的快乐，使他们感到了温暖……

“你们仔细看，左前方远远的地面上，有一块闪闪发光的东西……看到了吗？”黄莺叔叔说。

“啊，对了——那里仿佛有一面大镜子！”五位豌豆仙子一齐说道。

“那是湖。我们很快就到那里去——”

黄莺叔叔飞得多快！他尽力地振一振两翼，身子稍微倾斜一下，随后，他就飞落在湖滨的一片草地上了——五位豌豆仙子也一齐从黄莺叔叔身上跳下来。

现在，展现在他们面前的是一片水波浩瀚的湖泊。湖水不停地漾着涟漪，那是风在湖上行走的足迹。湖中有一些水菱花，有的水菱已经开了蓝色的花朵。还有一些绿萍。湖岸上有不少稻田。有一位汲水的姑娘走到湖滨，用小水桶在那里汲水。她很美丽。可是她没有看到黄莺叔叔带了五位豌豆仙子到这里来游历。否则她会多么欢喜啊。

“这个湖，当地人叫它白塘，”黄莺叔叔说，“是古代人民开挖的湖，是用来灌溉稻田的！”

“啊？那要下很大的功夫哪！”

“是呀。”黄莺叔叔说，“现在，这白塘湖上没有船。可是每年中秋节的晚上，真热闹啊。有许多从四方村庄里开来的船在湖上开来开去，船上都有乐队，吹唢呐、箫、笛子，大家唱歌，看月亮……”

“这多有趣！”

“到中秋节时，我再驮你们来，看游船和照在湖中的月亮……”

这时，有几只白鸥，在湖面上飞舞。

他们飞着，口中唱着歌。

“他们，那些白鸥飞舞得多么欢乐！”

五位豌豆仙子看到了，都情不自禁地赞美。

“是的，他们飞舞得真快乐。你们知道吗，白鸥是水的向往者，总是欢喜亲近水——凡有湖的地方，有大池塘的地方，他们都会飞来；特别是一些湖滨，长着芦苇，他们更喜欢飞到这里来。可是，他们现在正忙于舞蹈，不好去打扰他们——否则，我可以介绍你们和白鸥叔叔见面……”

“是啊，我们喜欢结识很多的人……”五位豌豆仙子说。

“现在，我还要带你们去看另外一个湖。”黄莺叔叔说，“这个湖坐落在一座山的顶峰上，叫天池……”

“能够看到天池，那太好了。”

五位豌豆仙子照原来的座位，坐在黄莺叔叔身上——呼啦！黄莺叔叔鼓着翅膀，一下子又飞向天空。五位仙子紧紧地抓住黄莺叔叔的羽毛，风从他们的身边吹过，白云一朵一朵地从他们身边掠过……

飞得真快！不一会，前方远处出现了一座高山。这座山的顶峰凹陷下去的地方，从高空远远望过去，有一块不规则的椭圆形：中间泛出闪闪发亮的、蓝色的水光……

黄莺叔叔尽力地鼓着双翼，把身子稍稍地倾斜着，一下子，他就飞落在山顶上那个湖——天池的岸边了。

这山顶上的天然湖，有二三公顷大，湖岸曲曲折折，全是岩石；这些岩石有的突兀，有的低平，有的像一只狮子，有的像一只小鹿，有的像一只水牛，有的像一只山羊，简直是一个岩石动物园。只是没有长出草来，没有生出树来；岩石上长出一点一点的青苔。五位豌豆仙子来到这天然湖之滨，十分高兴，心中很想跳起舞来。黄莺叔叔告诉他们：

“这座天然湖，当地的人叫它天池。很久很久以前——在一亿年以前，这儿火山爆发，这些牛啊，狮子啊，山羊啊，鹿啊……全是喷出来的岩浆凝结而成的。听说，火山喷发时，岩浆就从天然湖——当时的火山口里奔流出来，好像火焰的小河流，从山顶一直流啊，流啊，流到山下，树林、田地和村庄的房屋都被岩浆淹没了。后来，火山熄灭了，火山口便成为天然湖，成为山峰上的天池！这天池边，每年秋天，都有从北方飞来的大雁在这里栖息哩……”

“啊，黄莺叔叔，这山顶，这天池，真是好地方，有动人历史的好地方啊！”豌豆仙子们听得津津有味，不禁赞美道。接着，他们又请求道：“黄莺叔叔，到秋天，你能再带我们来这里，看看大雁叔叔吗？”

“到时再说吧，”黄莺叔叔说，“以后我可以带你们到很多很多的地方去看看。我们居住的这个国土，这个世界，十分广阔，十分美丽。我想，明天带你们去看一个海湾，大家说，好不好呢？”

五位豌豆仙子都拍手说：“好极了！黄莺叔叔！”

“今天，我们已经出来很久了。豌豆姐姐可能会在家里等得着急了。我带你们回去吧！”黄莺叔叔说。

于是，黄莺叔叔又驮着五位豌豆仙子从山顶的天然湖——天池边起飞了。当他们飞到半空中时，听见山上有人喊着：

“再会！再会！”

五位豌豆仙子和黄莺叔叔一起，向下面的山顶一看，原来是天池边的岩石小鹿、山羊、水牛在挥着手，向他们道别呢。

他们飞向海湾

第二天早上，黄莺叔叔又飞到豌豆仙子住的豆畦的草地上来。五位豌豆仙子又像昨天一样，按原来的座位，坐在黄莺叔叔的身上。黄莺叔叔说：

“你们赶快坐好，今天我要带你们去看大海！”

“大海？”五位豌豆仙子一齐说道，“它一定是很美丽的……”

“是的，大海很美！”

黄莺叔叔说着，一下子鼓起双翼，便从草地上飞向天空。这时，天蓝蓝的，有几朵白云，就像从远处望见的海上的船帆；太阳，暖暖的，发出金光；风，很小很轻……

今天，黄莺叔叔比昨天飞得低。他一直向东南方向飞去。五位豌豆仙子牢牢地抱住他的羽毛，低头向地面观看。他们看到田野、田野上发绿的水稻、甘蔗田、木黄麻地；田野中间像蜘蛛网一般的水渠、小石桥，还有屋脊像鱼尾一般翘起的村屋，以及在田野间旋转的风车。这一切都在地面上打旋，从黄莺叔叔身子下面往后退。

随后，五位豌豆仙子又看到前方的地面上，隆起几座赭黄色的、馒头似的丘陵。丘陵上有一堆一堆墨绿色的树影。黄莺叔叔说：

“那一堆一堆的树林，是相思树、榕树。丘陵上还有岩石，相思树、榕树的根从岩石隙缝间长出来，很有趣！”

“黄莺叔叔，”五位豌豆仙子一齐叫道，“我们是不是飞到榕树、相思树那里看看？”

“行！”

我的小读者们，黄莺叔叔真是疼爱豌豆仙子，只见他把双翼轻轻地倾斜一下，便一下子降落在一座土丘上。这座土丘全是黄色的泥土，有许多大大小小的岩石，互相堆叠着。的确有趣，相思树、榕树的根不仅从岩隙间长出来，而且他们的根还抱着岩石。榕树真好看！其中有一棵榕树长得很高很高，有许多棕色的胡子(榕树的须根)从枝叶间垂下来；这棵榕树就像一位魁梧的、慈祥的老人。五位豌豆仙子看见了，立刻跑过去，用小小的手抚摩榕树老人的长胡子，这位榕树老人好像哈哈大笑起来，说：

“仙子们，你们好！”

五位豌豆仙子赶快说：

“榕树老公公！你好！”

榕树老人的旁边，一株相思树的根从几块相叠在一起的岩石间穿来穿去，它的枝叶间开放着小小的黄绒球似的花朵。这在五位豌豆仙子的目中，好像是一只只花篮，花朵中间坐着一位相思姑娘。五位豌豆仙子这么想着(真有趣，他们的想法是一样的！)，真的，好像有一位姑娘从花朵中间向他们问好：

“仙子弟弟们，你们好！”

五位豌豆仙子听了，赶快说：

“相思树姑娘，你好！”

正在这时，黄莺叔叔因为想到要早点让五位豌豆仙子和他一起飞到海边去，便催促道：

“仙子们，该继续向前飞行啦！”

五位豌豆仙子马上按照原来的座位，坐到黄莺叔叔的身上。黄莺叔叔一鼓双翼，便从土丘上飞向天空。五位豌豆仙子和黄莺叔叔一起向下面一看，只见土丘上的榕树老人和坐在相思树花篮中的小姑娘，都挥着手，向他们告别……

黄莺叔叔很快地向前飞行——这条航线，黄莺叔叔是很熟悉的——向东南方向飞行；五位豌豆仙子经过这些天来的飞行锻炼，现在一点儿也不怕了。他们十分快乐，一直向地面上张望着。这时，他们看到地面上有一条蓝色的水流，闪闪发光，曲曲折折，在许多土丘间流过去，两岸有一堆一堆墨绿色的，也在阳光下闪闪发亮的树林……

"你们看到吗？在地面上流过的这条河，叫木兰溪，岸上的树林，是荔枝林，"黄莺叔叔对豌豆仙子们说，"这荔枝林，在夏天时，会结出一串串小灯笼似的果实。"

"那可好啊。"豌豆仙子们一齐说，"啊，黄莺叔叔，那木兰溪上是不是有一条很长的桥？"

是的，我的小读者们，从天空中飞行时，可以看见木兰溪上，好像架着一座长桥。那么，是不是桥呢？请听——

"豌豆仙子们，"黄莺叔叔说，一边鼓着双翼继续向前飞行，"那是一道水坝！是古代的水利建筑，把木兰溪上游的水拦住，储蓄起来。"

"哦！"

为了让豌豆仙子们亲眼看一看筑在木兰溪上的水坝——当地人民叫它木兰陂，黄莺叔叔又倾斜一下双翼，很快便冲下去，降落在木兰陂旁边的一棵老榕树下。五位豌豆仙子跟着黄莺叔叔，兴高采烈地走到陂坝上面去。只见这道古代水坝有三十七个坝墩，三十七个闸门，有几个闸门开放着，溪水好像瀑布一般从闸门倾泻出来，溅起无数水沫，像白烟一般的水沫，日光照着，闸门前面像有三道彩虹，美丽极了！

五位豌豆仙子看到这情景，不禁拍起手来，说：

“好看啊！真好看！”

“这木兰陂到现在已有八百多年了！”黄莺叔叔说，“现在，就离开这里，继续向海湾飞行！”

五位豌豆仙子按原来的座位，坐在黄莺叔叔的身上。只见他一鼓翼，一下子冲到空中，又向东南飞行。仙子们向地面一看，木兰溪以及木兰陂，在地面上旋转，向后退，好像一条曲折而发亮的绸带，那木兰陂就像一个长长的别针，别在蓝绸带上……

这时风变大了。风从黄莺叔叔的双翼间，呼呼地吹过去；有时吹得五位豌豆仙子睁不开眼睛。但是，黄莺叔叔在风中飞行，仍显得很镇静，飞行速度也没有减低……

“现在，快到海边了，”黄莺叔叔说，“你们看到没有？地面上好像放着一只一只灰青色的火柴盒，那是渔民用石头筑的房屋……”

仙子们向地面上一看，的确排列着许多像火柴盒的石屋，从空中看下去，特别好看。这一带地面上也有赭黄色的土丘，有一些石屋便筑在土丘的半腰上，看去又好像碉堡。黄莺叔叔一边向前飞行，一边说：

“这里靠海，夏天和秋天，海上常常有台风刮来，好大好大！石头筑的房屋，台风便刮不倒……”

正在这时，五位豌豆仙子看见不远的前方，出现一大片橘黄色的沙滩，它的前面便是深蓝的、碧绿的、银灰的、闪闪发光和颤动不已的大海了……

他们降落在海岸上

“我们已经飞到海边了，”黄莺叔叔说，“你们做好准备，我要降落了！”

亲爱的小读者，这是一个海湾，一个南方的海湾。橘黄色的沙滩后面，在海岸上，分布着望不到头的木麻黄：这是用来防风、防沙的林带。这木麻黄林，外表看来，好像一株一株的松树排列成的松树林。其实，木麻黄的叶子(从植物学上说)已经退化了。那像松针(松叶)的是木麻黄的枝和茎；木麻黄的叶子退化了，可以减少树体内水分的蒸发，所以，它耐旱。这海岸上，除了木麻黄林带外，还种植一排一排的棕榈树，这些棕榈树的叶子，好像扇子一般；这海滨的风，好像就是由棕榈树的扇子扇起来的——那棕榈树，那木麻黄林带在风中摇动着，发出呼呼的声音，与海上传来的浪声混合在一起，奏出优美而雄浑的音乐……

五位豌豆仙子由黄莺叔叔驮着，在木麻黄林带和棕榈树上面盘旋飞行一周，然后降落在沙滩上……

五位豌豆仙子，马上在沙滩上跑起来了。这海湾的景色，这海边的风和阳光，使仙子们欢喜极了。黄莺叔叔看到五位豌豆仙子在沙滩上快乐地跑来跑去，心中也欢喜极了。黄莺叔叔说：

“仙子们！你们赶快看，有一只远洋轮开进海湾了……”

五位豌豆仙子赶快跑到黄莺叔叔身边来，和黄莺叔叔一起站在沙滩的一块岩石上，向海里张望。只见那只远洋轮慢慢地向海湾港口的码头开来。啊，这只远洋轮，有五层楼那么高，船舱上有许多窗，船身全是雪白色的，船前有一面旗在海中飘扬，许许多多的白色海鸥，追着远洋船后面的浪花，一会儿高一会儿低地飞翔。黄莺叔叔对仙子们说：

“这是一只从埃及开来的远洋轮！”

“埃及？”五位豌豆仙子一齐问道，“离我们这里很远吧？”

黄莺叔叔说：“埃及在非洲。那是一个很古老的美丽的国家……”

这时，只见那只远洋船已经靠在海湾的码头旁边了——这座码头，离五位豌豆仙子和黄莺叔叔现在站立的海滩，还有一千多米远。但是，他们可以看见许多外国旅客，其中包括一些非洲来的、皮肤黝黑的外宾，他们穿着各式各样的衣衫，携着自己的行李，走上码头；船上的吊车，正繁忙地把货物卸到码头上来……这情景，使五位豌豆仙子看到后十分快乐。

黄莺叔叔说：

“等你们长大了，可以到埃及和非洲别的一些国家去旅行……”

五位豌豆仙子不等黄莺叔叔说完，便一齐说道：

“黄莺叔叔，那时，请你再驮着我们，飞到埃及、飞到非洲去旅行，好吗？”

黄莺叔叔说：

“当然可以。埃及是美丽而又古老的国家，那里有古老的金字塔和狮身人面像。将来如果我们飞到埃及，我们一定去看金字塔和狮身人面像。听说，那狮身人面像会叫你猜谜——”

“那多么好啊！”

“还有，我们一定要在埃及的尼罗河上航行——”

“那多么好啊！”

“我们坐船到一片大森林去，可以看到长颈鹿阿姨和她的孩子们……”

“那多么好啊。”

“不过，这的确要等到你们长大了，”黄莺叔叔说，“譬如，等你们念完了小学一年级以后，我就驮着你们，飞呀飞，飞呀飞，一直飞到埃及去！”

“那多么好啊。”

蓝色的海上，停泊着许多船只，有远航轮，也有小型汽船，还有驳船，其中有一只远航轮，船身涂着奶黄色，船前有一面外国国旗在风中飘扬。黄莺叔叔对五位豌豆仙子说：

“你们看，前面那只大轮船，是从澳大利亚开来的……”

“澳大利亚？”

“那也是一个美丽的国家。”黄莺叔叔说着，拍一拍翅膀，“它在澳洲。等你们长大了，可以到澳大利亚去旅行……”

不等黄莺叔叔说完，五位豌豆仙子一齐说道：

“黄莺叔叔，那时，你驮着我们先飞到非洲，到埃及，然后，飞啊飞，又驮着我们飞到澳大利亚去，好吗？”

“是啦，也应该到澳洲去，特别是到澳大利亚去。我们飞到澳大利亚空中时，会看到那里有许多绿色的牧场，有许多白色的羊群，好像云一般在绿色的牧场上流动……”

“那真好啊！”

黄莺叔叔又对豌豆仙子们说：

“我想，我驮着你们飞到澳大利亚时，准备降落在一个天然动物园里，在那里可以看到鸵鸟叔叔和袋鼠阿姨……”

“啊，他们都是很好的叔叔？”

“鸵鸟叔叔有很长很长的两条腿，能够在沙漠上跑来跑去，跑得非常快。还有，鸵鸟叔叔喜欢把脖子缩进羽毛里去，他是非常有趣的叔叔……”

“啊？”

“还有袋鼠阿姨，”黄莺叔叔继续说，“她胸前长着一个口袋，她把孩子们装在口袋里，到处旅行、寻找食物，是很有趣的阿姨呢……”

“我们赶快长大起来，到非洲去，到澳洲去旅行！”五位豌豆仙子都在心中想着。

“现在，我驮着你们在这海湾的上空飞行一会儿，好不好？”

“好！”

五位豌豆仙子便按照原来的座位，一起坐在黄莺叔叔身上。只见黄莺叔叔一鼓翼，立即冲到海湾的上空，并且在那里盘旋，飞翔……

我的亲爱的小读者们，从空中俯视我们祖国的海湾，有多么美啊。这个海湾叫湄洲湾，是我国南方的一个很好很好的海港。黄莺叔叔驮着五位豌豆仙子在海湾上空飞来飞去；他们从天空中往下看，只见海岸线很曲折，海湾中有许多小岛屿，有的形状像一条鱼，有的像一只鹿蹲在海中，有的像一只熊在海中饮水……黄莺叔叔说：

“你们看到了吗？那海湾中的一个个岛屿，好像是海港的一道又一道的门户。这些门户，把海上吹来的大风，特别是台风挡在海外，这个海港便变为很好的天然避风港了……”

“哦，这真好！”

这时，海港外面有两艘巡逻艇在海面上游弋。五位豌豆仙子从空中看下去，看得见艇前挂着的五星红旗，在海风中飘扬。巡逻艇开得很快，许多浪花和泡沫在艇舷两边飞溅起来，就像有一堆又一堆的白雪在飞溅。这浪和泡沫的白雪，被阳光一照，闪闪发光，好看极了！

“那是海军的巡逻艇在海上执勤，”黄莺叔叔说，“就是说，艇上的海军军官和水兵叔叔们，在海上保卫海疆，保护我国和外国轮船的安全！”

“这多么好。我们长大了，也要当水兵，坐巡逻艇在海上巡逻！”五位豌豆仙子都在心中想道。

这时，黄莺叔叔看到他们已经飞出来很久了，便说：

“豌豆姐姐在家中一定等得很久了，我们该飞回去啦！”

亲爱的小读者，你知道吗？在我们这篇童话里，黄莺叔叔很快就驮着豌豆仙子飞回家了。当五位豌豆仙子回到田畦的草地上时，豌豆姐姐已经等候在那里了。她知道黄莺叔叔一定带仙子们去看了很多美丽的东西，让仙子开阔眼界，热爱世界。她从花蒂上走下来，不停地向黄莺叔叔招手，说：

“谢谢！谢谢！”

五位豌豆仙子跟着豌豆姐姐站在豆畦的篱笆前，向黄莺叔叔挥手，说：

“谢谢！谢谢！”

“再会！再会！”黄莺叔叔鼓着双翼，向前方一片树林飞去，他的口中还不住地唱着歌儿……

豌豆仙子（二）

第一个童话：流星

亲爱的小朋友，你们读了童话《豌豆仙子》，这里说六个他们的小童话给你们听，好不好？

你们知道有五位豌豆仙子一起住在豆荚的小床里；他们的姐姐——豌豆姐姐，坐在豌豆花的花蒂上。

豌豆仙子和豌豆姐姐居住的地方，是一片豆畦，豆畦的前面有篱笆。篱笆之外，有一条小河。这是甜美的春天的晚上。四周多么安静啊。

是的，你仔细地听吧。这时，只有在篱笆外面，那条曲曲折折地流动的小河，在睡梦中，还在不停地轻声唱着。它唱得比白天似乎更美妙，好听得多。我想，这是因为在梦中，它的心不为外界的各种声响所打扰，所以它的歌唱得更加甜美吧？

在小河岸边的许多树木，也安静地睡着；只是有时他们轻轻地飘动着树叶。这是因为轻风吹过的缘故？还是受小河在夜晚睡梦中的歌声所感召？

天空，这时更为静谧。

许多星星，好像早晨花朵、花瓣上的露点。每一颗星星，都显得那么晶莹、明亮。

有一颗流星，好像擦了一根火柴。

“呼——”

那颗流星成为一条光的弧线，向地平线那边掉下去了。

掉到什么地方了？真的，它掉落到什么地方去了呢？

——掉到海中去了。在海的深处，和海龙王谈话；不，他是把天上一位仙女的信件，交给海龙王了？我想，这流星可能是一位骑着自行车的邮递员？你们想想看，如果没有邮递员，海龙王如何和天上的天使或是仙女通信呢？

对啦！

亲爱的小读者，这时，豆荚的小床上，五位豌豆仙子还没有睡觉。他们要求豌豆姐姐讲一个童话给他们听。

好极了。豌豆姐姐便讲了一个在美丽温暖的南方的春天晚上，那流星送信的故事……

豌豆姐姐说："从前有一颗流星，从很远很远的、连天文台的望远镜也看不到的远方，'呼'的一声，向海中飞去。他带了天仙的一封信，送给海中很深很深的海底里一座龙宫中的海龙王……"

豌豆姐姐说到这里，停了一会儿，看看五位豌豆仙子是不是喜欢听……

"对了，以后怎么样呢？你说，"五位豌豆仙子一齐说道，"那流星送信以后，怎么样呢？姐姐，你说下去吧！"

"啊，以后嘛，"豌豆姐姐笑着说，"当然是海龙王请这位邮递员在龙宫里当客人。你们知道，龙宫里布置得可好看！这龙宫里，用红色、白色的珊瑚做殿柱和墙基，以珍珠缀成各种宫灯，挂在雕花的殿梁上，把鲤鱼的鱼鳞铺在宫殿的屋顶上。还有用各种海藻、海带当作流苏，挂在宫内的许多地方：屋檐前、藻井下面；特别是宫殿的窗口，都挂着海藻、海带的流苏和飘带……"

"那龙王宫布置得真好！"豌豆仙子们一齐赞美道。

"以后，海龙王就召了他的公主来——他有多少公主啊？有很多很多的公主，开个茶会，招待这位很远很远的从天外之天的远方来的邮递员。海龙王用各种形状不一样的、花斑也不一样的海螺作茶杯，又用形状不一样的、花纹也不一样的贝壳作盘子；茶杯里斟满了清茶，盘子里放满了各种点心：只有龙王宫里才有的蛋糕、饼干、巧克力和油酥啊。龙王和他的公主们，一再请流星邮递员喝茶，吃点心。茶话会时，流星邮递员告诉海龙王和他的公主们，天外之天——用天文台的电子望远镜看不到的，很远很远的宇宙间，是无限度之远无限度之远……这中间，有无数的星球，比海中的鱼和虾多得多，多得多……海龙王和他的公主听了，非常高兴。茶话会时，海龙王还请了海中最大的虾——龙虾吹笛，请鲸鱼大力士玩魔术，海豹师傅表演球术；还请了海马伯伯组织的马戏团，在龙宫前的广场上表演马戏，譬如大海豚叔叔跳龙门，海鳗姐姐走钢丝绳等等，真是热闹啊！”

“以后呢？姐姐，以后呢？”

五位豌豆仙子齐声问道，要求豌豆姐姐把童话再说下去。

“你们听完这个童话，就得睡觉了，好吗？”

“好！”

“以后嘛，”豌豆姐姐说，“流星邮递员把天外之天的仙人的信，念给海龙王和他的公主们听。信里说，请海龙王和他的公主们，在他们认为适当的时候，乘宇宙飞船飞到天外之天去，和仙人们见面；仙人们将热情接待……”

“海龙王后来去了？”五位豌豆仙子关心地问道。

“到我讲这个童话时，”豌豆姐姐笑着说，“海龙王和他的公主们还没有动身……”

“那么，流星邮递员以后到哪里去？”

“流星邮递员吗？”豌豆姐姐说，“第二天，海龙王就派了一只潜水艇，由水母叔叔驾驶，开到海面以后，流星邮递员就自己骑着自行车飞上天空——你们知道吗，这时，流星邮递员骑的自行车的轮子上，有一朵金红色的火焰！跟着自行车在空中飞转，非常的好看！这个童话就讲到这里。现在，你们闭上眼睛睡觉吧！”

“好的！”

五位豌豆仙子一齐闭上眼睛，在豆荚的小床一齐睡了，一齐甜甜蜜蜜地睡了。于是，豌豆姐姐在他们的额头上亲了一下……

于是，豌豆姐姐自己也睡了。她闭起眼睛，也一下就睡着了。这时，豆畦的四周，显得更加安静。只有露水有时从叶间轻轻地淌下。那露水淌在地上的草叶间，又凝聚成一颗颗珍珠。只有天上的星星，仿佛在忽闪着眼睛。啊，星星说话了，他们向豆畦篱笆前的小河问道：

“河流啊，你刚才听见豆畦那里，豌豆姐姐给五位豌豆仙子说的童话吗？”

“啊，我听见的，”河流早已醒过来，他答道，“我怎么没有听见呢？我不是从他们的门口流过的吗？”

“听说，每天晚上，豌豆仙子睡觉之前，豌豆姐姐都要说一个童话给他们听，是吗？”

“是的，”河流答道，一边向前流去，“明晚，豌豆姐姐可能讲一个关于你们——星星和月亮的童话……”

“真的吗？”

第二个童话：月亮的船

这又是一个美丽的春天的夜晚。豆畦的篱笆外面，小河流这时还未睡觉——它醒的时候，总是轻轻地在唱歌，它入睡时，在梦中也在唱歌。

风轻轻地吹着。小河两岸的一些树木，树叶轻轻地飘动着，发出的微微的风声，也像是在唱歌。

这时，一只上弦月——黄色的、发亮的小船一般，在暗蓝的天空中航行。啊，等一等，这只月亮的船，将在豌豆姐姐给五位豌豆仙子所讲的童话中不断出现……

这时，还有星星——闪闪发光的、从地面上看去像珍珠，又像露水的星星，在暗蓝的天空中向大地上所有的花朵、树木和已经睡了的儿童微笑。啊，等一等，这在天空中闪闪发亮的无数星星，等会儿就要在豌豆姐姐讲给五位豌豆仙子听的童话中，和月亮的船一起出现……

亲爱的小朋友，你们注意到没有？在这篇童话里，那天上的黄色的上弦月，一下子变成一只很大很大的船，那船上坐着两位老人，一位是神话中的人物：他叫吴刚；另一位是普通的农民，年纪是六七十岁，有白胡子，他家就住在豆畦附近，小河岸上的一个村庄里，他现在和吴刚一起坐在月亮的船上了。

当然，这时候，五位豌豆仙子都还没有睡觉。他们整整齐齐地坐在豆荚的小床上，向豌豆姐姐问道：

“两位老人都坐在月亮的船上了，姐姐，这发光的月亮船，要开到什么地方去？”

豌豆姐姐说：

“这月亮的船，你们看吧，它的帆已经挂起来了，准备先开到很远的月宫去——”

五位豌豆仙子抬头望着，只见那月亮的船上，当真已经升起两张白帆了——两支白玉雕成的桅杆，上面挂着白绸的帆，顺着天风，向前航行了。

五位豌豆仙子，在豌豆姐姐的指点下，坐在豆荚的小床上，一直抬头望着。说来也真是有趣，他们望着，望着，天空的东边很远的地方，出现一堆夜云；那夜云被月亮的船发出的光，照耀得十分明亮。就在那云堆间，出现一座宫殿——

豌豆姐姐说：

“你们看，那从发光的云堆间出现的一座宫殿，便是月宫。那月宫的柱子是汉白玉雕成的，上面刻着云、龙和浪的图案；屋上的横梁也是用汉白玉雕成的，上面刻着牡丹、凤和树叶的图案；屋顶、窗框、墙和门楣，是用大理石或是碧玉雕成的。你们看到屋顶会闪闪发光吗？那屋瓦全是用云母铺成的……”

“那是美丽的宫殿！”

五位豌豆仙子一齐说道。

“只是那里十分寒冷，因为月宫，在太远太高的空中。可是那月宫的花园中，种了桂树，长得好高好高，开放好香好香的花朵，这月宫的桂树，可以说是世界上最古老的树，已有几亿年了……那么，你们看吧，那月亮的船，现在已越来越靠近月宫了，就要靠近月宫的码头了！”

“是啊，月亮的船航行得很平稳，看来风不大，浪也不大……”

五位豌豆仙子一齐说道。他们好像很懂事的样子，他们到底是我这篇童话中的小孩子。那么，我的小读者，你们也一起看吧，月亮的船上的帆已经拉下来了。船上的两位老人：吴刚和农民，一起把月亮的船开到月宫的码头，然后把锚放下来了。这样，月亮的船便停靠在码头前面了。

“姐姐，”五位豌豆仙子叫道，“你看见没有？吴刚和那位农民一起走上码头的台阶了——那码头的台阶，看来也是用大理石铺成的，是不是？”

“对的！你们再仔细观察吧！”

豌豆姐姐鼓励说。

“姐姐，”五位豌豆仙子齐声叫道，“我们现在看到一株好高好高的树——它就是桂树吗？吴刚和那位农民一起走到桂树下面了……”

我的亲爱的小读者，五位豌豆仙子看到的那棵树，碧绿碧绿的，是桂树。如果你们有一颗和童话相通的心，这时就会看到树上全开放着丹红色的桂花，甚至可以闻到桂花的香味……

随着，吴刚请那位农民坐在桂花树下面一张圆桌旁边的凳子上——这圆桌，这凳子，也是用大理石、白玉造成的。随着，吴刚自己一人走上月宫殿堂的台阶了……

“姐姐，”五位豌豆仙子叫道，“吴刚现在走进殿里——他去干什么呢？”

豌豆姐姐说：“月宫里有酒。吴刚到殿里去取酒。那是用月宫里开放的桂花酿成的酒，这酒只有在神话里，或是我们所讲的童话里，才有呢……”

亲爱的小读者，你们可以和五位豌豆仙子一起观察：那位吴刚这时已把桂花酒用酒罐，装得满满的一罐，端到桂树下，放在桂树下的圆桌上。他和那位农民在凳子上对坐下来。于是，吴刚在农民面前的酒杯上斟满了酒，也在自己面前的酒杯里斟了酒，两人便开始对饮起来。

亲爱的小读者，你们可能在神话中，知道吴刚在月亮宫里砍过桂树，在我的这篇童话里，没有记载这件事。我们只知道吴刚是栽种这棵桂树、培养这棵桂树的老人。他用这棵桂树上开放的桂花酿成的酒，和桂花一样香甜，但是喝了不会醉，实在是一种解渴的饮料。在童话中，喝了这种桂花酒，不止解渴，而且全身有力量。因为农民是爱劳动的，所以吴刚就请他和自己一起喝这桂花酒……

五位豌豆仙子的目力真行。他们已经看见吴刚给那位农民斟酒，并且听见吴刚说：

“请你多喝几杯！不会醉的！喝了月宫的桂花酒，身体健康，一人能顶十人劳动——不过，这其实是一种度数很低的桂花酒！”

还听见那位农民说：

“这酒！好香！好甜！喝了，口里只觉凉爽；喝了，的确感到全身有力气，很想去播种：播豆子的种子，麦子的种子，稻谷的种子……”

那位农民说着，把双臂在桂花树下，抡了几抡：真有力气啊，好像有一阵风从那位农民的手臂间吹出来，树上的桂花，因此好像金色的粉末，纷纷地飘落于月宫前的草地上。

“明天，我们一起坐你的这只月亮的船，一起参观我的田园，好不好？”

那位农民说，饮了一口桂花酒。

“当然好——好得很！”

吴刚说着，又饮了一杯桂花酒。

——在月宫里，吴刚和农民一起饮酒和谈话的情况，五位豌豆仙子都看到了，听到了，亲爱的小读者，你们呢？

“那么，你们睡觉吧。”豌豆姐姐说。只见那五位豌豆仙子都闭上眼睛睡了。豆畦四近安静得很……

第三个童话：播麦种和插葡萄苗

又是一个春天的晚上来到了。

开始，豆畦的四近，安静得很。小河只轻轻地唱着歌；风也很小，树叶只轻轻地响着。如果不仔细地听，小河的歌，树叶间的风声，是听不见的。

这时，五位豌豆仙子静静地坐在豆荚的小床上，望着坐在花蒂上的豌豆姐姐。他们等了大约一刻钟时间，便问豌豆姐姐说：

“吴刚和那位农民一起坐的月亮的船，为什么还不开出来呢？”

经豌豆仙子这么一问，在这篇童话里，马上出现一件有趣的事：那从东边的山脊和树林间升起的一只上弦月，慢慢地变大了，变大了，又慢慢地变成一只船了，船上慢慢地升起两支桅杆，挂起两张帆了。那船，那桅杆，那船帆，都闪闪发光，非常美丽，真是好看……

亲爱的小读者，请你们和五位豌豆仙子和豌豆姐姐一起观察，是不是看到了那月亮的船上，和昨天晚上看到的一样，坐着吴刚和那位农民？五位豌豆仙子已经看到了，他们说：

“姐姐，月亮的船当真又开出来了……”

他们说着，一边拍着手，好像是欢迎月亮的船的航行……

是的，这只月亮的船，从月宫前的码头起锚了。一起锚，说也有趣，月宫便看不见了……

这时，只见暗蓝的天空，好像是海一般广阔，没有边缘似的遥远；天空中有小堆小堆的夜云，它们为月亮的船中的光所照耀，显得闪闪发亮；这些分散的、小堆小堆的夜云，在这篇童话中，在五位豌豆仙子的注视中，好像是一座一座蓝海中的岛屿。看啊，月亮的船上的帆升起很高，这时，吴刚和那位农民都成为月亮的船上的舵手，使月亮的船航行于夜云变成的岛屿之间……

五位豌豆仙子都听见那位农民说：

“绕过这些岛屿，把月亮的船，开到我的田园附近去吧——你看好吗？”

“好！”吴刚说。

亲爱的小朋友，请你们和五位豌豆仙子，还有豌豆姐姐一起，注意观察吧。这时，天空中真像有一位魔术师在弄要一种魔术——或者说得清楚些，天空中的确有一位魔术师，应了那位农民的要求，一下子把天空中的大海，变成田园——这田园中间有许多蓝色的河流。于是，月亮的船，现在在天空的河流中航行了……

“豌豆仙子们，”豌豆姐姐说，“现在，你们看到了吗？天空现在变成无比广阔的田园了，吴刚正在为农民开着月亮的船，在流动于田园中间的河流中航行……”

“看到了。”五位豌豆仙子说。

就在这时，月亮的船靠在一条河流的小码头边——其实是靠在一级一级的石阶的旁边。亲爱的小读者，这时，你们也会看到了：吴刚和那位农民一起从月亮的船上走下来，他们两人的手中都携着一只篮子，一步一步地从石阶，走上天空中的田园里了……

就在这时，看啊，只见那位农民走在前头，吴刚跟在后面，在天空中的田园间，播下麦子的种子了；这是世间最美好的播种的情景啊，这是只有在童话中才能够看到的情景啊，只见那位农民和吴刚各自把篮子里的麦种抓了一把，向天空的田园中间撒开，于是，天风把种子吹到天空中，那麦种雨般飞扬，于是纷纷落下；说也奇怪，那位农民和吴刚撒下的麦种，一下子在空中变成闪闪发光的星星了……

五位豌豆仙子看到了，不禁向豌豆姐姐问道：

“姐姐，那变成星星的麦种，能够长出麦秆，结出麦穗吗？”

豌豆姐姐说：

“仙子们，当然会的。在童话中，你们会听见，会看见很多美妙的事物。这些麦种，在天空的田园中发芽，渐渐长大，然后长成带节的茎，随后又在茎顶抽出穗来，开花，结成排列整齐的麦粒……可是，这些，在地面上看过去，都是宝石一般闪光的星星，只有吴刚和那位播种的农民自己，以及讲童话的人，知道麦种在天空的田园中生长的全部过程……”

“哦！原来是这样的。”

五位豌豆仙子一齐说道。

亲爱的小读者，请你们和豌豆姐姐以及五位豌豆仙子一起向天空中观察。你们看，这时，那位农民和吴刚一起从播种过的田园走到一道蓝色的河流旁边。你们想不到吧？月亮的船这时好像为一位魔术师在暗中所驾驶，开到这条河流前面的码头近旁来；那位农民便和吴刚一起，又坐上月亮的船，从这条河流开到另外一块天空的田园前面来——于是，月亮的船就在另一块田园前的码头边停靠下来，吴刚和那位农民手中各携一只篮子，二人一前一后地，一步一步走上码头的石阶，走到一块新的田园上来了。五位豌豆仙子这时都听见那位农民对吴刚说：

“我们在这里种葡萄的秧苗，好吗？”

吴刚说：

“好！”

说着就把长长的衣袖卷起来。

真的，这是世界上栽植葡萄苗最美丽的情景啊，这也的确只有在童话世界中才能看到的情景啊。只见那位农民和吴刚一起，从篮子里取出葡萄秧，插在天空的田园里时——每插上一枝葡萄秧，在地面上的人们，便看见天上闪出一颗星！他们插了好多好多的葡萄秧，天上便出现好多好多的星星……

五位豌豆仙子看了，问豌豆姐姐说：

“那种在天空中的葡萄秧，长大了，会长出葡萄藤和卷须吗？”

“当然会的，”豌豆姐姐说，“我敢说，再过几天，农民和吴刚一定会来搭葡萄棚的，到那时，棚上便挂上浓密的绿叶和卷须……”

“它们也结葡萄吗？”五位豌豆仙子问道。

“当然结葡萄的，”豌豆姐姐说，“那是要到七月来到的时候，葡萄开花了，又结了一串串的果实，那时就有蜜蜂在葡萄架下飞来飞去，还有蝉在鸣叫……那时，这天空中的葡萄园会显得多么美丽——而在地面上看去，全是一颗一颗的星星！”

亲爱的小读者，你们知道吗？当豌豆姐姐和五位豌豆仙子在谈话时，那位农民和吴刚已经离开天宇中这座刚插上秧苗的葡萄园。他们走到河边来——说也奇怪，月亮的船这时已开到河边的码头前，于是，他们两人一级一级地走下石阶，登上了月亮的船。这时，只见月亮的船载着那位农民和吴刚，一直向西边的地平线开去：这在地面上看来，便是月亮要下山沉落了……

豌豆姐姐对五位豌豆仙子说：

“月亮的船已经开走了——明天晚上，我们还要看到这只月亮的船又开到天空中来！那么，今晚，天迟了，你们闭上眼睛睡觉吧！”

“好的！”

五位豌豆仙子像过去一样，同时闭上眼睛睡了。于是，豌豆姐姐在他们的额上亲了一下，她自己也睡觉了。

第四个童话：他们到月宫去

你们读过安徒生的童话《梦神》吗？安徒生说：“世界上再没有谁像奥列·路却埃那样，能讲那么多的故事了——他才会讲呢！”奥列·路却埃是一位梦神，只要他在孩子们的脸上喷了一点儿甜蜜的牛奶，只要一丁点儿，便足够使孩子们睁不开眼睛，看不见他；他在孩子们的后面，吹他们的脖子，于是孩子们便睡了。然后，他在孩子们的床边坐下来，把一把上面绘着图画的伞在孩子们的头上撑开，孩子便能梦见美丽的故事。亲爱的小读者，我在上面已讲了三个童话。你们知道吗？奥列·路却埃现在也来到五位豌豆仙子所住的豆荚的小床边了，他把那把画着图画的伞，在五位豌豆仙子的头上撑开，于是，他们便做起梦来。

“五位仙子，你们好。”奥列·路却埃向豌豆仙子致意，“我是从丹麦来的。你们现在要我给你们帮什么忙呢？”

“你好，”五位豌豆仙子梦中从豆荚的小床上站起来，“我们认出了，你就是安徒生爷爷在童话《梦神》里告诉我们的奥列·路却埃叔叔吗？你好！”

“现在，你们想到哪里去，我都可以帮忙。”

“我们想到中国神话里所说的月宫里去，去看看吴刚爷爷。”

“行！”

于是，五位豌豆仙子就在路却埃叔叔那把有魔法的伞的指引下，坐上月亮的船。五位豌豆仙子只在童话中知道有月亮的船，这一次在梦中真的坐上月亮的船了。原来这月亮的船上点着许多风吹不熄的蜡烛，所以整只船都是明亮的。奥列·路却埃叔叔坐在船头，把两张船帆升起来，月亮的船便向前开行了——

亲爱的小读者，这月亮的船开得很快，五位豌豆仙子坐在船舱中，往窗口外面看风景，只见满天都是麦穗的星、葡萄的星、玉蜀黍的星和稻穗的星……不久，月亮的船便开到有很多白云环绕着的月宫前面来了。奥列·路却埃喷了一口有魔法的牛奶，月亮船上的帆便落下了，船身便靠在月宫的码头前面。随后，路却埃叔叔便领了五位豌豆仙子一步一步地走上白色大理石砌成的阶梯，这时，吴刚已经等候在码头上。你们知道，吴刚是中国古代神话中的人物，至于奥列·路却埃，一开始就介绍过，他是安徒生的童话中的人物。两人相见，吴刚行了一个古代中国人民的作揖礼，路却埃行了一个丹麦人民的见面礼，两人随即携着五位豌豆仙子的手，一直走到月宫的庭院中来——

“好香啊！”五位豌豆仙子说道。

他们亲眼看见月宫中有一棵好高好高的桂树了。只见路却埃叔叔也说道：

“真香！这么老的桂树，我也是第一次见到的！”

吴刚听了，微微地笑，点点头。这时，桂树上忽然传来鸟声：

“鹊！鹊！鹊！”

五位豌豆仙子和路却埃叔叔一齐站在桂树下面，抬头一看，原来是七只喜鹊在桂树上飞来飞去——他们的翅膀拍打的时候，桂树上有许多丹红色的桂花纷纷落下来，有的撒在五位豌豆仙子的肩上，路却埃叔叔和吴刚的肩上，有的撒在地上。

吴刚说：

“这几只喜鹊是从银河那边飞来的——在那遥远的、遥远的银河旁边，住着牛郎和织女，喜鹊是他们的朋友……”

“是啊，鹊！”桂树上的七只喜鹊一齐叫道，“我们是从银河那边飞来的——请五位豌豆仙子，也到我们那里玩耍。鹊！鹊！你们来时，我们一定和牛郎、织女一起站在河边欢迎你们！鹊！鹊鹊！”

七只喜鹊看看路却埃叔叔和五位豌豆仙子站在一起，又叫道：

“丹麦的路却埃叔叔，请你真的带五位豌豆仙子到银河来玩玩！”

“好的！”路却埃叔叔点头说，“我一定和豌豆仙子一起来！我有这么一把伞，只要我把伞在他们头上撑开，他们就可以到银河那里去，好办的！”

路却埃叔叔说着，把手中的伞摇了一下。就在这时，一只月宫中的白兔跑出来了。白兔哥哥向路却埃叔叔和五位豌豆仙子问好：

“你们好！欢迎你们到月宫来玩！”

亲爱的小读者，月宫里的这位白兔哥哥可有本领呢。他有长长的耳朵，红宝石一般的眼睛，这和我们平常看见的白兔哥哥是一样的。可是，这位白兔哥哥和吴刚一起住在月宫里已几亿年了。更要紧的是，这位白兔哥哥是制药的能手，他在月宫里，用一个白玉雕成的臼子，和一把玉雕的药槌，整天在捣草药，非常勤劳……

吴刚对五位豌豆仙子说：

“白兔哥哥捣的草药可灵验呢。牙疼啊，肚子痛啊，喝了白兔哥哥的草药汤，马上便不疼不痛了……”

白兔哥哥说：

“那草药是吴刚爷爷教我捣的！”

就在这时，吴刚请路却埃叔叔、五位豌豆仙子一起到月宫里走了一趟。月宫里回廊、殿堂的柱子都是玉雕的，殿阶是大理石砌成的，宫殿上有一匾额，上面书写“广寒宫”三个大字。这月宫里的确很冷，但是大家走了一阵，全身都感到暖和了。吴刚和路却埃携着五位豌豆仙子的手，跟着白兔哥哥走——原来，白兔哥哥要他们到自己家做客。亲爱的小读者，月宫里白兔哥哥的住屋，和我们在《娃娃画报》或其他给孩子看的画报上所画的兔舍十分相像，但三角形的屋顶是用紫色的玉雕成的，两扇门是用象牙雕成的。门没关，一到门口，白兔哥哥就很有礼貌地说：

“请进来坐坐吧！”

这时，那七只喜鹊也飞到白兔哥哥住屋的门前来，在空中飞着，叫道：

“欢迎大家到白兔哥哥家里来玩！”

七只喜鹊说着，便和吴刚、路却埃和五位豌豆仙子一起进了白兔哥哥的家。真是有趣，地上铺满桂树的叶子，发出阵阵的叶香。真是有趣，屋里十分暖和，有时又有微风吹来桂花的香气。白兔哥哥其实已活了几亿年了，他和吴刚的年纪差不多大，看来却像一位少年。他用玉杯斟满了药茶，请喜鹊、豌豆仙子、吴刚和路却埃喝茶。真是有趣，大家喝了白兔哥哥的药茶，便都不约而同地唱起月宫中的歌，跳起月宫中的舞来了，大家都显得非常非常的快乐了，实际上是开一个舞会了……

路却埃叔叔是一位能歌善舞的人，他的歌声最响亮，他跳得最轻快。五位豌豆仙子以至白兔哥哥、七只喜鹊和吴刚，不觉间都学他唱歌和跳舞。我们可以说，他们唱的时候，就像有许多笛子一齐吹奏起来，他们跳起舞来时，就像是无数花朵在飞舞。这一晚在月宫白兔哥哥家里真是玩得太有意思了……

五位豌豆仙子在这美丽、有趣的梦中，叫道：

“路却埃叔叔，我们感到白兔哥哥家里的舞会真好啊！”

亲爱的小读者，正当五位豌豆仙子说话时，豌豆姐姐一下听见了，马上拍着他们的身子，哄着他们说：

“好好睡觉，天还没亮呢……”

这时，路却埃叔叔赶快将那把伞在五位豌豆仙子头上撑开；这么一来，五位豌豆仙子马上走出梦境，他们在豆荚的小床上搓着眼睛，说道：

“天还没亮啊？我们刚才到月宫里去……”

他们迷迷糊糊地想了一下，翻了一个身，又睡着了。

第五个童话：麦田、葡萄园

今天晚上，是一个十分美丽的夜晚。天空中的星星，从我们地面上看去，像宝石一样闪闪发光。至于上弦月，看去就像一把玫瑰黄的镰刀，也有点像一只玫瑰黄的、象牙雕成的小舟，这都是说，从地面上看去是这样的。此外，还有美丽的银河，那银河中，有小鱼，鳞上发亮的小鱼，在游来游去？或是浪花在闪闪发光呢？

豆畦的篱笆外面，小河在唱着催眠歌；她好像是为岸上草丛间的青蛙、蚱蜢们唱催眠歌的，而蟋蟀似乎还没睡觉，或者已经睡觉了，但在梦中唱歌。这时，豌豆姐姐坐在豆荚小床旁边的花蒂上，看看五位豌豆仙子都睡觉了，她自己不觉也睡着了。

亲爱的小读者，安徒生的童话《梦神》中的梦神——丹麦人奥列·路却埃叔叔，又来了。他想到上次来的情况：忘记请豌豆姐姐和五位豌豆仙子一起到月宫里去玩。今晚，他走进豆畦的篱笆小门以后，轻轻地走到豌豆姐姐的花蒂旁边，轻轻地走近五位豌豆仙子所睡的豆荚小床，随后，他在豌豆姐姐和五位豌豆仙子的脸上喷了一口有魔力的牛奶，让他们睡得更熟，随后，他把夹在腋下的那把画着图画的伞举起来，又撑开了，放在他们的头上，于是豌豆姐姐和五位豌豆仙子便和他一起走进美丽的梦境中了……

“路却埃叔叔，”五位豌豆仙子一齐叫道，“我们又见面了！”

路却埃叔叔说：“今天，我把豌豆姐姐也一起请来——”

五位豌豆仙子看见豌豆姐姐和他们在一起，高兴得不得了，他们跳起来，说：

“我们今天到哪里去玩呢？”

只见路却埃叔叔一招呼，天空中那个上弦月，这时变成一只挂起两桅船帆的、玫瑰黄的、发亮的船，一下子开到他们的跟前来。路却埃叔叔请豌豆姐姐、五位豌豆仙子先上月亮的船，随后他自己也跳上船舷，把船锚拉起来，于是，月亮的船就向前开行了。

亲爱的小读者，现在由路却埃把月亮的船开行在蔚蓝的天空的大海中，豌豆姐姐和五位豌豆仙子从船舱中看出去，看见白云一朵又一朵的，小的像棉花，大的像绵羊，以至像冰山，迅速地从月亮的船的两边飞过去。不一会儿，月亮的船便在一片天空中的田园前面停靠了。只见路却埃喷了一口有魔法的牛奶，这片天空中的田园里的麦子都长大了，长大了，长大了，麦秆上的节和叶都抽长了，然后，秆顶抽出麦穗了，慢慢地，这大片的麦田，都变成金黄色的了；天风吹着，这大片的麦田，好像一片金黄色的大海，扬起金黄色的海浪……

这真是多么好。五位豌豆仙子，以至豌豆姐姐看到了，都欢喜得不得了。

“这片天空中的麦田，原来不是吴刚和那位农民(我们在第三个童话中已经介绍过)一起播下麦种的吗？”

五位豌豆仙子想了一想，说道。

“那时，”豌豆姐姐说，“我们是从豆畦里，从地面上看吴刚和农民一起播了麦种——从地面上看，他们播下的麦种长出的麦苗，就是天上的星星。现在，我们自己到这天上的麦田里了……”

“对！对！”路却埃叔叔说。他数着，随手摘了一支麦秆，做了麦笛，又放在唇边吹起来了：

把劳动的欢情，

从小小的笛管里吹出来吧。

吹出劳动的欢情，吹出收获的甘美。

吹吧，把音乐的阳光和花瓣，

洒在我们自己的土地上，

洒在我们自己劳动又自己收割的土地上，

洒在梦想中的土地上……

亲爱的小读者，你们听见路却埃叔叔在天空的麦田中吹出来的麦笛声吗？他吹出来的笛声，像朗诵散文诗一般好听，以至五位豌豆仙子和豌豆姐姐听了，都拍着拍子，和着节奏跳起舞来。啊，你们看见了吗？还有一双一双地飞舞的、有孔雀的翎羽一般美丽的羽毛的飞鸟，在他们的头顶飞翔——这是什么鸟啊？

“听到我的笛声，”路却埃叔叔说，“中国古代传说中的凤凰，也一对一对地飞来了！”

就在这时，路却埃叔叔又喷了一口有魔法的牛奶，只见月亮的船一下子升起两杆船帆，顺着天风开到天空中的麦田的岸边来了。而且，说也有趣，岸边立刻出现一座码头，豌豆姐姐和五位豌豆仙子先上了船。随后，路却埃叔叔挟着伞，一下子跳上船。说也有趣，月亮的船立刻向前开行了。

“现在，”路却埃叔叔说，“我们的船要开到一座天空中的葡萄园里去——”

路却埃叔叔的话，还没说完，五位豌豆仙子便高兴得跳起来，说：

“是不是吴刚和农民(提醒小读者，这在我们的《第三个童话：播麦种和插葡萄苗》中也谈到)种的那片葡萄园？”

豌豆姐姐说：“当然是呢。那天，我们也是在豆畦里，在地面上看他们种葡萄苗，现在，我们自己走到这座葡萄园中来——”

他们从船舱里向外观看，只见一朵又一朵的白云，有的像一群一群的绵羊，有的像一座一座的冰峰，迅速地从船外往后面飞去。不一会儿，月亮的船便在一片天空中的葡萄园前面停靠了。说也奇怪，当船靠岸时，岸边立时出现一座码头，这次是路却埃叔叔先上岸。随后，他扶着豌豆姐姐上岸，又携着五位豌豆仙子上岸。路却埃叔叔说："小心点走。刚才天空中可能下过一阵骤雨，为葡萄浇水。路上有点滑……"

五位豌豆仙子和豌豆姐姐，一上岸，只觉得有一阵阵的果香随着天风吹来，这香味使人闻到，会感到非常愉快。

亲爱的小读者，这座葡萄园就是我们在第三个童话中所说的，是吴刚和农民一起种的。现在，这座葡萄园里已经搭了很多很多的棚，葡萄藤都已经攀上棚顶；从那些叶和藤蔓间，有一串一串的葡萄垂挂下来，散发出一阵一阵的果香……

路却埃叔叔走在前头，豌豆姐姐携着五位豌豆仙子沿着园前的一条小径，走进葡萄园。他们抬头一看，棚上的确已经垂下一串一串的葡萄，但是看来还未成熟。只见路却埃叔叔一进入葡萄园，抬头一看，搔了一搔头发，想了一下，立刻喷了一口有魔法的牛奶，这座天空中的葡萄园里的葡萄，一下子都变大了，变大了，变大了，又由绿色变成紫色的了，每颗葡萄都现出一点点白色的果粉，看过去都是透明的，好像紫水晶雕成的……

"我们一进来，"五位豌豆仙子说，"葡萄马上都成熟了……"

豌豆姐姐说："这园里的葡萄，如果我们在豆畦里看过来，如果在地面上看过来，都是一颗一颗闪闪发光的星星……"

五位豌豆仙子说："多好啊。我们现在可真的走进天空中的葡萄园里了！"

正在这时，豌豆姐姐和五位豌豆仙子，闻到一阵一阵的葡萄香，又听见一阵一阵的嗡嗡声。他们一看，原来是一群一群的蜜蜂，闻到果香，都飞来了。这一群一群的蜜蜂，看见了豌豆姐姐和五位豌豆仙子，都向他们问好，说："你们好！没想到你们更早地来到这座葡萄园了！"

原来这些蜜蜂，都是常常飞到豌豆姐姐、豌豆仙子们的豆畦里游玩、采蜜的。正在这时，只见路却埃叔叔把有魔力的牛奶，向葡萄园的地上一喷，说道：

"豌豆仙子们，我为你们再邀请一些朋友来！"

豌豆仙子们和豌豆姐姐，顺着路却埃叔叔的手所指的方向，看见地上有两队蚂蚁的兵队在游行：一队是黑蚂蚁，队伍很长很长，而且，好像一直走不完；这队黑蚂蚁的兵队，由一位穿黑色军服的蚂蚁军官带领，雄赳赳气昂昂地自北向南开步走。另一队是黄蚂蚁，队伍很长很长，也好像一直走不完；这队蚂蚁的兵队，由一位穿黄色军服的蚂蚁军官带领，雄赳赳气昂昂地自南向北开步走。两位军官相遇时，都互相行了军礼；两位军官看到豌豆仙子们和豌豆姐姐一起站在葡萄棚下向他们的队伍招手，也向豌豆姐姐和五位豌豆仙子行了军礼。正在这时，路却埃叔叔摇一摇手，向园中的蚂蚁兵队，蜜蜂们，向五位豌豆仙子和豌豆姐姐，大声说道：

"现在，我们一起来庆祝葡萄园的丰收！"

路却埃叔叔说着，把手中的那把绘着图画的伞又摇了一摇。亲爱的小读者，这时，天空中葡萄园里显得多么热闹，充满欢庆和节日的热烈气氛。只见园中所有的蜜蜂，都鼓着双翅，大声地唱歌，尽情地飞舞；最动人的是，黑蚂蚁兵队和黄蚂蚁兵队，经路却埃叔叔在他们的队伍上面喷了一口有魔法的牛奶后，蚂蚁们都变大了，变高了，或者在胸前挂着一只鼓，"咚！咚！咚"地敲着，或者在口上吹着一把喇叭，嘀嘟嘀嘟地不断吹出好像军乐一般的号声来。路却埃叔叔便带领豌豆姐姐和五位豌豆仙子，和着拍子，在蚂蚁们敲出的鼓声，吹出的号声中，和蜜蜂们一起唱歌，跳舞；啊，看啊，还有一双一双飞舞的、有孔雀的翎羽一般美丽的中国古代传说中的凤凰鸟，也飞到葡萄园来了，他们是听见歌声、鼓声和喇叭声，也赶来庆祝葡萄园的丰收。这时，葡萄棚中间，仿佛有一阵又一阵的天风吹过，每串成熟的葡萄都感动地颤动着，发出越来越浓郁的果香……

这是天空中庆祝葡萄大丰产的情景；路却埃叔叔来到天空中的葡萄园里，带领五位豌豆仙子和豌豆姐姐，以及蚂蚁的兵队和蜜蜂们一起在这里热烈地跳舞、欢呼、唱歌的情景，从豌豆姐姐的豆畦里，从地面上——不管是从山顶，还是从航行的海船上，还是从住屋的阳台上……看过去，只见这一晚天空中的繁星多么灿烂，闪闪烁烁，多么明亮！

说也奇怪，一只月亮的船挂起船帆，开到葡萄园前面的码头了。路却埃叔叔对五位豌豆仙子和豌豆姐姐说：

“现在，我们搭船回去吧……”

只见路却埃叔叔把他的伞在五位豌豆仙子和豌豆姐姐的头上一摇，他们立刻坐上了船；当月亮的船向前开行时，他们听得见蚂蚁的兵队列队在码头前打鼓，吹喇叭欢送他们，凤凰鸟和蜜蜂们也在码头的上空飞舞，欢送他们……不一会儿，月亮的船便在天空的白云间航行；又不一会儿，月亮的船就驶进豌豆姐姐和五位豌豆仙子居住的豆畦前面的那条小河了。路却埃叔叔又把有魔法的牛奶喷了一口，豆畦前的篱笆的门开了。路却埃叔叔送豌豆姐姐回到她所坐的花蒂上，送五位豌豆仙子回到他们所住的豆荚的小床里，于是，向他们招招手：

“再见！我要回到丹麦去了！”

五位豌豆仙子和豌豆姐姐向路却埃叔叔说：“再见！”

正在这时，豆畦前那道篱笆的门开了。只见路却埃叔叔一直站在门口招手。接着，他的身影慢慢地模糊了，模糊了……

——五位豌豆仙子在豆荚的小床上翻一个身，揉揉眼；豌豆姐姐坐在花蒂上，也揉一揉眼：他们一下子都醒过来了。他们看见清晨的阳光，正照射在他们的豆畦里，也照耀在小河里，照耀在小河对岸的榕树上。榕树上有一个喜鹊阿姨的鸟窝。喜鹊阿姨起身了，飞到篱笆上，向豌豆姐姐和五位豌豆仙子问好："早安——昨天晚上，我梦见你们坐着一只月亮的船，开过小河……"

豌豆姐姐和五位豌豆仙子都说：

"是的！这两天里我们梦见我们到天上的月宫和麦田、葡萄园里去，都是一位叫路却埃的叔叔带我们去的。晚上，他说不定还会来……"

"那，他能不能也带我们到月宫或是别的地方去玩一玩呢？"喜鹊阿姨说。

"我想，"豌豆姐姐说，"路却埃叔叔一定会带你们去的。"

"鹊！鹊！那多好！"喜鹊阿姨说。

"那么，"五位豌豆仙子一齐说，"我们今晚一起跟路却埃叔叔去旅行……"

"鹊！鹊！鹊！"

喜鹊阿姨大声叫道。这时，豆畦里充满快乐的气氛，因为喜鹊阿姨的叫声，总是那样的叫人感到欢喜……

第六个童话：银河

一个春天的晚上又到来了。

亲爱的小读者，路却埃叔叔腋下夹着一把伞，兴致勃勃地又从丹麦来到豌豆姐姐和五位豌豆仙子居住的豆畦里。他看见豌豆姐姐在花蒂上睡得很好，又看见五位豌豆仙子在豆荚的小床里，也睡得很熟。他忽然想起什么似的，走出豆畦的篱笆门，走到小河边的一棵大榕树下，他抬头一看，喜鹊阿姨和她的五位喜鹊小弟弟在窝里也睡得很熟。于是，他向鸟窝里喷了一口有魔术的牛奶，只见喜鹊阿姨和五位喜鹊小弟弟翻了一个身，又揉揉双眼。路却埃叔叔把画有各种图画的伞在他们的头上撑开，于是，他们开始看见路却埃叔叔了。喜鹊阿姨马上向她的五位喜鹊小弟弟说：

“你们向路却埃叔叔问好吧，豌豆姐姐告诉过我，他会带我们到天空中许多地方去玩！”

“鹊！鹊！”五位喜鹊小弟弟拍手说，“路却埃叔叔好！”

路却埃叔叔把伞夹在腋下，对喜鹊阿姨和五位喜鹊小弟弟说：

“今天晚上，我带你们和豌豆姐姐、豌豆仙子一起去游天空中的银河……”

“好极了！好极了！”

于是，路却埃叔叔便带着喜鹊阿姨和五位喜鹊小弟弟走进豆畦的篱笆门。他又撑开伞，在五位豌豆仙子和豌豆姐姐的头上摇了一摇，于是，他们都看到路却埃叔叔了。他们高兴得拍起手来，一齐说：

“路却埃叔叔，我们多么欢喜啊。我们又见到你了！”

路却埃叔叔把伞夹在腋下，也高兴地说：

“今晚，我把喜鹊阿姨和五位喜鹊小弟弟都请来了！你们一起和我去游银河吧！”

他说着，喷了一口有魔法的牛奶，豆畦的篱笆门前，小河边，立刻开来了一只黄色的、明亮的、月亮的船，并且，出现了一座码头。于是，路却埃带头，豌豆姐姐、五位豌豆仙子跟在后面；再后面，喜鹊阿姨带领五位喜鹊小弟弟一起拍着翅膀——大伙儿走下码头的石级，一起走进月亮船的船舱了。说也奇怪，今晚月亮的船，比五位豌豆仙子前几次所搭的，变得更宽敞了。月亮的船就在小河中向前航行。不一会儿，说也奇怪，船上竖起三支桅杆，三张黄色的、明亮的船帆也升起来；而且，“啪！啪！噼！”好像有发动机的声音，在船头响着……

“这条小河，”路却埃叔叔对大伙儿说，“是流向银河去的……”

“真的吗？”

大家一齐问道。大家一齐从船舱的窗口看出去，望见河岸上的榕树、甘蔗田、黄麻地、干草堆，还有稻田里的稻草人叔叔，远远的丘陵旁边的风车，远远的山影，都很快地向后面闪过去，随后，有闪闪发亮的电灯的小镇，还有小镇前一条小溪岸上的、正在打转的水磨坊，一一向船后闪过去。说也奇怪，当月亮的船在小河中航行时，河中的小鲤鱼、青虾都跳出水面，向乘坐月亮的船的路却埃以及豌豆仙子、喜鹊小弟弟和喜鹊阿姨、豌豆姐姐致意：

“祝你们旅途愉快！”

有时，岸上的青草丛间，也有青蛙在半睡半醒间，模模糊糊地看见月亮的船从河中行驶而过，船上有喜鹊阿姨、豌豆姐姐等许多旅客，也叫道：

“呱！呱！祝你们旅途平安！”

亲爱的小读者，月亮的船在小河中行驶，不觉之间，浪越来越大，河面越来越宽——你们知道，这时，月亮的船好像我们平常所乘的，在海上航行的轮船一般，开足了马力——“啪！嗒！啪！嗒嗒！”一下子转了一个大弯，这时，月亮的船就开入银河中间了！这时，只见五位豌豆仙子、五位喜鹊小弟弟，豌豆姐姐和喜鹊阿姨，从船舱的窗口，望见一堆一堆的白云从船边不断地，好像雪浪一般地向船后涌过去。路却埃叔叔向大家说：

“我们已经开始航行到银河的进口了！”

大家更加兴致勃勃地往窗口外面瞭望，只见那云的雪浪，更加汹涌了，无数的雪浪这时好像无数的冰山向船后闪过去，冰山上飞起无数冰雹一般的水沫。月亮的船这时上下不止地颠簸着，摇晃着，船外的天风呼呼地响个不停。可是，五位豌豆仙子、喜鹊小弟弟都一点儿也不感到害怕，他们还在月亮的船的舱内跑来跑去，只有喜鹊阿姨、豌豆姐姐感到有些头晕。路却埃叔叔说：

“我们过这处银河和地面小河的交叉口，进了港口，便到银河的第一峡……这第一峡就风平浪静了！”

路却埃叔叔正说着，只见月亮的船已冲过港口的白云的雪浪和冰山，进入银河的第一峡了。这时，豌豆姐姐、喜鹊阿姨一点儿也不觉得头晕了。这时，大家从船舱的窗口，看见银河的两岸，全是星星缀成的山岩，从山岩间，远远可以望到有星星的瀑布、桥；有许多森林，森林里的每棵树都缠着藤，说明这森林是很古老的——至少有几亿年了。这些森林和藤，也是星星缀成的。这银河的第一峡，它的两岸的风光，实在美妙极了。月亮的船这时在白云的浪中平稳地向前航行。五位喜鹊小弟弟、豌豆仙子以至豌豆姐姐、喜鹊阿姨看得简直入神了。喜鹊阿姨不止地赞美道：

“鹊！鹊！”

喜鹊小弟弟跟着叫道：

“鹊！鹊！”

五位豌豆仙子和豌豆姐姐对银河第一峡的风景也赞美不止。忽然，他们看见右边的河岸上，在山岩之顶，有一座星星缀成的庙宇，在闪闪发光。瞭望过去，庙宇前面有星星缀成的石阶、小径，还有几棵十分高大的星星缀成的古树。路却埃叔叔指着那座庙宇，对大家说：

“那是一位古代的诗人的庙宇。他写了很多诗篇，包括许多美丽的童话散文诗——专门唱给孩子们听的，所以建了庙宇纪念他！”

路却埃叔叔正说着，月亮的船忽然又不止地摇晃、颠簸起来。白云的雪浪和冰山不停地向船后闪过去；那溅起的白云的雾和泡沫，把银河两岸的风景都迷蒙了，尽力瞭望，也只能看到模糊的影子。路却埃叔叔赶快对大家说：

"现在，我们乘坐的月亮的船，马上要开进银河的第二峡了！"

路却埃叔叔正说着，只见月亮的船已冲过银河的第一峡与第二峡之间的窄口：这里，银河两岸相隔很近很近，就像一个小瓶的瓶口，白云的浪拍在两岸上，溅起千万堆的雪花；这雪花汇成一股一股的雪水，从月亮的船的船顶泼过去。说也奇怪，月亮的船一下子冲过这瓶口似的峡口，开进银河的第二峡了。这时，月亮的船又开始平平稳稳地在云的白浪中航行。银河的两岸又出现另外一种风景。只见两边岸上的山岩，有的是星星缀成的牛、羊、马，或且成群成群在岸上吃草，或且卧在草地上休息，或且把身躯在一棵树上磨来磨去……因为这些牛、羊、马都是星星缀成的，所以都是闪闪发亮的，显得十分美丽。过了这一段全是像羊、像牛、像马的星星的山岩，月亮的船再开行时，坐在船舱里的五位喜鹊小弟弟，首先一齐叫道：

"鹊！鹊——前面山岩又出现一座宫殿，大家赶快看！"

"在哪里？哪里？"

五位豌豆仙子不停地往窗外望，喜鹊阿姨和豌豆姐姐也不止地往窗外望。

"在那里，"路却埃叔叔用手指着说，"在那一大片森林的前面——"

大家照着路却埃的手所指的方向看去，果然和五位喜鹊小弟弟一样，真的看到远处的山岩间有一座庙宇。这庙宇的屋顶、屋檐、山门和殿堂，都是大大小小的星星缀成的，所以一直在闪闪发亮。路却埃叔叔真是懂得多。他马上向大家介绍说：

"那宫殿里住着一位妃子。是古代一位皇帝的妃子。她不愿意住在皇宫里，自己走到银河第二峡的山上来住。后来，大家给她造了一座宫殿纪念她——你们注意！等下船过这座宫殿时，会闻到一阵一阵香味！"

亲爱的小读者，说也奇怪，月亮的船一下子开到这座宫殿的岸边了。五位豌豆仙子、五位喜鹊小弟弟、豌豆姐姐和喜鹊阿姨，当真闻到一阵又一阵的香味，从这段银河的白云的波浪间飘进船内。

“多么香！”

大家一齐叫道，赞美不止。

路却埃说：“这一段银河，叫作香河。因为宫殿里妃子常到河边洗衣衫——她的衣衫里会散发香味，使银河里白云的水也散发了香味……”

路却埃叔叔正说着，月亮的船又开始颠簸不止，船外白云起了巨大的波浪，有的像一座雪山，有的像偌大的冰块，溅起无数泡沫，不停地向船后闪过去。这时，月亮的船原来已开行到银河的第二峡和第三峡的峡口了。这峡口也像一只水瓶的瓶口，很窄，月亮的船恰好能开过去。多么好啊！过了这窄窄的峡口，月亮的船开进银河的第三峡了！

“多么美丽啊！”

“真是好看极了！鹊！鹊！”

只听见坐在船上的豌豆仙子、喜鹊小弟弟、豌豆姐姐和喜鹊阿姨都欢呼起来。路却埃叔叔对大家说：

“这里已是银河的第三峡了！这个峡，也叫天书峡，也叫牛郎织女峡……”

说是天书峡，很有道理。这第三峡的银河河道曲曲折折，有许多险滩。但是不要紧，因为这些险滩也是缀满星星的，很明亮，不是暗礁。月亮的船从银河的第三峡，绕着许多险滩航行，船身不停地上下浮动。但五位豌豆仙子、五位喜鹊小弟弟、喜鹊阿姨和豌豆姐姐一直从船舱的窗口向银河的两岸眺望。只见两岸的山岩，一层一层，一叠一叠，好像无数书籍排列在那里！路却埃叔叔这时又告诉大家：

“你们知道吗？这两岸上无数的书籍，每页都用星星作文字，记载了种麦、种稻、种葡萄、种柑、种甘蔗、种黄麻、种大豆和种蔬菜、种花生的知识。也记载了造纸、制火药、造指南针、冶铁、炼金、织布的知识。还记载银河本身的起源、历史，记载风、雨是怎么形成的，记载怎样耕田、造风车和舂米、制糖、酿酒以及醋，还有怎样烤面包、做甜点心的技术，读了这用星星作文字记载知识的书，便会变聪明了……”

路却埃叔叔看来是十分喜欢书籍的。他很有兴趣地介绍银河第三峡两岸的风光——山岩的书籍的情况。他正津津有味地谈论，五位豌豆仙子忽地叫道：

“路却埃叔叔，这山岩的书籍中间，怎么还有梯田呢？”

五位喜鹊小弟弟也一齐叫道：

“那梯田里，有人在驱着牛犁田——田边还有一座闪闪发光的茅屋呢！”

路却埃叔叔微笑着，马上说道：

“那就是中国古代传说中的牛郎星！他非常勤劳，一年到头放牛；春天时，在天上犁田的，都是牛郎星……”

五位喜鹊小弟弟和豌豆仙子听了，都拍手道：

“我们这会儿在银河边看到牛郎星了……”

亲爱的小读者，你们一定听说过，天空中除了牛郎星，还有织女星；他们银河隔岸对望着——听啊，豌豆姐姐、喜鹊阿姨和五位豌豆仙子、喜鹊小弟弟这会儿都听见有织布机的声音，“咔！咔！咔！”一声又一声地传到船舱中来。他们一起顺着声音向银河岸上瞭望：那闪闪发亮的山崖边，和牛郎星的茅屋对河相望，也有一座茅屋，屋内有一古代女子，坐在古代的织布机前织布，她便是织女星。织女星的织布机和她的衣衫，全是星星缀成的，一直在闪闪发亮；当然，那茅屋的屋顶和墙，也是星星缀成的，一直在闪闪发亮；最动人的是，那由古代女子在古代的织布机上织出来的布，像星星汇成的瀑布般从机上倾泻下来……

不仅五位豌豆仙子、喜鹊小弟弟、豌豆姐姐和喜鹊阿姨看见了，欢喜得不得了，连路却埃叔叔看见了，也一直在口中赞道：

“太好了！太好了！太好了！”

正在这时，银河的上空，忽地飞来一群太空中的喜鹊——他们的窝，造在牛郎星的茅屋附近的古树上，他们从树上看到月亮的船开到银河的第三峡来了，并且看见船舱里有喜鹊阿姨和五位喜鹊小弟弟，于是，这一群喜鹊便从树上飞起来，向正在犁田的牛郎星说：

“我们飞到月亮船上去会见从地面上搭船到银河的喜鹊们……”

牛郎星点头说：“好！”

这一群喜鹊，一下子都停在月亮的船的船头上。路却埃叔叔看见了，马上说：

“喜鹊们，赶快到船舱里来，我给你们介绍船上的新朋友！”

喜鹊们——大约有四十只喜鹊，他们都只是十多岁的少年，便一起走进月亮船的舱室内来。他们一进来，不等路却埃叔叔介绍，喜鹊阿姨和五位喜鹊小弟弟都拍手叫道：

“鹊！鹊！欢迎！欢迎！”

豌豆姐姐和五位豌豆仙子也赶到他们面前，和他们拉手。这一群少年喜鹊一下子和路却埃叔叔、喜鹊阿姨、五位喜鹊小弟弟、五位豌豆仙子、豌豆姐姐都熟悉了。他们便自己推举一位代表，向从地面上来的朋友们说：

“在银河两岸，每年农历七月初七的晚上，都举行盛大的提灯会，千千万万的星星都点起灯来！那天晚上，我们住在银河岸上的喜鹊们为织女星和牛郎星在银河上搭一座桥。让他们在桥上相会，互相报告自己的劳动成绩：牛郎星告诉织女星，他在田里产了多少稻子、豆子，收了多少黄麻和甘蔗……织女星也将告诉牛郎星，她在一年中织了多少花布，多少麻布，多少棉布……星星们举行提灯会，便是庆祝他们两人的丰收的！”

“那么，我们也来和你们一起搭桥，”喜鹊阿姨和五位喜鹊小弟弟齐声说，“好吗？”

“我们也提灯来。”豌豆姐姐和五位豌豆仙子一齐说道。

“到时，我也来——照样把伞在大家头上撑开，让你们又坐上月亮的船在银河中航行，从第一峡，一直开到第三峡！现在，我要把伞撑开来，让你们回去，因为，这一次我们旅行得太久了！”

亲爱的小读者，你们看见了吗？这只月亮的船在返航的途中航行了，那一群少年喜鹊(刚才说，大约有四十只住在银河岸边的少年喜鹊)拍着翅膀离开月亮的船，往牛郎星住的茅屋旁边的一棵古树上飞去了，他们一再地叫道：

“鹊！鹊！再会！”

就在这时，只见路却埃叔叔将那把画有各种图画的伞向大家的头上撑开，说也奇怪，喜鹊阿姨和五位喜鹊弟弟立刻回到小河岸边一棵榕树上的鸟窝里。豌豆姐姐回到豆畦里，坐在花蒂上，五位豌豆仙子回到豆荚的小床上。他们都一下子醒过来了。这时，天刚刚亮，早晨的太阳的第一道金光，照耀着榕树、小河，照耀着豆畦和篱笆的门。这时，喜鹊阿姨和五位喜鹊小弟弟一起从榕树上飞出来，一下停在豆畦的篱笆上，叫道：

“鹊！鹊鹊！”

这时，豌豆姐姐和五位豌豆仙子也都欢快地向喜鹊阿姨和喜鹊小弟弟问好：

“早安！”

——这豆畦里的一天又开始了。这一天一定也很美丽的。不过我们的童话暂且说到这里。亲爱的小读者，我希望有机会时，把豌豆仙子的童话再说下去。再会！

搭船的鸟

我和母亲坐着小船，到乡下外公家里去。我们坐在船舱里。天下着大雨，雨点打在船篷上，“吧嗒、吧嗒”地响。船夫披着蓑衣在船后用力地摇着橹。

后来雨停了。我看见一只彩色的小鸟站在船头。多么的美丽。它的羽毛是翠绿的，翅膀带着一些蓝色，比鹦鹉还漂亮。它还有一个红色的长嘴。

它什么时候飞来的呢？它静悄悄地停在船头，不知有多久了。它站在那里做什么呢？难道它要和我们一起坐船到外祖父家里去吗？

我正想着，它一下子冲进水里……不见了。可是，没一会，它飞起来了，红色的长嘴衔着一条小鱼。它站在船头，一口把小鱼吞了下去。

母亲告诉我：这是翠鸟。哦，这只翠鸟搭了我们的船，在捕鱼吃呢。

避雨的豹

那时，我住在岭坪村的一个农民家里。一天晚上，我从镇上回来，路上遇到突然袭来的暴雨。回到村里，要经过一段山路。四周是浓密的森林，巨大的黑色的岩石。这时雨越下越大，蓝色的闪电，隆隆的雷鸣，呼啸着的风，大森林在摇撼；风雨声里，夹杂着从岩隙间急泻下来的水声，那声音好像野兽的吼叫。白天，因为天热我带着遮太阳的雨伞，这会儿全不当用。雨把我全身淋湿。路很难走。

这条山路我很熟悉。前面山坡上，有一个避雨亭，虽然很破烂，但雨下得太大了，我想赶前去暂时躲一下，拧一拧身上的雨水，好再赶路。没有想到，快走到那个避雨亭时，隔着只有二十多步的地方，我突然看见避雨亭里射来两道光，好像电炬一般——黑暗里，一头野兽蹲在地上。“豹子！”我早听见村里农民说过，这个山岭间出没凶猛的豹子。

我全身打了一个冷噤——我急忙逃开……

不记得跌过几个跤，我才从另一条小山路，到附近一个小村的农民家里，借住一宿。第二天早上，天放晴了。这个小村里的几个青年农民，送我回到岭坪村。经过那个避雨亭时，我们特地上那里看一看。亭里地上留着一大摊水迹，好像曾经放过一大堆湿布，这一定是那头豹子躺过的地方，它也淋过一身雨。附近还有许多猫爪一般的脚印。

昨天晚上雨下得真大，这头豹子找到躲雨的地方——咳，我逃跑时，它也没来追逐！

我遇见豹子这回事情，很快在附近几个山村里传开了。不久，我便离开了岭坪村。后来我听见村里的来人说，我离开那里的第五天，他们便打死了一头豹子——村里的人说是“金钱豹”，但不知道是不是我在雨夜里碰到的那头豹子。

洗澡的虎

有个地方，溪流的两边都是浓密的树丛。一个猎人悄悄地沿着这溪岸走着。他准备打鸟。那天，天气很热，树木一动不动，没有一丝风。他突然听见树叶发出沙啦、沙啦的声音，比风吹树叶还响。他吃了一惊，赶快在一块岩石后面躲藏起来。

在他的前面不远处，从密林里跳出一头老虎！有小水牛那么大，棕黄色的皮毛上，有许多深褐色的条纹。

猎人的枪里已经上了子弹，但不敢向它射击。他还是第一次遇见老虎。他一边小心地把自己掩蔽起来，一边窥探老虎的去向。

老虎向溪边走去，站在溪岸上张望一下，于是一步一步地走到溪中去。难道它要涉水过溪吗？不是。老虎走到溪流的中间，便把身子浸到水里去。一会儿，又站起来，摇摇身子，把毛上的水摇掉，还像老猫一样，用前掌抹一抹虎脸，接着，又把身子浸下去。原来它是跑到溪水里来洗澡的。猎人的胆子大起来了，他好像忘记那里是一头老虎，举起枪来一连向它开了五枪。

溪水一阵翻腾，溅起许多水花，枪弹的烟雾在空中飘浮着，后来便一点声息也没有了。猎人从岩石后面走出来，这才发现老虎真的被他打死了，血染红了溪水。

后来，附近的农民帮他把这头老虎抬回去。大家都说，这个打鸟的猎人真勇敢，也会打老虎。

会飞的种子

春天，天蓝蓝的，在南方，天气很暖和。爸爸一早就带小元元到草地上来。

草地上长满蒲公英，盛开着金色的花朵。温暖的风吹着。空中有一朵朵白色的小绒毛球，随风飞扬。

小元元喊道：

“爸爸，你瞧，天上掉下好多鸟的羽毛！”

爸爸瞧着那一朵朵的小绒毛球，告诉小元元说：

“那是蒲公英的种子，长着白绒毛，在空中飞。”

小元元说：“那是小鸟的羽毛呀！哪里有会飞的种子？”

爸爸说：“你等着，我来捉一个给你看。”但是，小元元却说：“爸爸，那一定是小鸟的羽毛，我来捉一个给你看！”说着，便张开双手，想去捉住飞在空中的小绒毛球，但她个子矮，绒毛球飞得高，怎能捉得到呢！

这时，爸爸发现不远的草地上，正有一丛蒲公英，那带白绒毛的种子，还留在花托上。爸爸就一把捉来，放在手上：“小元元，你来看！”爸爸把它弄松了，用口一吹，便有许多小绒毛球在空中飞开了。

小元元高兴极了，她拉住爸爸的手：“爸爸，蒲公英的种子，当真会飞哩！”

“对啦，蒲公英很聪明，”爸爸回答说，“它的种子，长了小小的绒毛，风一吹，就能够到处飞。你瞧，有几朵已经飞得很远了……”

蓝蓝的天空中，阳光照得很明亮，爸爸刚才吹散开的蒲公英种子，已经飞得很高，随着风飞过树梢，还要飞到更远的地方……

“飞到很远的地方去，”爸爸继续说，“后来，它们便停在小河的岸边，停在小山冈上，再后来，它们就在那里长出蒲公英，开花和结了这种会飞的种子；最后，这会飞的种子又随着风到处旅行了……”

后来，小元元在草地上，找到一大把蒲公英的种子，她向爸爸要了一个火柴盒装了起来，和爸爸一道回家了。

灯和星星

屋子破得很。妈妈不知从哪里讨来一些旧绵纸，糊好了木板墙的隙缝。但是，什么地方还有小隙，北风从那里灌进来。妈妈在赶缝人家的新衣。茶几上的油灯，给风吹得摇摇晃晃。

宝宝睡在床上。妈妈隔了许久，便放下针线，在宝宝的腮帮上吻了一下。

又一阵风灌进来。油灯火大大地摇晃了一下，这下她——油灯可有些火起来了：

“风弟弟，你别太顽皮，太野了！”

外面的风果然息了一些。那油灯很专注地看着妈妈的针线。有时有一些模糊的影子掠过宝宝的睡脸上，那是梦的老人在和宝宝说故事。有时宝宝从梦中笑了一声，妈妈和油灯都转过头去，“宝宝今晚睡得多酣呢！”

星星在屋顶的天空上轻轻地絮语。声音那么小，没有一个人会听到。人家只看到她们眨巴着美丽的眼睛。这时，有一颗星，从天窗里对油灯说：

“你好呵，灯妹妹，你真是老妈妈的好帮手！”

油灯向天窗看了一下，知道是星星。油灯想，这星星当真是很爱妈妈和宝宝的。可是，她又想，这屋子里还有许多妈妈的好朋友。于是她告诉星星说：

“这里有好多妈妈的好朋友：蓑衣和床。蓑衣，妈妈冷了，便盖在身上；妈妈带她到田地去，不会淋雨。还有床，宝宝和妈妈都睡在床上；她们睡在床上，睡熟了，便梦见许多好日子，不再受冷，不再挨饿；梦见春天的小野花和许多好朋友……”

油灯一开口，便说了好多话。

妈妈因为太累，此刻不觉打了一阵瞌睡，做着各种梦。她梦见去从军的爸爸打胜仗回来，还梦见宝宝有了新衣。一会，她又醒来，她手上的针线很快地动着，比机器缝得还快。她的嘴上开了一朵花。

油灯看见妈妈微笑了，更加得意扬扬。她的火焰愉快地跳了一下，四壁便亮了许多。

“真的，你们多爱妈妈呀。”星星从天窗里，看了油灯一眼，又说。

“我们怎么能不爱妈妈呢？”油灯说，“她年纪那么老，她那么疼我们，而且，她工作得那么多……”

于是，灯闭起眼睛，想着妈妈平日工作的样子：唔，这下妈妈的影子变得那么大，变得好大，变得差不多要填满这间破屋子了。是的，唯有勤劳的人，他的样子在人们的想象里是顶大的。油灯睁开眼睛，妈妈可就坐在对面。那么慈祥，那么美丽，嘴上开着一朵花：妈妈微笑着。

星星侧着头，闪着美丽的眼睛，她也爱着妈妈。油灯又说：“而且，妈妈总是很快乐的！”

“唔，对了，妈妈和她的朋友们都是很快乐的！”星星说。“他们爱工作，他们是心地高尚的人。”油灯自语地说。

“在天快亮时，我看见妈妈的朋友，铁匠伯伯和他的徒弟，已经起身了，他们烧了炉火。他们拉着风箱。他们把铁放在火里烧得通红通红的。他们打成各种农具，犁和锄头，以及他们自己用的铁锤，他们创造世间最有用的器具……唔，我看见他们在最冷的冬天全身脱得赤裸，他们在劳作中变得健康，快乐……”

“对了，以前我们的邻居便是铁匠师傅。”油灯说，“他现在搬到镇上去了，他回来时，都来看妈妈呢……”

“铁匠伯伯来看妈妈，他自然是跟妈妈要好，”星星接着说，

“唔，我还看见，船夫们，他们也是妈妈的好朋友。他们开船，全身向前倾斜，几乎和江岸平行了；他们拉纤……他们干着最吃力的工作，有时江面有雾，遮了我的视线，但是，我听见他们的歌声，甚至听见他们的汗滴落在江滩上……”

星星谈得很兴奋，风也屏息地倾听着，而且不断地从心中赞叹着。油灯听了，说：“我们村里，有许多人会撑船，是船上的纤夫。”

这时，夜真是寂静得很，风——也不敢撒野了。

宝宝又在梦中笑出声来：今晚他准是看到很好的东西，听到很好的故事。妈妈放下针线，在他的颊上吻了一下：“好好地睡，妈妈等下也要上床了。”

油灯也掉过头，怜爱地看了宝宝一下，星星的声音又透过天窗：“但是，那些船夫们，常常碰到危险呢！有时他们迷失了方向，我们便在天空里不断地眨巴眼睛，指示正确的去向……”

“我们要帮助他们，”油灯加重声音说，以至于火焰不住地跳跃，“对于那些挥汗的人们，对于那些心地善良的人们，我们要分出光明，分出温暖给他们……”

“我们爱着他们，帮助他们，”星星插嘴说，非常地愉快，“真的，灯妹妹——我们一定要这样做！”

……这时，天窗突然亮了一下。那颗星划了一条很长的光的弧线锦带，急匆匆地跌下……原来是一颗流星。

“故事完了。”宝宝从梦中叫出声，“梦的老人，你说，一颗流星陨落了，今夜就有一颗光明的种子在地上发芽？”

油灯还在兴奋地喘息着，她看见流星跌落了……妈妈赶紧放下针线：“宝宝，你梦见什么？不要怕，妈妈在你的旁边呢……”

天使的农场

“番婆仔，赶紧起来，我们一起来看外面的风景吧！”

“唔，那可真好，可是外面凉快吗？”

番婆仔有一头金头发。穿着一件很阔大的外国舞衣。因为天气热得不得了，她不住地浑身抓着，美丽的金发有些散乱。她和小泥人一起住在小苏的抽屉里。小苏和他们要好。冬天他们睡在抽屉中的一个大纸匣里，身上盖了一些棉花。现在天热了，小苏把抽屉开了一小缝隙，意思是这样通气些。

这时，小苏自己也和妈妈同睡在桌子对面的床上，睡得很熟。房间的窗户天天开着，月亮很好……

“非常的好呢，”小泥人儿从抽屉里跳上桌子，“月亮向全世界播洒着光明……”

“呵，你赶紧帮助我一起跳上去吧！”

番婆仔操起她的舞衣。小泥人一把把她拉上了桌子。

他们并立在桌子上。窗外是一个小花园。月亮把它装饰得比白天好看千倍。那些花木的轮廓和阴影，都陶醉在梦境的甜蜜里，都为受到日光的恩惠，感到安适，小喇叭花在睡眠中吹的歌，好像比白天好听千倍，这样安静的世界，真是好极了。

番婆仔和小泥人都感到十分快乐，好像听小苏说故事时，心灵深处感到快乐。这时，吹来一阵凉风，带着花香。

“好呵，好呵！”

番婆仔放声地喊道。

“呵，你细声些，”小泥人推着她说，“小苏在梦中，和我们一样觉得很快乐呢。你不要吵醒他。”

“真的。”她低着头说。

天空中有很多的星星。我们从地上抬头一望，望见广大天空里，有数不尽的星星。这天空，这星星，那样好看，究竟是什么呢?

小泥人注视着满天的星星，在心中想着，后来——他快乐地笑了。依照他的习惯，他轻轻地，疼爱地推着番婆仔说：

“你看见那天上的星星吗?”

“他们多么好看!”

“对了，你想到吗?呵，那是什么呢?”

“唔?”

“呵，番婆仔，我想，那里是天使住的地方，”小泥人指着天空说，“那里是天使的乐园，他们工作的农场!总之，他们共同出力劳作的结果，使得那星星显得那样美丽……”

“那样的广大……”

“那是因为大家十分出力的结果，而且因为目标一致的结果——就是说，他们不自私、贪婪、欺妄，所以他们能够把天上所有的荒地都开垦了，种了各种作物，大家享用。你看，天空真是除它自己以外，没有什么可以跟之比拟的广大……番婆仔，我说的你懂吗?”

番婆仔闻到一阵好花的香味。她快乐地哼了一声：

“我懂得!”

“这才好呢。那天空，从我们坐的这里望上去，有好远好远哩。那星星原来就是农场里的谷物……”

“呵?”

“那谷物都发出光亮——因为收成非常的好，我们每晚都可以从天上看见星星，原来是他们四季都有农作物。呵，不断地劳作，可赞美的沃土呵!”

“真的，多么好呢。我想——”番婆仔侧着头想一下，又害羞地说，“我想，那几颗大的，也许是南瓜。他们自然不只种着稻和麦的！”

“对了，对了。我想天使们种着各种东西呢。他们也种南瓜和豌豆的。那些小的是豌豆，那些大的是南瓜。而且，他们一定还种着燕麦、荞麦、棉花和麻，番茄和胡椒，甘蔗和甜菜——这些榨糖的东西！番婆仔，你不是和小苏一样，喜欢吃糖的吗？”小泥人笑着说。

“呵，不！你不要打岔了。”番婆仔嘟着嘴说，“我这下倒在想，他们种了棉花和麻，便可以拿来织布，穿上好衣服了……”

“对啦！”小泥人拍手说，“我们如果从他们的村庄里走过，一定可以听到纺织机的声音，家家户户在纺织，那传出来的，纺织的声音，是一曲多么美妙的音乐呀，不是吗！”

“呵，我很喜欢那样好的地方哩，”她赞羡地望着天空说，“可是那些——白云是什么？”

“我就告诉你。那些白云是他们的飞机，呵，从我们这里望过去，他们的飞机多么好看！你知道，那些飞机干什么用的吗？”

“载旅客——呵，还有送信件的。”

“除了这以外，天使们利用飞机施肥和播撒种子，你看那飞机绕过他们农场的高空——不如说他们的乐园的天空，坐在飞机舱里的农业技术员，把种子均匀地撒播时，站在农场上的许多天使，也许在欢呼哩！”

“呵，你的想象多么美丽！”

“不，番婆仔，这是实在的事情，即使是想象，经过我们的努力，也可以实现的，而这些——这些都是事实！在天的彼方，在天使的乐园里，从我们这里——我们今晚所看到的，也不过是他们理想实现的初步。因为据天文学家说，那些星光传到我们这里，已经是万年以后……”

“我们多么企望那种生活哩！”

“我们都愿意过着一种快乐的、幸福的生活哩，我们对于生活从来没有满足过，我们要求更好的。当我们远远地望着天空时，真的，我们在心灵的最深处发出这样的渴望！这时，我们的良心发出亮光了！”

“真的，小泥人！今晚我多么快乐呢，我要吻你！”

他们快乐地拥抱着。

“让我们多注视一会那天空，那天使的乐园吧！对于这个美丽的乐园，我们才只看到一个轮廓……番婆仔，那个乐园得以建立起来，领导那个乐园的建立的，最主要之点，我们应该明白，是智慧！”

“对了，小泥人。除去心灵上的贪婪、占有、自私、欺妄，除去这一切，和智慧生活在一起！”

“还有，共同的努力！主要的，和进步生活在一起！”

他们突然沉默下去。窗外的小花园，静悄悄的，庄穆地在深思着。月光……露水已经洒在花叶间。

“番婆仔，我们现在应该回到抽屉里了。休息，思想和劳作，都很重要的。”

“夜气已经很冰凉了。”

“慢些，”小泥人帮着番婆仔跳到抽屉里，“在我们卧睡之前，向小苏祝福吧！”

月亮映在小苏的蚊帐上，十分安静。在那蚊帐里面，小苏的睡容该多么美丽。

“晚安！”

松鼠的童话

松鼠一家

村庄后面有一座山冈，流过村前的一条小溪就是从山冈里流出来的。

山冈上有松树林，林中还有枫树、樟树和杉树。秋天来了，枫树上的叶子好像一朵一朵黄色、粉红色的火焰点起来了。

林中有很多松鼠。有小松鼠的妈妈和爸爸，还有小松鼠的弟弟、妹妹们。这是小松鼠的一家人，他们一起住在林中一棵最老的松树的树穴中。小松鼠的爸爸有很漂亮的尾巴；他常常翘起这漂亮的尾巴，蹲在松枝上，看看哪片地上散落的松果最多，然后就和松鼠妈妈一起，带领小松鼠和他的弟弟、妹妹们去捡松果……

有时，小松鼠的爸爸跑到林中很远很远的地方去，他说，那里有更多的松果。这一天早上，松鼠爸爸又出门去了，松鼠妈妈便带领小松鼠和他的弟弟、妹妹们，坐在树穴外面的松枝上，一边晒太阳，一面讲故事给大家听……

小松鼠听着，听着，便学着松鼠爸爸也翘起漂亮的尾巴，蹲在那里，一边晒太阳，一边听故事，一边看看林中哪片地上散落最多的松果……

我是大人了

小松鼠自以为自己已经是一位大人——就是说，也是一只大松鼠了。他看看自己的蓬松的尾巴，的确和爸爸的尾巴一样好看。

这一天早晨，他从树穴里钻出来，一边对松鼠妈妈说：

“妈妈，你听我说——”

松鼠妈妈看见小松鼠从树穴里独自跳出来，便跟上来，说：“你说吧。”

小松鼠说：

“妈妈，你不知道我已经是大人了？”

松鼠妈妈说：“你还是小孩子。你还没有上小学呢！”

小松鼠说：

“不对。还没有上小学，也能够算是一位大人！妈妈，你看，我的尾巴已经长得很漂亮，和爸爸的一样——”

小松鼠说着，一边沿着树枝向前又跳，又跑。

松鼠妈妈跟在后面，说：“小松鼠，你现在要跑到哪里去？”

小松鼠往更高的松枝上又跳，又跑，说：

“妈妈，我实在是一位大人了。我现在跑到松树的树梢，向更远的地方看看风景——”

小松鼠说着，又跳又跑，一下子跳到这棵林中最高最大的松树梢，并蹲在那里，翘起漂亮的尾巴。

我一个人去吗

小松鼠蹲在老松树的树梢，看见四面的风景，是多么美丽啊。小松鼠想：真好玩！只有来到这么高的树梢，才能够看到这么多好玩的风景！

小松鼠看到：小山溪流啊，流啊，从山上弯弯曲曲地流啊，流啊，一直流到山下的村庄里去，一直流到看不见的什么地方去……

小松鼠看见小山溪流到村庄里时，打了一个大转弯；转弯处有一座水磨坊，大木轮在转啊，转啊，洒出一串一串的水珠……

小松鼠想：

——跑到那里去看水磨坊，多么好啊！

——要是能够跑到水磨坊，又跳上大木轮，在那上面转啊又转啊，一定很好玩！

——可是，我一个人跑去吗？

……

做早操的时候

这一天，松鼠爸爸很早起来，就是说，他在全家中，第一个从树穴里钻出来，在松枝上又跳又跑，动动身子；接着就从老松树干上一下子跳到林中的草地上，于是，翘起尾巴，向树上的小松鼠和他的弟弟、妹妹们说：

“我出门去了！你们和妈妈好好在家里玩！”

松鼠爸爸说出门去，意思就是说，他要到附近的树林里，找找松果，找找蘑菇去了。

小松鼠说：

“爸爸，再见！”

小松鼠的弟弟、妹妹们也都从松树穴里钻出来，在松枝上跳来跳去，跟着说：

“爸爸！再见！”

于是，小松鼠和他的弟弟、妹妹们，开始跳啊又跳啊，各自找个树枝——在那里蹲下来，翘起尾巴又用前爪在脸上抹了又抹：洗脸……

正在这时，松鼠妈妈蹲在他们前面一棵粗树上，喊口令：

“准备，一……二、三、四；二……二、三、四……”原来是小松鼠和他的弟弟们、妹妹们开始做自由体操了。

正在这时，小松鼠忽然想到自己是大人了；就是说，是一只大松鼠了；就是说，自己是一只和爸爸一样的大松鼠了；于是，他又想：

——我不能和弟弟、妹妹们一起做自由体操，我要跳啊又跳啊，跳到树梢上去……

小松鼠这么一想，真的就不做自由体操了，就跳啊又跳啊，离开大伙儿，独自一个人跳到树梢上去了。正在这时，小松鼠的弟弟们、妹妹们都看见，都喊起来：

"吱！吱！吱——羞！羞！羞！"

小松鼠的弟弟、妹妹们用前爪在腮上刮，一齐羞着小松鼠。小松鼠感到多么不好意思，羞得眼睛都不敢张开——马上往树梢跳啊又跳啊，跳到原来的树枝上来……

他跑到村庄里去

这一天早上，小松鼠显出十分得意的样子。他睡了一觉，梦见自己的尾巴长得更美丽了；他还在梦中想，——这一次，我的确是一位大人了！

他想着，想着，把后爪一伸，恰好把他的松鼠弟弟的背给踢了一下，松鼠弟弟也在做梦，这一下给踢醒了：

"吱！吱！"

小松鼠自己这时也醒过来了。他看看自己的尾巴，的确长得更加漂亮了。于是，他赶紧跳啊又跳啊，跳出树穴，正要跳到松树枝上去时，他看见松鼠妈妈站在树穴外的树枝上，向松鼠爸爸招手：

"再见！再见！晚上早一点儿回来！"

松鼠爸爸天天都很忙，他总是一清早就出门去，他到树林中去，到处为小松鼠和他的弟弟、妹妹们找松果和新长出来的蘑菇、红菇以及野果……

这时，小松鼠的弟弟、妹妹们也都起身了。松鼠妈妈便开始和往常一样，带领小松鼠们在松树上做自由体操。这一次，小松鼠做得很认真。大家都称赞他的自由体操做得真好。

做完自由体操以后，小松鼠忽然想起来，他要跳啊又跳啊，跳到枫树上去玩——是秋天了，枫叶都变红了，变黄了，好像点起又红又黄的火焰，真美丽啊。

小松鼠对妈妈说：

“我现在想到枫树上去玩一玩！”

松鼠妈妈说：

“好。你去玩一会儿吧。等下还要做功课！”

小松鼠高兴得不得了，马上从这一棵松树跳到那一棵松树上，又从那一棵松树跳到另一棵松树上，然后，他一下子就跳到一棵高大的枫树上去了——

看啊，小松鼠正跳到枫树上时，刚好吹起一阵山风，那枫树的红叶子、黄叶子，一下子都变成黄蝴蝶、红蝴蝶飞啊又飞啊，飞到林中的草地上——

有的黄蝴蝶、红蝴蝶飞啊又飞啊，飞到从枫树旁边流过的小山溪中去，变成了一只又一只小小的红船、黄船，跟着溪水一直向前游走啊又游走啊……

小松鼠看见了，高兴得不得了！他赶快从枫树上跳啊又跳啊，一下子跳到枫树下，又跳啊跳啊，一下跳到小山溪岸边来；他蹲在溪滩上，翘起尾巴，想：

——我要沿着溪滩，跟着枫叶的小红船、小黄船一直向前跑……

说到做到，小松鼠真的沿着溪滩一直向前跳啊又跳啊，口里喊道：

“小红船、小黄船们，我要跟你们赛跑！”

童话就是这样，小红船、小黄船上面，真的好像有人在回话：

“小松鼠！好啊，我们比赛比赛！”

正在这时，松鼠妈妈看见小松鼠一个人在溪滩上向前一直跳啊又跳啊，不知道要跳到哪里去，便在树上喊：

"吱！吱！小松鼠——赶快回来啊！"

小松鼠没有听见，还是跟着溪流上那枫叶变成的小红船、小黄船比赛……

松鼠妈妈急了，便带领小松鼠的弟弟、妹妹们一起跳啊又跳啊，跳到枫树下面的溪滩上来，去追赶小松鼠——好有趣啊，小松鼠在前面跳，后面是松鼠妈妈和小松鼠的弟弟、妹妹们，也一直跳啊，跳啊……

他们和溪中的小红船、小黄船差不多同时来到小山溪流过村庄的水磨坊附近；这时，小红船、小黄船就在水磨坊附近的溪口打转，这里是小山溪拐了个大弯的地方。小松鼠、松鼠妈妈和小松鼠的弟弟、妹妹们，在这里停下来了。真没有想到啊，水磨坊附近原来有一座小学。正在上学的小学生，看见小红船、小黄船在水磨坊木轮下面的溪水中打转，又看见小松鼠、松鼠妈妈和小松鼠的弟弟们、妹妹们——就是说，林中的一大群松鼠都跑到溪边来了，都高兴得不得了！其中有一位小学生说：

"小朋友们，——是树林中的松鼠们，还有树林中枫叶变成的小船们到我们村里来做客，我们欢迎吧！"

许多小学生都站在岸上鼓掌！

林中来的小红船、小黄船和一群松鼠跟着也鼓起掌来，感谢村庄的小学生对他们的欢迎！

这个童话就讲到这里。末了，讲童话的人还有一个交代：这便是，后来，松鼠妈妈便带领小松鼠和小松鼠的弟弟、妹妹们排列成一队，跳啊又跳啊，回到林中去；他们刚走到林中，便遇见松鼠爸爸，他怀中抱了一大把松果和蘑菇，准备一家人美美地吃上一顿午餐。至于枫叶变成的小红船和小黄船们，也结成船队，一直向前行驶、行驶……

鸟们的歌

春天来了。很多很多的禽鸟都飞到村前的竹林里来了。它们唱着好听的歌。最有名的禽鸟，要算是画眉鸟和黄莺了。不知怎的，我有一个感觉：每只黄莺和每只画眉所唱的歌，只要你仔细地听，认真地听，不但会感到它们都唱得很好听，而且会感到它们唱的都是很有意思的歌……

记得有一天早晨，我过了桥，走上石路，听见有两只画眉鸟在竹林里唱歌。我觉得很好听，便停下步来，仔细听。听着听着，我感到中间一只画眉鸟的歌声，好像吹着竹笛一般好听，另一只画眉鸟的歌声好像吹着洞箫一般动人。而且我觉得它们唱的歌，都表达出一种意思，那便是它们心里是多么快乐，晴朗的早晨多么美丽。

还有一天早晨，我听见有好几只黄莺在竹林里唱歌。我仔细听，越听越觉得好听，听着听着，我听懂了，觉得它们是在一齐歌唱一支赞美春天的曲子，一齐歌唱一支赞美春天的竹林的曲子；听着听着，我觉得有的黄莺唱歌的声音很清亮，有的黄莺唱得很激昂……

我们村里的鹌鸰鸟，也会飞到竹林里来唱歌。我常常看见鹌鸰鸟在我们村里溪岸的草地上，唱着它们自己谱出的歌，那歌声有点像溪水流过溪中岩石时的音调。有一天，我看见一群鹌鸰组成的歌唱队飞到竹林里的坡地上来，唱了它们所谱的歌曲；我也仔细地听了，听着听着，感到它们的歌，好像是一阵一阵的风，在吹着竹叶的声音。我听了，心中感到很快乐。

竹鸡们原来也会唱歌，这是我最近才知道的。一个星期天，我要到红军田去锄草。我走过村前的石桥，走了一段石路，便从竹林边沿着一条山涧旁的小路走。从这条小路到红军田比较近。我走了一段路，听见竹林里传来“咯——咯咯——咯咯咯”的声音。我不觉停下步来听着，知道这是竹鸡们在唱它们自己的歌。这时，一阵风吹起来了，我看见有很多很多黄色的竹箨和褐色的竹箨飞到小涧里来，随着流水在小涧里好像船队一般开始航行；这时，我看见几只竹鸡站在竹林边的草丛间，对着小涧中随着流水航行的竹箨的船队，激昂地唱着：

“咯——咯咯咯——咯咯！”

接着，我又听见黄莺们也飞来了，唱着：

“呖！呖呖呖！”

随后，我又听见画眉鸟们也飞来了，唱着：

“吱——呱——吱吱！”

我听着，觉得这是竹鸡、画眉鸟和黄莺们在齐声唱一支送行的歌，唱一支向竹箨的船队送行的歌。它们的歌真好听！

松坊村纪事

柏树和松鼠

那个时候，我们住在松坊村。

那个时候，我喜欢站立在门前的石阶上，观看站立在小溪对岸一座丘冈上的一棵柏树，观看它在风中摇动。

我的爸爸告诉我：

那棵柏树有一双手套。当我去午睡的时候，它便把手套套在双手上，去捕捉树上太阳的影子，去捕捉鸟和拉住吹过的风。

我的爸爸还告诉我：

那棵柏树有一个口袋，里面装着好多它结出的果实：柏枳。当我去午睡的时候，便有松鼠跳进它的口袋里，那松鼠在柏树的口袋里，一只一只地剥吃柏枳，高兴得不住地叫："吱！吱吱！"

竹鸡们

那个时候，我和爸爸、妈妈，还有哥哥，一起住在松坊村，这里只有三户人家，我们住的屋子，屋顶盖着茅草，屋后有大丛大丛的竹林。

我的爸爸告诉我，那山冈上的竹林里，住着竹鸡妈妈和她的一群孩子。

真的？

爸爸告诉我，这一天早上，竹鸡妈妈带着她的孩子们经竹林里走出来。一路上，遇见穿山甲、鹧鸪，都向他们招手；他们走过竹林里的一条草径时，那些蚱蜢、瓢虫们都飞起来，向他们打招呼。

竹鸡妈妈和她的小竹鸡们，随后走到丘冈上的一口小山塘边来。这里的青草开着鲜花，那黄色的、红色的小花朵都向他们招手。他们也向花朵们点头。这时，竹鸡妈妈说："现在，你们喝水吧！"

咕！咕咕！小竹鸡们都站在小山塘边，一口一口地喝起水来。山塘中有红色的小鲫鱼，看见小竹鸡们和他们的妈妈一起喝水，都游过来，扑棱扑棱地在水中跳跃，向他们打招呼。不一会，塘边草丛中间跳出一只青蛙，它向竹鸡妈妈和小竹鸡们叫："咯！咯咯！"

意思是说，我和你们一起玩，好不好？

青蛙·石水牛

我们住屋的前面，汇流着三条小山溪，就是，从山上流下的三条小山溪，在我家门前不远处汇合了。溪上有一座木桥。一天早晨，爸爸带我过了木桥，沿着溪边的草径随便走。只见溪中有很多岩石，有的像几只青蛙围在一起讲故事，有的像一只鹅，在听青蛙讲故事；有一块石头，很大，像一只水牛，它的四条腿全浸在溪中，只有它的背和昂起的头部露出水面。它们是石水牛、石鹅、石青蛙……

爸爸告诉我：

昨天晚上，有两只真的青蛙跳到溪中来；它们一跳又一跳，一下跳进溪中去；接着，又一下子跳到石水牛的背上去！这么一来，石水牛便动起来了，接着两只石鹅也拍起翅膀，动起来了；接着溪中那几只石青蛙也都叫起来："呱！呱！呱呱！"

爸爸还告诉我：

这两只青蛙原来是来带路的：它们坐在石水牛背上，然后请石水牛走上溪岸，又招呼石青蛙们和石鹅跟在后面，便一起到村庄后面的森林里旅行去了。

爸爸还告诉我：

那天夜里，石水牛、石鹅和石青蛙们，在两只真的青蛙带领下，在森林的小径上一边走，一边看；唔，他们看到一只猫头鹰站在一棵樟树上，没有睡觉，一直向他们点头，他们看到红菇和松菇们，在睡觉时还打开花雨伞；看到雏菊的花瓣上沾着露水，还看见一棵古柏上有一只鸟窝，两只小鹧鸪睡在这暖和的鸟巢里说着梦话……

爸爸说：

它们一直在森林里旅行。到了天快亮时，两只青蛙才把石水牛、石青蛙和石鹅带回到村里的溪流中来。然后，这两只真的青蛙一跳又一跳地，跳到附近一山塘里去游泳了。

石蒜的灯

在我家屋前的溪边，那一片散落着沙砾以及大小不一的鹅卵石的溪滩上，这一天早晨，忽然开放一大片的石蒜花，那里，好像出现一片彩色的明亮，那里，好像点起一盏又一盏淡黄色的灯，一盏又一盏淡红色的灯，那么，这些灯是怎么点起来的呢？

爸爸说：昨天晚上，月亮很好，照得溪滩上一片银光。森林里的刺猬叔叔，穿山甲以及鼬鼠妈妈们，远远望见溪滩上一片银光，便都带着她们的孩子们到溪滩上来了。

爸爸说：你知道吗？溪中的石水牛、石鹅和石青蛙们看到森林里的刺猬们来了，也跟着从溪水中走到溪滩上来，于是，他们在溪滩上举办月光会和露营，还有唱歌和跳舞，讲故事和猜谜；最后由刺猬叔叔变魔术，它一把一把地抓住月光，又用嘴巴一吹又一吹，溪滩上便点起许许多多石蒜的灯，有淡黄的，又有淡红的……

是这么回事呵！

我听了爸爸讲完了童话，高兴地叫道。

郭风作品集要目

1. **木偶戏**（童话诗集）

   改进出版社1945年7月出版。

2. **火柴盒的火车**（童话诗集）

   少年儿童出版社1955年5月出版。

3. **搭船的鸟**（散文集）

   少年儿童出版社1955年9月出版。

4. **会飞的种子**（儿童文学集）

   福建人民出版社1955年11月出版。

5. **洗澡的虎**（散文集）

   福建人民出版社1956年10月出版。

6. **在植物园里**（散文集）

   少年儿童人民出版社1956年10月出版。

7. **轮船**（诗集）

   福建人民出版社1956年11月出版。

8. **月亮的船**（童话诗集）

   福建人民出版社1957年9月出版。

9. **蒲公英和虹**（童话散文诗集）

   少年儿童人民出版社1957年12月出版。

10. **叶笛集**（散文诗集）

    作家出版社1958年3月出版。

11. **山溪和海岛**（散文集）

作家出版社1960年3月出版。

12.**英雄和花朵**（散文集）

上海文艺出版社1961年11月出版。

13.**曙**　（散文集）

福建人民出版社1962年5月出版。

14.**英雄和花朵**（散文集）

作家出版社1965年2月出版。

15.**避雨的豹**（散文集）

人民文学出版社1980年6月出版。

16.**你是普通的花**（散文集）

人民文学出版社1981年1月出版。

17.**搭船的鸟**（重订本）（散文集）

吉林人民出版社1981年7月出版。

18.**鲜花的早餐**（散文诗集）

花城出版社1981年10月出版。

19.**小郭在林中写生**（散文诗集）

少年儿童人民出版社1982年8月出版。

20.**杂文集**（散文集）

福建人民出版社1982年12月出版。

21.**唱吧.山溪**（散文集）

上海文艺出版社1983年1月出版。

22.**灯火集**（散文诗集）

湖南人民出版社1983年4月出版。

23.**郭风散文选**

四川人民出版社1983年11月出版。

24.**笙歌**（散文诗集）

花城出版社1984年1月出版。

25. **郭风作品选**（散文、诗合集）

中国少年儿童出版社1984年1月出版。

26. **小小的履印**（散文诗集）

百花文艺出版社1984年12出版。

27. **早晨的钟声**（童话散文诗集）

湖南少年儿童出版社1985年8月出版。

28. **红菇们的旅行**（童话集）

江西少年儿童出版社1986年2月出版。

29. **给爱花的人**（散文集）

湖南文艺出版社1986年9月出版。

30. **蒲公英的小屋**（童话散文诗集）

河北少年儿童出版社1988年12月出版。

31. **开窗的人**（散文集）

海峡文艺出版社1989年6月出版。

32. **散文札记**（评论集）

上海教育出版社1989年9月出版。

33. **郭风作品选**（俄文本·莫斯科大学教授谢曼诺夫译）

莫斯科儿童文艺出版社1989年12月出版。

34. **晴窗小札**（散文集）

海峡文艺出版社1990年2月出版。

35. **石羊及其他**（散文集）

北岳文艺出版社1990年10月出版。

36. **旅踪**（散文集）

中国文联出版公司1991年8月出版。

37. **孙悟空在我们村里**（童话集）

福建少年儿童出版社1991年4月出版。

38. **搭船的鸟**（台湾版·谢武彰编选）

台北业强出版社 1992 年8月出版。

39. **木偶人水手**（散文集）

福建教育出版社 1993 年6出版。

40. **黄巷集**（散文集）

台北幼狮文化事业公司 1994 年 11 月出版。

41. **郭风散文选集**

百花文艺出版社 1995 年 12 月出版。

42. **中国古典散文诗译注**

太白文艺出版社 1996 年 9 月出版。

43. **郭风儿童文学文集**

福建少年儿童出版社 1996 年9月出版。

44. **蒲公英和虹**（重订本）（散文集）

河北少年儿童出版社 1996 年 12 月出版。

45. **郭风童话选**

重庆出版社 1997 年6出版。

46. **龙眼园里**（散文集）

上海教育出版社 1997 年6月出版。

后　记

20世纪八九十年代，国内不少散文创作会议都选择在福建召开。可以说，不少作家是奔着郭风和何为来的。散文作家们把福建形容为“中国南方一块明净的散文天空”，称福建是“散文大省”，也就是因为冰心、郭风、何为。当然，冰心常年生活在北京，但她有很深的故乡情结，一直强调她的故乡在福州。何为先生出生在浙江定海，早年生活在上海，中年后移居福建，在福建生活工作了三十多年，福建是他的第二故乡。只有郭风先生生于斯、长于斯、工作于斯，始终不离福建。

人们记住郭风和何为，是因为他们坚持在散文园地耕耘长达半个多世纪，而且作品具有独特的个性和鲜明的风格。郭风先生晚年就一直强调作品的个性，这也是一位作家区别于另一位作家的最重要特征。

那么，郭风的作品具有怎样的艺术风格呢？

郭风的散文创作从童话起步，而以散文诗奠定他的文学地位。风景画和童话诗，是郭风先生作品的两大特色。一颗赤子之心，始终跳动在郭风隽永而充满诗情画意的文字中，将形象、想象和哲理紧紧地融合在一起，这是郭风的散文诗取得艺术成就的一个重要原因。

一位作家的气质、禀赋和学养，决定了他从事创作的方向。郭风的散文创作，最好地体现了这一点。郭风这样说过：“作家应该善于运用自己所擅长的创作形式。”作为作家，他身体力行，佳作迭出；作为编辑，他关注作家的创作，更注意他们的性格、气质和经历。他是散文的引路者之一，影响了几代福建作家。

郭风先生以《叶笛集》名世。在中国文坛，始终坚持写散文诗的作家并不多，郭风先生是最专注也是最有影响的一个。在五四以来的中国现代文学史上，几乎没有出现过多少成功的散文诗。能称得上杰出的散文诗作品的，就只有鲁迅先生的《野草》。所以，长期致力于散文诗创作而且风格卓异的郭风先生，自然引起文坛的关注。

郭风先生最初接触这一文体，是在家乡上初中时，语文老师在课堂上大声朗读俄罗斯作家屠格涅夫的散文诗《海上》，一种寂寞的情绪深深地感染了这位十二三岁的少年，也让他热爱上了这个文体。后来，他又读到阿索林、凡尔哈仑、果尔蒙、泰戈尔和惠特曼的作品，开始迷恋上了散文诗的学习和创作。他曾将泰戈尔的《飞鸟集》、阿索林的《西班牙的一小时》、果尔蒙的《西茉纳集》整本抄在自己用土纸做的笔记本上。直到年过八旬，他依然背诵得出果尔蒙的《冬青》。他认为这位法国后期象征派诗人的作品影响了他一辈子。

郭风先生办公桌的玻璃板下，始终压着一张纸，纸上是他手书的一首陶渊明的诗："盛年不再来，一日难再晨。及时当勉励，岁月不待人。"这也是他中年以后的座右铭。

由于每天要上班，郭风先生一般在凌晨三四点钟就起床创作。写作两个小时，七点前吃早饭，然后步行到单位上班。晚上则用来读书看报，九点前一定入睡。直到退休，这个生活习惯始终不变。除了读书、写作以外，郭先生没有其他业余爱好。

郭风先生这样说过："作家总是有所师承的，所以需要多方面学习。在这个基础上，我以为一个作者，最好还是选择最适合自己口味的——自己最为受用的作品，经常看，反复地研究。我们可以而且应该接受各种流派作家及其作品的影响，但我们总得使作品有自己的个性，有独特之处。”这是文艺创作的金科玉律。他自己说，对他影响深刻的有这样几方面：

一是中国古典文学。在私塾读书时，背诵了许多诗词以及孔孟语录。他特别喜欢陶渊明和苏东坡的作品。他感觉他们的诗词中有一种音乐美，图画美。

二是外国散文诗作品。这其中就有俄罗斯的屠格涅夫、爱尔兰的叶芝、印度的泰戈尔、西班牙的阿索林、法国的凡尔哈伦和果尔蒙。

三是现代散文诗作品。就是鲁迅的《野草》。

比如凡尔哈伦的《风车》，果尔蒙的《冬青》。郭风先生更是喜爱至极，烂熟于心。郭风还认为，他们的作品多少影响了他的一些散文诗创作，并曾引发他的创作灵感。

郭风先生谈自己的散文诗创作时这样说过：“散文诗是最善于吸收众文体之特长的一种文体。一切可为我用的手法均可吸收而融化之，成为我所特有的表现手法。”“我主要着力于捕捉、洞察社会生活或某种自然生活中的‘特点’，从人文、民俗、历史渊源以至地理环境等诸多方面去考察‘特点’。我到社会生活中或在自然景象面前，往往以能否‘发现特点’为自己是否深入生活或深入观察自然的主要‘标准’。但是，所谓的‘特点’并非很快就能‘发现’出来，这需要事后的反复思考……”

纵观郭风先生六十年的创作生涯，无不贯穿着这一创作规律：博采众长，善于发现，敏于思索，饱含童心。

除童话和散文诗外，郭风一生还创作了大量散文随笔作品，记事、写人、绘景、抒怀，常常可见。

编罢《郭风精品选》，仿佛正注视并聆听一位纯真、睿智的时代歌者且行且吟，脚步优雅而精彩。时光流逝，岁月更替，而叶笛之声，依然婉转动听。

特邀编审　黄文山

2018年6月

图书在版编目(CIP)数据

郭风精品选 / 郭风著 ； 刘东方主编. -- 北京：
中国华侨出版社，2019.5
ISBN 978-7-5113-7836-1

Ⅰ. ①郭… Ⅱ. ①郭… ②刘… Ⅲ. ①中国文学－当代文学－作品综合集 Ⅳ. ①I217.2

中国版本图书馆CIP数据核字(2019)第073513号

郭风精品选

著　　者：郭　风
主　　编：刘东方
责任编辑：刘晓燕
责任校对：高晓华
经　　销：新华书店
开　　本：787毫米×1092毫米　1/16开　印张：16.5　字数：245千字
印　　刷：河北省三河市天润建兴印务有限公司
版　　次：2019年5月第1版
印　　次：2024年5月第2次印刷
书　　号：ISBN 978-7-5113-7836-1
定　　价：46.00元

中国华侨出版社　北京市朝阳区西坝河东里77号楼底商5号　邮编：100028
发 行 部：（010）64443051　　　传　　真：（010）64439708
网　　址：www.oveaschin.com　　E-mail：oveaschin@sina.com
